C'est lui le désir de mon cœur

J'AI LU

Barbara Cartland est une romancière anglaise dont la réputation n'est plus à faire.

Ses romans variés et passionnants mêlent avec bonheur aventures et amour.

Vous retrouverez tous les titres disponibles dans le catalogue que vous remettra gratuitement votre libraire.

Barbara Cartland

C'est lui le désir de mon cœur

traduit de l'anglais

Éditions J'ai lu

Ce roman a paru sous le titre original :

DESIRE OF THE HEART

1

– Drogo! Dieu merci, vous êtes venu!

Avant de parler, lady Bedlington avait attendu que le valet de chambre eût refermé la porte et qu'elle fût certaine de n'être pas entendue; mais, malgré cela, sa voix n'était qu'un murmure empreint d'une telle intensité dramatique que le sourire s'effaça sur les lèvres de l'homme qui venait d'entrer.

Pour une fois, Lily Bedlington ne se préoccupait pas de son aspect physique et, cependant, elle n'avait jamais été aussi belle. L'angoisse donnait à son visage un éclat presque surnaturel et ses yeux bleus, parfois dépourvus d'expression, s'étaient assombris, comme sous l'effet d'une émotion violente.

– Que se passe-t-il?

La question était précipitée, anxieuse; pourtant, la voix du duc de Roehampton allégea un peu l'atmosphère. Lily poussa un soupir et tendit les deux mains.

– Oh! Drogo, Drogo, s'écria-t-elle, je savais que vous viendriez dès que vous auriez reçu mon appel.

Il lui prit les mains et les porta à ses lèvres. Elle le regarda, admirant ses traits réguliers et aristocratiques, les yeux gris sous les sourcils droits, le menton carré, les lèvres pleines. Ce beau visage d'homme jeune, qui l'aimait. Et jamais rien, dans toute sa vie, ne lui avait paru plus précieux que cet amour.

La beauté de Lily était reconnue de tous depuis son enfance. Aussi loin que pouvaient remonter ses souvenirs, elle se rappelait l'admiration, la flatterie, l'adoration de tous les hommes qu'elle rencontrait, mais sa beauté, semblait-il, s'était encore exaltée depuis qu'un jeune Prince Charmant s'était épris d'elle.

Elle le connaissait pour ainsi dire depuis sa naissance car leurs mères étaient amies intimes mais, bien qu'il fût aimable petit garçon, elle n'avait jamais fait très attention à lui jusqu'au jour où, six mois auparavant, il était revenu d'un voyage autour du monde. Elle avait eu l'impression de le voir pour la première fois. Et elle avait senti immédiatement qu'il l'aimait.

D'autres hommes, certes, l'avaient aimée. Elle était tellement accoutumée à l'atmosphère d'adulation qui l'entourait qu'elle jugeait la chose toute naturelle et ne s'en émouvait plus depuis longtemps. Mais Drogo était différent des autres. Et il avait dix ans de moins qu'elle.

– Qu'y a-t-il? demanda le jeune homme.

Le soleil brillait à travers la fenêtre ouverte sur Hyde Park et poudrait d'étincelles la tête penchée de Lily. Il n'avait jamais vu femme aussi ravissante, songea-t-il. Son teint rose et blanc, ses cheveux d'or, le bleu de ses yeux étaient essentiellement anglais. On la surnommait « La Rose d'Angleterre », surnom banal et usé, mais qui semblait fait pour elle. Il y avait quelque chose de très anglais aussi dans les courbes gracieuses de son corps, dans la finesse de sa taille, dont elle tirait grande fierté. Chacun de ses mouvements était empreint d'une harmonie et d'une dignité incomparables.

– Que se passe-t-il? répéta le duc impatiemment, comme elle ne répondait pas.

Elle releva la tête et ses yeux se remplirent de larmes.

– George veut nous séparer! murmura-t-elle, les lèvres tremblantes.

Voir pleurer la femme qu'il idolâtrait fut plus que n'en put supporter Drogo. Il l'enlaça et la serra contre lui passionnément.

– Ne pleurez pas! supplia-t-il.

Ses lèvres cherchaient celles de Lily, mais elle le repoussa.

– Non, non, Drogo, il faut que vous m'écoutiez. C'est très sérieux. George s'est mis dans une colère terrible, il m'a interdit de vous revoir.

– Mais... c'est ridicule! absurde! articula le duc.

– Je le sais bien. J'ai discuté, supplié, mais en vain. Quelqu'un nous a vus nous promener dans les jardins de Kew, la semaine dernière et l'a dit à George. Il s'est rappelé m'avoir demandé ce que j'avais fait ce jour-là, et j'avais parlé d'un essayage chez ma couturière. Il en a tiré des conclusions qui l'ont mis en fureur. Oh! Drogo, qu'allons-nous faire?

Le duc entoura de son bras les épaules de Lily.

– Partons ensemble, dit-il. Nous irons sur le continent, George demandera le divorce et nous nous marierons. Vous savez bien que c'est mon plus cher désir.

Elle le regarda avec stupeur.

– Vous êtes fou! s'exclama-t-elle. Comment pourrais-je faire une chose pareille! Imaginez-vous le scandale? Ce serait épouvantable. Mes amis me tourneraient le dos, je ne serais plus reçue à la Cour. Non, non, Drogo, vous savez bien que c'est impossible.

– Je ne veux pas renoncer à vous voir!

Le jeune homme parlait avec désespoir et, malgré son chagrin, Lily Bedlington fut envahie par un sentiment de triomphe. Il l'aimait ardemment, follement, ce Drogo si magnifique, si distingué, que toutes les mères londoniennes guignaient pour leurs filles à marier. Elles essayaient de l'attirer dans leurs filets, mais lui n'avait d'yeux que pour elle, Lily, ne pensait qu'à elle, ne pouvait aimer qu'elle.

– Je ne veux pas vous perdre, dit-il.

– Qu'y pouvons-nous? gémit-elle. Après que George m'eut parlé, je n'ai pas dormi de la nuit, j'essayais de trouver une solution, mais il n'y en a pas.

– Fuyons ensemble.

La voix était pressante, presque brutale, mais en prononçant ces paroles, le duc devinait qu'elles seraient vaines. Lily n'avait rien d'une héroïne, elle n'accepterait jamais d'être mise au ban de la société et comme elle, il savait le monde auquel ils appartenaient capable d'absoudre les fautes d'un homme, mais jamais celles d'une femme.

Même s'il faisait d'elle légalement la duchesse de Roehampton, toutes les portes se fermeraient devant une divorcée, des remarques insultantes la cingleraient, ce serait une insupportable torture pour une femme qui, toute sa vie, avait appartenu au cercle le plus fermé de l'aristocratie.

Drogo comprit clairement pour la première fois que l'amour devait céder le pas aux exigences de la Cour. Même son amour pour Lily et celui qu'elle semblait avoir pour lui ne résisteraient pas au vent glacé de la désapprobation mondaine.

Et, une fureur amère, une indignation le submergèrent. Gâté par la vie depuis son enfance, il ne pouvait admettre que lui échappât cette femme qu'il désirait plus que tout au monde. Ses lèvres se crispèrent jusqu'à ne plus former qu'une ligne mince, bien connue de ses amis et qui était la marque d'une détermination agressive.

– Je ne renoncerai pas à vous, déclara-t-il.

Lily serra ses tempes dans ses mains.

– George ne veut rien entendre, dit-elle. Il voulait m'enfermer pour toujours à la campagne et puis il a pensé que ce ne serait pas commode, car il veut que je m'occupe de sa nièce. Et c'est finalement la punition qu'il m'impose. (Elle leva les bras en un geste théâtral et sa voix prit une inflexion tragique :) Imaginez cela! Jouer le rôle de mère pour une femme de trente-quatre ans!

Elle avait en fait trente-huit révolus et Drogo ne l'ignorait pas, mais l'heure n'était pas aux contestations.

– Je ne savais pas que George avait une nièce, remarqua-t-il.

– Moi, je le savais, mais jamais je n'aurais supposé qu'elle pût venir ici, répondit Lily. C'est la fille de Bertie. Vous souvenez-vous de Bertie, le dernier frère de George? Peut-être l'avez-vous oublié, vous êtes trop jeune pour l'avoir bien connu. Il a toujours été impossible quoique charmant. C'était un joueur enragé, rien ni personne ne pouvait le retenir. George a payé ses dettes maintes et maintes fois jusqu'au jour où la famille l'a expédié en Irlande pour y élever des chevaux et nous avons été bien contents d'en être débarrassés.

– Et il s'est marié là-bas?

– Oui, avec Edith, la fille du marquis de Langholme. La famille d'Edith a été furieuse, mais comme elle s'était sauvée avec Bertie, il était trop tard pour s'opposer au mariage. Je n'ai jamais revu Bertie ou sa femme et, il y a deux ans, ils ont été tués tous les deux dans un accident de voiture. George est allé à l'enterrement, il m'a dit qu'il y avait un enfant. Il a tout organisé pour que cette petite fille reste en Irlande avec une cousine de sa mère qui vivait chez eux comme femme de charge.

– Et maintenant, je suppose que la cousine est morte?

Il écoutait l'histoire par pure politesse. Infiniment plus intéressants étaient pour lui l'expression du visage de Lily, les mouvements de sa tête et de ses mains. Et bientôt, il serait privé de ce spectacle. Il ne la verrait plus que de loin, dans sa loge de l'Opéra ou montant l'escalier du palais de Londonderry, ou encore faisant la révérence, au palais de Buckingham, apparemment aussi froide et insensible que la fleur dont elle portait le nom (1). Il aurait à faire un effort pour se souvenir de leurs promenades la main dans la main, de leurs longues conversations à cœur ouvert, de la tendresse qu'elle lui témoignait. A présent, George Bedlington se dressait entre eux.

– Oui, la cousine est morte, poursuivait Lily, et – le croiriez-vous? – il paraît que la petite a hérité d'une énorme fortune. Tout le monde ignorait qu'elle eût une marraine américaine, une amie d'Edith. Quand l'enfant est née, cette femme avait mis de côté pour elle des actions de terrains pétrolifères, puis elle n'y a plus pensé. Ces dernières années, les puits ont été exploités et un

(1) Lily, en anglais, signifie « lis ».

notaire américain a annoncé à la jeune fille qu'elle possédait une richesse fabuleuse.

– Seigneur! Quelle aventure!

Malgré lui, le duc sentait son intérêt s'éveiller.

– C'est fantastique, n'est-ce pas? Naturellement, on aurait dû avertir George l'année dernière, mais la vieille cousine était malade et ne s'en est pas occupée. C'est seulement après sa mort que nous avons appris tout cela. George a décidé que sa nièce viendrait en Angleterre et que je lui servirais de chaperon pendant le reste de la saison.

– Vous serez à Londres, dit Drogo. Nous nous verrons. Il faut que nous réussissions à nous voir.

Les yeux du jeune homme brillaient et l'espoir renaissait dans sa voix.

– Il n'y a rien à faire, dit Lily, en secouant la tête. Nous ne pouvons plus nous rencontrer à partir d'aujourd'hui. George m'a autorisée à vous recevoir encore cette fois pour vous faire part de sa décision et pour vous dire adieu. Il ne veut pas faire de scandale et il admet que nous nous apercevions dans des réunions mondaines, et même que vous soyez invité ici quand nous donnerons des réceptions, mais s'il apprenait que nous nous sommes vus secrètement en tête à tête, il m'enfermerait immédiatement à la campagne. (Elle eut un geste désespéré.) Jamais je ne pourrais le supporter. Je déteste la campagne, vous savez à quel point je m'y ennuie! Rester à Bedlington d'un bout de l'année à l'autre avec seulement une bande de vieux chasseurs de renards à qui parler, j'en deviendrais folle.

– Je ne peux pas vous abandonner ainsi!

– Il le faut bien, soupira Lily. Nous nous verrons dans les salons remplis de monde, vous danserez avec les jeunes filles, et moi, je resterai assise au milieu des douairières. Oh! Drogo, avec les vieilles!

Aveuglément, avec un cri de douleur, Lily tendit les mains au jeune homme. Il la prit dans ses bras, la serra contre son cœur : ils s'accrochaient l'un à l'autre comme des enfants perdus.

– Je vous aime, gémit le duc d'une voix rauque. Seigneur! Je vous aime tant! (Il contemplait le visage exquis, les paupières baissées, les longs cils qui caressaient les joues colorées par l'émotion.) Je ne veux pas vous perdre. Je ne vous perdrai pas. Je vais vous emmener avec moi. Maintenant.

Lily, sa tête blonde blottie contre l'épaule virile, se mit à rêver. Elle savait que Drogo avait toujours pensé à cela, espéré que les circonstances lui permettraient un jour de la faire sienne. Cet homme jeune et ardent ne pouvait pas se contenter indéfiniment d'un rôle de chevalier servant. Elle aussi, contre toute logique, avait soupiré après le miracle : elle désirait autre chose que ces promenades d'amoureux dans les jardins de Londres, les visites de musées ou les week-ends chez les amis où ils jouissaient d'une liberté relative. Partir avec lui... s'abandonner sans retenue à sa force, à son amour. Cette idée la faisait frissonner. Ils seraient ensemble pour toujours.

Et puis, elle se vit à son côté, réprouvés par leurs amis, exilés de leur pays, errant de par le monde en évitant les gens, renonçant à lier de nouvelles amitiés parce que, toujours et partout, ils seraient hantés par le scandale passé. Elle crut recevoir une douche glacée.

Avec un profond soupir, elle se dégagea des bras qui l'entouraient et se regarda dans un grand miroir qui surmontait la cheminée. Elle poussa une exclamation d'horreur devant le désordre de sa coiffure et leva les bras pour rectifier la savante ordonnance de ses boucles. Elle n'ignorait pas que ses mouvements mettaient en valeur les courbes délicieuses de son buste, la sveltesse de sa taille et les formes généreuses de ses hanches.

Elle aimait Drogo, songeait-elle, elle l'aimait plus qu'elle n'avait jamais aimé quiconque jusque-là, mais pas assez cependant pour cacher sa beauté sous le voile de l'anonymat, pour vivre secrètement et à l'écart, critiquée par la rumeur publique.

Soudain, tandis qu'elle épinglait une mèche récalcitrante, une idée jaillit de son esprit et la fit se retourner vers le jeune homme qui se tenait derrière elle, triste et mécontent.

– Drogo, je viens de penser à quelque chose!

– A quoi donc?

Le ton était abrupt, presque indifférent. Le duc sentait qu'il perdait la partie au moment même où se présentait pour lui l'occasion de la gagner, une occasion unique et qui ne se retrouverait jamais : Lily était perdue pour lui et rien de ce qu'il pourrait dire ou faire n'y changerait quoi que ce soit.

– J'ai une idée qui nous permettrait de nous voir plus facilement et plus souvent qu'autrefois.

– Quelle est-elle?

Drogo interrogeait d'un ton morne. La déception cruelle qu'il éprouvait était non seulement un choc pour son amour, mais aussi blessait profondément son orgueil d'homme.

– Je ne comprends pas pourquoi je n'y ai pas songé plus tôt, reprit Lily d'une voix devenue soudain légère et joyeuse. C'est pourtant la solution idéale pour nous deux. Il faut que vous épousiez cette petite.

– Epouser qui?

– La nièce de George, voyons, la jeune fille qui arrive tout à l'heure.

– Etes-vous folle?

– Drogo, ne soyez pas aussi borné. Elle est riche à millions – des millions de dollars – pensez donc! Des millions à dépenser pour vous à Cotilion. Vous me dites toujours que vous ne pouvez pas garder le château et vivre sur le même pied que votre grand-père. Eh bien, maintenant, vous serez tranquille! Et, si vous vous mariez très vite, je n'aurai pas à chaperonner cette enfant, à jouer les douairières, à faire toutes ces choses assommantes que George m'impose parce qu'il est fâché contre moi.

– Vous plaisantez, gronda Drogo. C'est impossible.

– Cher, soyez raisonnable, dit Lily en souriant. C'est très possible et cela arrange tout. Vous serez obligé de vous marier un jour ou l'autre, votre mère me le disait encore la semaine dernière. Il vous faut un héritier et vous aurez vingt-neuf ans l'année prochaine. Il est grand temps que vous preniez femme.

– Je ne veux pas me marier, sinon avec vous.

– Je sais, mon ami, et moi aussi, je voudrais vous épouser, mais George est fort comme un cheval et il est probable qu'il vivra cent ans. Les Bedlington sont tous les mêmes : rien ne les tue! (Elle rit et reprit gaiement :) Puisque vous ne pouvez pas m'épouser et qu'aucune femme ne vous plaît, pourquoi ne pas choisir la nièce de George? Comme cela, vous pourrez venir ici tant que vous voudrez sans que George y trouve à redire. Nous nous verrons constamment : George ne pourra pas élever la moindre objection puisque vous serez devenu son neveu.

— Je n'épouserai ni la nièce de George ni qui que ce soit d'autre, déclara fermement le duc.

Lily poussa un petit cri, tomba assise sur le canapé et se cacha les yeux.

— Alors, vous voulez que nous soyons à jamais séparés? s'écria-t-elle. Comment pouvez-vous être si cruel, si méchant quand vous savez à quel point je vous aime, Drogo?

— Moi aussi, je vous aime, protesta douloureusement le jeune homme. (Il se pencha soudain et saisit les poignets de Lily avec violence.) Sacrebleu! Vous me rendez fou!

— Ne jurez pas, cher, dit-elle. Si seulement vous étiez raisonnable, nous serions sauvés. Sauvés!

— Je vous ai déjà dit que je n'épouserai pas une fille idiote que je ne connais même pas. Et puis, vis-à-vis d'elle, le procédé manque vraiment d'élégance.

— Quelle idée! rétorqua Lily. Pour elle, c'est inespéré. Elle arrive tout droit de la campagne, ici elle se sentira perdue, gauche et empruntée parmi des jeunes filles rompues aux usages du monde. Elle finira par trouver un mari qui l'épousera pour son argent et qui ne lui apportera ni votre nom, ni votre titre, ni votre position. Il lui faudrait d'autre part être bien sotte pour ne pas comprendre qu'il s'agit là d'un mariage de raison, d'une affaire, si vous voulez, et qui comporte pour elle d'immenses avantages. Du reste, elle sera libre de refuser.

— Je ne peux pas considérer le mariage comme une affaire, dit Drogo.

— Préférez-vous me dire adieu maintenant, pour toujours?

Elle le regardait les paupières mi-closes, à travers ses longs cils, un sourire enjôleur aux lèvres, et Drogo se sentit faiblir. S'il voulait vivre encore dans l'ombre de cette femme qui l'ensorcelait, il n'y avait pas d'autre solution. George, indulgent dans un sens, n'était pas homme à se montrer faible quand son honneur était en jeu. Il n'était pas jaloux mais extrêmement susceptible et soucieux du qu'en-dira-t-on. Lily et Drogo avaient certes abusé des apartés et des rendez-vous sentimentaux, affichant imprudemment un amour qu'ils essayaient de travestir en amitié. Comment avaient-ils pu croire que leur folle passion demeurerait secrète? Ils étaient trop connus, trop beaux l'un et l'autre pour passer inaperçus.

– Je ne veux pas vous perdre, murmura Lily.

Drogo hésitait encore, mais en voyant les lèvres frémissantes de la femme qu'il adorait, ses yeux remplis de larmes, il courba la tête, vaincu. Il lui prit les mains et y écrasa ses lèvres. A cette femme, il sacrifiait sa liberté, et soudain, cela lui fut indifférent. « Peut-être la nièce de George refusera-t-elle », songea-t-il en un éclair.

Tout à coup, il redouta ce refus éventuel. Malgré tout, l'espoir renaissait en lui. Peut-être, à la dernière minute, Lily se laisserait-elle fléchir. Et il s'arrangerait pour que la jeune fille comprît sans erreur possible qu'il lui offrait un mariage de convenance. Et qui sait si un tel mariage ne serait, pour elle aussi, la solution de ses problèmes.

Quand le duc fut parti, Lily monta dans sa chambre pour se préparer au retour de son mari parti chercher sa nièce à la gare. Elle se contempla dans le miroir de sa coiffeuse et remarqua avec contrariété que sa nuit blanche avait laissé des cernes sous ses yeux et que les émotions de l'après-midi avaient marqué son visage. Cependant, pensa-t-elle avec satisfaction, elle avait eu gain de cause et, pour le moment, cela seul importait.

Il y avait d'autres avantages à ce mariage entre le duc et la nièce d'Irlande : Lily et son mari, par là même, feraient davantage partie du cercle exclusif au sein duquel Emilie Roehampton occupait la première place.

C'était une coterie passablement frivole et il ne manquait pas de vieilles dames sévères pour la considérer avec réprobation, mais Emilie Roehampton était une personnalité trop éminente pour prêter la moindre attention aux critiques et, du reste, tout le monde savait que le nouveau roi, Edouard VII, était souvent invité au château de Cotilion, ce qui suffisait à réduire au silence les voix discordantes.

Evidemment, Emilie pouvait s'opposer au mariage de son fils avec une jeune fille inconnue dont l'éducation semblait sujette à caution mais sa grosse fortune lui plairait, décida Lily. Nul, dans le cercle Roehampton, n'avait jamais assez d'argent et, bien que Drogo fût certainement riche, Cotilion engloutissait des sommes astronomiques.

En se remémorant l'immense demeure étalée sur des acres et des acres de terrain, avec son parc, ses jardins, son lac et ses terrasses, Lily fut certaine qu'Emilie accueillerait avec joie une belle-fille pourvue d'une telle quantité de dollars, qui contrebalanceraient beaucoup d'imperfections.

George n'exagérait jamais : puisqu'il disait que sa nièce possédait des millions, ce ne pouvait être que la vérité.

Oui, pensa Lily avec philosophie, ainsi tout serait pour le mieux. Drogo devait se marier un jour, quand ce ne serait que pour donner un héritier au titre, et elle n'aurait pas aimé le voir épouser l'une des nombreuses jeunes personnes qu'on lui jetait à la tête à chaque nouvelle saison mondaine. Elle aurait été follement jalouse de l'élue de Drogo. En le poussant à ce mariage sans amour, elle se sentait infiniment plus tranquille. Elle n'en espérait pas moins que la nièce de George ne serait pas trop séduisante. Il serait déjà dur de céder Drogo à une jeune épouse, si elle était jolie, le sacrifice deviendrait intolérable.

Mais était-il possible d'être aussi ravissante qu'elle, pensa Lily en s'observant complaisamment. A trente-huit ans, elle était encore la plus jolie femme de Londres, et beaucoup de gens la considéraient même comme la plus jolie femme d'Angleterre. Effectivement, une photographie d'elle dans la vitrine d'un magasin attirait une foule aussi nombreuse que celle de l'actrice la plus célèbre. Lily soupira. Un jour, songea-t-elle, tout cela passerait, mais, pour le présent, il était bien agréable d'être une beauté connue, admirée partout où elle allait. Admirée... et aimée.

Ses joues rosirent. Elle imaginait Drogo, si grand, si distingué, aussi beau dans son genre qu'elle l'était dans le sien. Quel couple superbe ils formaient! Ah, si seulement elle l'avait rencontré quand elle avait dix-huit ans...

Elle se rappela soudain qu'à cette époque, petit garçon de huit ans, il jouait au soldat dans la nursery de Cotilion tandis qu'elle se mêlait, au salon, aux joyeux invités d'Emilie.

Lily comme toujours quand elle pensait à son âge fut prise d'angoisse. Trente-huit ans! Dans deux ans, elle en aurait quarante.

« Je deviens vieille », se dit-elle en frissonnant, saisie par un froid subit.

Brusquement, elle releva la tête d'un air de

défi. Non, elle n'était pas vieille, elle pouvait encore rendre les hommes fous d'amour pour elle. Parce qu'il l'aimait, Drogo, contre sa volonté, consentait à épouser une jeune fille qu'il n'avait jamais vue; parce qu'il l'aimait, elle n'aurait pas à se comporter en douairière, elle danserait avec les jeunes, elle valserait avec Drogo et il murmurerait à son oreille des choses tendres et ridicules, des choses merveilleuses.

Une sonnette tinta, une porte s'ouvrit en bas. George devait rentrer. Lily jeta un dernier coup d'œil dans la glace et se dirigea vers la porte. Elle descendit lentement l'escalier, la soie de son jupon bruissant à chacun de ses pas.

Les domestiques apportaient des bagages, la porte de la bibliothèque était ouverte. George se tenait devant la cheminée avec une jeune fille à côté de lui.

Un instant, Lily ne put distinguer qu'un manteau de voyage démodé et un affreux chapeau de feutre vert garni d'une plume fatiguée, puis George dit quelque chose, la jeune fille se tourna vers la porte et Lily vit son visage.

Alors elle rit, d'un petit rire soulagé, surpris aussi, car la voyageuse portait de grosses lunettes noires. Elle n'avait aucune distinction, et de la séduction bien moins encore.

2

En apprenant qu'elle devait partir pour Londres, Cornélia avait eu l'impression que la fin du monde venait pour elle. Elle tenta de protester, de discuter, de refuser, puis quand elle comprit qu'elle ne gagnerait rien à le prendre de haut avec le notaire, elle se mit à la recherche de Jimmy.

Elle le trouva qui nettoyait les écuries en sifflant entre ses dents. Il était gris de poil, laid comme les sept péchés capitaux et il n'était pas un os qui n'eût été brisé à un moment ou à un autre par les chevaux auxquels il se consacrait. Cornélia l'aimait tendrement.

– Jimmy, on me renvoie d'ici, dit-elle d'une voix étouffée.

D'un seul regard, il comprit qu'elle souffrait intensément.

– Il fallait s'y attendre, ma mignonne, répondit-il. Vous ne pouvez plus rester ici maintenant que miss Withington – que Dieu ait son âme! – est allée au paradis.

– Pourquoi pas? cria Cornélia violemment. Je suis ici chez moi, dans mon pays. Ce frère de papa n'a jamais voulu de moi jusqu'ici, pourquoi me veut-il maintenant?

– Vous savez ça aussi bien que moi, riposta Jimmy.

– Evidemment, déclara la jeune fille avec mépris, c'est à cause de mon argent, cet argent que je n'ai pas demandé et qui est venu trop tard pour servir à quelque chose.

Jimmy soupira. Il avait entendu cela maintes fois et son expression rappela à Cornélia les larmes amères qu'elle avait versées en apprenant qu'elle héritait d'une immense fortune.

Cela lui semblait si ridicule, tellement inutile d'être riche quand elle n'avait envie de rien, besoin de rien que Rosaril ne pût lui procurer. Elle se rappelait combien son père maudissait sa pauvreté, comme sa mère soupirait après de jolies robes, et trop tard, une longue année après leur mort à tous deux, l'argent pleuvait sur elle, qui ne souhaitait rien.

Il lui fallut du temps pour pouvoir rire de la manière dont Jimmy avait pris la nouvelle; elle lui en parlait d'une voix volontairement indifférente qui contredisait les larmes versées quelques heures plus tôt.

– Me voilà riche, Jimmy, dit-elle. Ma marraine est morte en Amérique et me laisse une somme considérable en actions dans une affaire de pétrole. Cela se monte à des centaines de milliers de livres.

– Bonté divine! Qu'est-ce que nous allons faire de tout ça? demanda Jimmy.

Cornélia haussa les épaules.

– Je n'en ai pas la moindre idée.

– En ce cas... on pourrait peut-être regarder de près cette jolie petite jument que le capitaine Fitzpatrick nous montrait l'autre mercredi, suggéra-t-il avec un clin d'œil malin.

Finalement, ils avaient payé la jument vingt-cinq livres, après des jours et des jours de marchandage, et Jimmy n'avait rien réclamé d'autre.

La cousine Aline, elle aussi, avait eu une réaction caractéristique en apprenant qu'une pluie d'or s'abattait sur sa nièce.

– C'est là une grande responsabilité, ma chère enfant, dit-elle avec douceur. Il faut que tu demandes à Dieu de te guider car tu découvriras que tu portes désormais un fardeau bien lourd pour tes épaules.

– Je ne veux ni argent ni responsabilités, dit Cornélia avec une moue.

Une semaine plus tard, Aline avait parlé d'employer Mrs O'Hagan quatre matinées par semaine au lieu de deux.

– Nous avons de quoi nous offrir cela, dit-elle, et ce serait une grande aide.

Pour elle-même, Cornélia ne dépensait rien. En fait, elle essayait surtout d'oublier cet argent. Des lettres lui parvenaient d'une banque de Dublin, mais elle les laissait sans y répondre sur le bureau encombré qui avait été celui de son père.

Il était tout de même agréable de savoir qu'elle n'aurait plus à s'inquiéter des factures des commerçants qui pourraient être réglées dès qu'ils les présenteraient. C'était, de son point de vue, le seul avantage qu'elle tirait de sa fortune et, à part cela, son existence ne changea en rien. Mais, lorsque sa cousine Aline mourut, il en alla tout autrement.

Jamais Cornélia n'aurait imaginé que la mort de la vieille demoiselle paisible, connue de tout temps à Rosaril, allait faire basculer son univers. Elle n'avait jamais pensé que le vieux Mr Musgrave, venu de Dublin pour les funérailles, allait écrire à lord Bedlington pour lui dire que sa nièce vivait seule et sans chaperon et qu'il importait de remédier à cela.

En voyant revenir Mr Musgrave avec l'ordre de lord Bedlington de lui amener la jeune fille en Angleterre, comme un colis, Cornélia comprit ce qui arrivait et elle accabla le notaire de reproches.

– C'est mon devoir, miss Bedlington, répondit-il simplement. Vous êtes une personnalité importante et veuillez m'excuser, mais je pense depuis longtemps que vous devriez prendre votre place dans la société à laquelle vous appartenez.

– C'est à Rosaril que j'appartiens! s'écria Cornélia.

– Vous avez grandi et nous l'avons tous oublié, déclara Jimmy quand elle vint dans l'écurie le mettre au courant de la situation. Vous avez dix-huit ans depuis six mois. Le temps a passé depuis le jour où vous étiez si petite que je devais vous soulever pour vous mettre sur le dos du vieux Sergent et vous tenir pour que vous ne tombiez pas. Vous êtes une jeune dame, ma mignonne, et je devrais vous appeler mademoiselle et retirer mon chapeau pour vous parler.

– Si jamais tu fais ça, je te giflerai! s'exclama Cornélia. Oh! Jimmy, Jimmy, pourquoi faut-il que je parte? J'aime tant Rosaril. La maison fait partie de moi. Je ne pourrai pas vivre sans toi, et les chevaux, et les chiens, et la pluie qui vient de la montagne, et les nuages qui arrivent de l'océan! –

Les larmes roulaient sur ses joues et Jimmy se détourna, car il pleurait aussi.

Ensuite, ce fut un vrai cauchemar. Elle pensa se sauver, se cacher dans les collines, mais elle devinait que, pour la punir, on vendrait les chevaux et on refuserait de payer Jimmy. Ce ne serait certes pas la première fois que le palefrenier se passerait de ses gages, mais elle n'avait plus le droit à présent de le permettre. Elle se résigna donc à lui laisser la garde de la propriété et s'en fut à la gare avec Mr Musgrave, aveuglée par le chagrin au point que le monde entier lui paraissait gris et désolé.

Cornélia avait passé ses derniers jours à Rosaril, aussi incapable qu'un enfant de prendre une initiative. C'était Jimmy qui pensait à tout, jusqu'à ses vêtements.

– Vous n'allez pas vous rendre à Londres en culotte de cheval, ma mignonne!

Pour la première fois de sa vie, Cornélia dut s'occuper de son aspect physique. Elle portait toujours, à Rosaril, des pantalons ou des culottes de cheval, comme un garçon; sinon, comment aurait-elle dressé les chevaux? Il lui était impossible de se vêtir comme une fille quand elle travaillait avec son père et Jimmy; elle portait une longue tresse dans le dos et il ne lui était pas venu à l'idée qu'à dix-huit ans, elle aurait dû relever et épingler ses cheveux noirs sur le sommet de sa tête comme faisaient les autres jeunes filles.

Elle avait peu de voisins, ceux-ci étant surtout des hommes de chevaux et de chasse comme son père. Ils venaient pour discuter des questions hippiques et ne faisaient guère attention à cette jeune fille aux longues jambes. Sa mère, pourtant, était jolie et charmante, même quand elle aidait aux travaux du ménage ou s'activait dans le jardin rempli de fleurs et de parfums.

Parfois, quand son père avait gagné aux courses, il rentrait en clamant son succès avec une joie de collégien. Alors sa mère courait au premier étage, entassait ses plus jolies robes dans une malle et tous deux partaient pour Dublin où ils passaient une semaine de vacances.

Cornélia ne les accompagnait pas, mais elle entendait ensuite les récits enthousiastes de tout ce qu'ils avaient fait, les descriptions des salles de danse, des théâtres, des restaurants étincelants de mille lumières. Sa mère revenait toujours avec une robe neuve, à la dernière mode, et un chapeau couvert de fleurs et de plumes. Elle les faisait admirer à Cornélia, à la cousine Aline et à Jimmy, et quand ils s'étaient suffisamment extasiés, robe et chapeau prenaient place dans l'armoire où on les oubliait, comme les précédents, jusqu'au prochain coup de chance.

Par bonheur, Cornélia pouvait porter les vêtements de sa mère qui lui allaient parfaitement. Cependant, bien avant d'avoir atteint l'Angleterre, elle se rendit compte de leur allure démodée. Ce fait, d'ailleurs, ne la tracassait guère : elle était beaucoup plus ennuyée d'avoir à supporter l'inconfort d'une jupe qui lui descendait aux chevilles et d'un chapeau posé en équilibre instable sur des cheveux maladroitement coiffés. Elle avait imité de son mieux une coiffure dessinée dans un magazine que sa cousine Aline aimait feuilleter, mais le résultat n'était pas fameux.

Cependant, elle était si triste et si furieuse de quitter Rosaril que sa mise était le cadet de ses soucis. La nuit précédant son voyage lui avait apporté une révélation : elle était intimidée, effrayée d'aborder un monde dont elle ignorait tout. A Rosaril, parmi les animaux, elle était reine de son domaine, les poulains venaient à son appel, les juments l'attendaient à la barrière du paddock, et Jimmy l'aimait autant qu'elle l'aimait.

Oui, Jimmy l'aimait tendrement et il restait la seule personne sur laquelle elle pût compter. La mort ayant fauché son père, sa mère et sa cousine Aline, Jimmy et Rosaril représentaient tout ce qu'elle avait au monde. Et voilà qu'on les lui arrachait. Seule brillait une lueur dans les ténèbres qui entouraient la jeune fille : le notaire lui avait dit qu'à vingt et un ans, elle serait libre de faire ce qu'elle voudrait.

Elle devrait donc patienter deux ans et demi. Ensuite, elle reviendrait chez elle.

Plus elle pensait à la famille de son père et plus elle la détestait. Elle avait souvent entendu Bertie Bedlington parler de la façon cavalière dont on l'avait traité et Cornélia savait aussi que bien rares étaient les parents de sa mère qui ne lui avaient pas tourné le dos après son enlèvement par un jeune homme qu'ils considéraient comme un propre à rien.

Depuis sa petite enfance, la jeune fille entendait ses parents rire de l'allure gourmée du frère aîné de son père et elle l'avait trouvé très ridicule en l'apercevant, deux ans plus tôt, à l'enterrement.

Gros, pompeux, rougeaud, lord Bedlington n'avait rien trouvé à dire de cette nièce pâle et maigrichonne. Il la trouvait étrangement accoutrée : cela venait de ce qu'elle portait une robe de sa cousine Aline, beaucoup trop large et trop courte pour elle, mais il paraissait inutile d'acheter une robe noire uniquement pour la cérémonie.

Avec soulagement, la jeune fille avait vu la vieille voiture de louage emmener son oncle à la gare. Elle ne pensait ni le revoir ni entendre parler de lui. Et voici qu'il avait le pouvoir de transformer son existence parce que, avait expliqué le notaire, il était son tuteur légal.

– Je déteste mes parents anglais! dit Cornélia à Jimmy avec feu.

– Eh bien, vous ferez mieux de ne pas dire ça tout haut, ma mignonne. Restez polie : cela ne sert à rien de se battre contre les gens, surtout quand ils sont de votre sang.

– Oui, soupira-t-elle, tu as raison, Jimmy. Je me garderai de les offenser jusqu'au jour de mes vingt et un ans, mais là, ils sauront ce que je pense d'eux. Et je reviendrai ici.

– Cela ne sert à rien de dire des choses aimables avec votre bouche, si vous les insultez avec vos yeux, repartit l'Irlandais.

Cela fit rire la jeune fille, mais elle comprenait son idée et au moment du départ, elle se regarda dans la glace.

Ses cheveux, en dépit d'un nombre impressionnant d'épingles, commençaient déjà à glisser en désordre sur sa nuque et elle fut prise de l'envie d'enlever son chapeau, de retirer les jupons enveloppants et la robe à col montant et baleiné, de remettre son costume de cheval et de se sentir à l'aise de nouveau.

Ce déguisement qui la faisait suffoquer, son oncle anglais en était responsable et il s'intéressait non à sa personne mais à son argent.

– Je les ai en horreur! gronda-t-elle.

L'éclair vengeur de ses yeux se refléta dans la glace et les paroles de Jimmy lui revinrent à la mémoire. Elle les « insultait » du regard. Cornélia ouvrit un tiroir, y trouva des lunettes aux verres noirs qu'elle avait dû porter pendant trois mois, après une chute de cheval : car elle ne pouvait plus supporter la lumière.

Les verres sombres dissimulaient ses yeux et lui donnaient l'impression d'être protégée, armée contre le monde extérieur. Quand elle rejoignit Mr Musgrave, celui-ci se récria devant sa physionomie insolite, mais elle lui expliqua qu'elle avait mal et il crut qu'elle cachait ainsi ses larmes. Le notaire pouvait bien croire tout ce qu'il voulait : elle se sentait en sécurité à l'abri de ses lunettes et elle les conserverait.

Quant ils atteignirent la gare d'Euston, à Londres, lord Bedlington les attendait. Il remercia Mr Musgrave et quand ce dernier les eut quittés, Cornélia put étudier son oncle à loisir tandis qu'ils roulaient en voiture vers la maison de Park Lane. George s'efforçait d'être aimable pour l'orpheline.

– Votre tante vous fera connaître des jeunes personnes de votre âge, dit-il. Dès qu'on saura que vous êtes ici, on vous invitera partout. Vous ne manquerez pas de distractions, ma chère enfant.

— Merci, mon oncle.

Cornélia était décidée à parler le moins possible afin de ne pas commettre d'impair.

— Vous savez danser, je suppose?

— Un peu, admit la jeune fille.

Elle n'ajouta pas que son seul danseur avait été son père, pendant que sa mère jouait des valses sur le vieux piano désaccordé.

— Il sera facile de vous trouver des professeurs, reprit lord Bedlington. Peut-être y a-t-il certaines choses que vous désireriez apprendre maintenant que vous irez dans le monde. N'hésitez pas à me demander tout ce que vous voudrez.

— Mr Musgrave m'a dit que vous comptiez me garder chez vous jusqu'à ma majorité, remarqua Cornélia.

— C'est exact. C'est ce que votre père et votre mère auraient souhaité, j'en suis certain, surtout avec la petite fortune que vous possédez à présent.

Les lèvres de la jeune fille esquissèrent un sourire sarcastique : des milliers de livres arrivant chaque trimestre, voilà ce que son oncle qualifiait de « petite fortune ».

L'élégant coupé dans lequel ils se trouvaient roulait rapidement vers West End. En montant dans la voiture, Cornélia avait noté la beauté du cheval qui y était attelé, ainsi que son poil lustré, et admiré ses magnifiques harnais armoriés, tout en constatant avec horreur qu'il portait une fausse rêne. Jimmy et elle avaient souvent parlé de cela, qu'ils considéraient comme une indignité. Elle avait grande envie de le dire à son oncle mais elle pensa que le moment était mal choisi.

— J'espère que vous serez heureuse auprès de nous, lui dit lord Bedlington. Vous avez eu bien des épreuves en perdant vos parents, puis votre cousine.

– J'étais très heureuse à Rosaril, répliqua la jeune fille. Pourquoi ne m'est-il pas possible d'y demeurer?

– Seule? Certainement pas. Il ne peut en être question, répondit son oncle sèchement.

– J'y retournerai quand j'aurai vingt et un ans.

– Si vous voulez, mais vous serez mariée bien avant cela.

– Mariée? répéta Cornélia, surprise. (Elle secoua la tête pour marquer son scepticisme.)

– Sans aucun doute, déclara lord Bedlington d'un ton jovial. Toutes les jeunes filles se marient. Mais nous avons le temps d'y penser. Vous allez trouver Londres très gai et votre tante vous présentera à tous les gens que vous devez connaître.

– Merci.

Cornélia se demandait ce que penserait son oncle si elle lui disait ce qu'elle éprouvait réellement et répondait qu'elle n'avait aucune envie de rencontrer ces gens qu'elle « devait » connaître. Elle ne désirait que la compagnie de Jimmy ou d'hommes de son genre, qui savaient parler de chevaux. Evidemment, elle ne pouvait pas dire cela. Tout s'annonçait difficile dès les premiers instants, se dit-elle. Comment s'empêcherait-elle de s'exprimer avec franchise, ainsi qu'elle l'avait toujours fait?

A Londres, elle n'allait être qu'une jeune fille à peine sortie de la salle d'études, qui devrait se montrer respectueuse envers ses aînés, reconnaissante de la moindre marque d'intérêt, et dont le souci majeur devrait se borner à trouver un mari.

Non, elle ne pouvait rien dire; il lui était seulement permis de détester secrètement tout et tous. Elle détestait son oncle et son ennui pompeux si bien décrit par son père, elle détestait sa tante sans l'avoir vue, elle détestait ce coupé aux banquettes moelleuses, et le cocher assis sur le siège, coiffé d'un chapeau haut de forme ainsi que le valet de pied en livrée, monté près de lui d'un saut adroit, après avoir fermé la portière de la voiture.

Tout respirait la richesse et le luxe, représentait un monde qu'elle ne comprenait pas et dont elle se méfiait d'instinct.

Son oncle parla de nouveau après un assez long silence :

– Nous traversons Grosvenor Square, ma chère enfant. Voyez comme les maisons sont belles.

– Oui, je vois, dit Cornélia.

Il y eut un nouveau silence, rompu seulement par le cliquetis des harnais et le bruit des sabots.

– Dans un instant, nous aborderons Park Lane, murmura lord Bedlington.

Un petit embarras de voitures obligea le cocher à ralentir. Des attelages sortaient du parc : la jeune fille aperçut à l'intérieur des femmes resplendissantes avec des boas de plumes et des chapeaux fleuris. Elles portaient des ombrelles gracieusement ornées.

« Auprès d'elles, je dois avoir l'air ridicule », songea Cornélia, le cœur gros.

Le coupé avançait lentement. Soudain, Cornélia entendit son oncle jurer entre ses dents. Il regardait par la fenêtre avec une extrême attention.

Elle regarda aussi et vit du côté opposé de l'avenue un élégant phaéton noir et jaune qui débouchait de Park Lane; mais ce furent d'abord les chevaux qui captivèrent la jeune fille, des alezans dont l'origine arabe se reconnaissait à l'encolure arquée, aux naseaux larges et frémissants. Ils étaient conduits superbement par un jeune homme brun aux larges épaules qui portait un chapeau haut de forme posé crânement sur le côté de sa tête. Un gros œillet ornait sa boutonnière.

Jamais Cornélia n'avait vu d'homme aussi beau, jamais elle n'aurait cru qu'un homme pût être aussi élégant et cependant si parfaitement à l'aise dans une voiture, conduisant ses chevaux avec une habileté à laquelle elle rendait hommage. Les bêtes ardentes, fougueuses, renâclaient sous son autorité.

Cornélia et son compagnon n'étaient pas seuls à contempler le spectacle : les chevaux piaffants semblaient prêts à renverser le fragile véhicule et les passants s'arrêtaient pour assister à la lutte entre l'homme et l'animal, qui prit fin par la victoire du conducteur; avec une superbe maîtrise, il poussa les chevaux en avant et les obligea à reprendre le trot. Le phaéton disparut bientôt.

– C'est magnifique! s'exclama la jeune fille avec enthousiasme.

Un coup d'œil jeté à son oncle lui fit regretter ses paroles. Il avait les sourcils froncés et la bouche crispée. Cornélia n'avait pas beaucoup d'expérience, mais elle savait fort bien reconnaître les signes d'une colère prête à exploser et elle se souvint du juron proféré par lord Bedlington à la vue de l'attelage. L'habile jeune homme brun devait lui déplaire de quelque façon, pensa-t-elle, et avec tact, elle dit vivement :

– Voici le parc, je pense? Comme il est joli!

Le regard de son oncle s'éclaircit.

– Oui, c'est Hyde Park, dit-il. Nos fenêtres le

dominent. Vous ne regretterez pas trop la campagne.

Cornélia avait son opinion sur ce point mais elle répondit poliment et, un instant plus tard, la voiture se rangeait devant une porte à fronton. Le valet de pied sauta sur le sol et ouvrit la portière tandis qu'un maître d'hôtel apparaissait sur le perron. Deux valets en livrée et perruque poudrée le suivaient : ils saluèrent lord Bedlington et lui prirent sa canne et son chapeau.

– Venez dans la bibliothèque, ma chère enfant. Votre tante va descendre vous souhaiter la bienvenue dans un instant.

La pièce était plus vaste et plus luxueuse que tout ce que la jeune fille avait pu imaginer. D'épais rideaux de velours, et d'autres en mousseline légère drapaient les hautes fenêtres. Des canapés et des fauteuils recouverts de satin et de brocart, de grandes glaces aux cadres dorés adoucissaient l'austérité des bibliothèques qui revêtaient la majeure partie des murs.

Cornélia se demandait si elle devait exprimer son admiration ou se taire quand lady Bedlington entra. La jeune fille la regarda avec stupéfaction. Elle ne s'attendait pas à voir une tante à l'aspect aussi ravissant et élégant et surtout aussi jeune.

– Ainsi, voilà votre nièce, George? Voulez-vous me la présenter? dit une voix douce, légèrement affectée.

– Je vous présente Cornélia, Lily, répondit lord Bedlington assez brusquement.

– Comment allez-vous? demanda Cornélia posément en prenant la main de sa tante.

– Eh bien, je vais vous abandonner cette enfant, déclara lord Bedlington d'un ton où on discernait le soulagement d'échapper à une pesante corvée.

– Oui, bien sûr, George. Allez donc au Palais voir lord Chamberlain et organiser les choses pour que je puisse emmener Cornélia à la prochaine réception à la Cour. En principe, la liste d'invitations est close depuis des mois, mais vous parviendrez certainememt à tirer quelques ficelles. Si vous ne réussissez pas, je parlerai au roi, je le verrai jeudi soir au palais de Londonderry.

– Une invitation officielle serait préférable.

– Certainement, si c'est possible.

– Voulez-vous dire que je dois être présentée au roi et à la reine? demanda Cornélia avec épouvante. Est-ce indispensable? J'aimerais mieux l'éviter.

Elle se voyait déjà à la Cour, gauche et ignorante, commettant bévue sur bévue parmi des centaines de courtisans ironiques, aussi élégants et redoutables que sa tante.

– Naturellement, il faut que vous soyez présentée, répliqua Lily avec emphase. Ce sera une véritable course pour vous procurer une robe, mais je pense que nous y arriverons. Je suppose que vous avez besoin de beaucoup de choses, de toute façon, ajouta-t-elle en jetant un coup d'œil sur le manteau et le chapeau de la voyageuse.

– Oui, je manque de vêtements, répondit la jeune fille. Il n'est pas facile d'en trouver en Irlande et, d'ailleurs, je n'avais jamais le temps d'aller à Dublin.

– Je ne crois pas que les élégances de Dublin soient tout à fait ce qu'il faut à Londres, dit Lily. Voulez-vous demander ma voiture, George? Dès que Cornélia sera un peu reposée, nous irons dans les magasins voir ce qu'on peut trouver pour elle.

Cornélia soupira. Elle avait horreur des toilettes et il y avait mille choses qu'elle aurait préféré faire, à la minute présente, que des courses dans les magasins.

– Je pense que vous désirez vous rafraîchir, Cornélia, dit lady Bedlington, et vous habiller un peu plus légèrement? (Elle hésita un instant puis se décida à parler de ce qui la tracassait visiblement :) Ces lunettes?... Etes-vous obligée de les porter?

– Oui, répondit nettement la jeune fille. Je me suis fait mal aux yeux en chassant pendant l'hiver et l'oculiste m'a ordonné de ne pas les quitter pendant trois mois au moins.

– C'est dommage.

Cependant, cela ne parut pas contrarier lady Bedlington outre mesure.

– Ma femme de chambre va vous conduire chez vous, dit-elle. Elle vous attend dans le hall.

– Merci... tante Lily.

Cornélia sortit de la bibliothèque et gagna le hall où une femme austère, en tablier blanc, l'attendait en effet.

– Venez par ici, s'il vous plaît, mademoiselle.

Dans la bibliothèque, Lily s'effondra dans un fauteuil.

– Mon pauvre George, que nous amenez-vous là? Avez-vous jamais vu des vêtements semblables? Ce manteau doit venir de l'Arche de Noé; quant au chapeau, c'est une vraie pièce de musée.

– Allons, Lily, ne commencez pas à faire des histoires, supplia lord Bedlington. Vous savez bien que cette enfant est orpheline, et Rosaril est au fin fond de la campagne. Comment aurait-elle eu l'occasion d'acheter des vêtements?

– Ce ne sont pas seulement les vêtements. Ces lunettes! Vous l'avez entendue? Elle veut les porter encore pendant trois mois.

– Que voulez-vous?... Faites pour le mieux. En

tout cas, vous pouvez dépenser autant d'argent qu'il sera nécessaire.

– C'est la seule consolation, dit Lily. Mais ne vous attendez pas à des miracles : je ne suis pas une fée.

– Sa mère était jolie femme, dit lord Bedlington songeur, et Bertie était considéré comme l'Adonis de la famille; il n'y a pas de raison pour que leur fille ne soit pas agréable à regarder. Quand vous l'aurez un peu arrangée...

– Je ne suis pas une fée, je vous le répète, répondit Lily froidement. Mais ne vous tourmentez pas, George, j'ai tout organisé.

Lord Bedlington se dirigea vers la porte, puis s'arrêta, hésitant. Il avait l'air gêné.

– J'espère que vous avez parlé à Roehampton?

– Oui, je lui ai parlé, je lui ai transmis tout ce que vous m'aviez dit, George, mais n'oubliez pas que si nous introduisons Cornélia dans le monde, il est de loin le célibataire le plus recherché de Londres à l'heure actuelle. Il faudra l'inviter à toutes les réceptions que nous donnerons pour votre nièce.

– Tant qu'il réservera ses attentions à Cornélia, tout ira bien en ce qui me concerne, dit Lord Bedlington, mais ne me prenez pas pour un imbécile. Je sais parfaitement que le jeune Roehampton ne peut pas s'intéresser, pour le moment, à une petite provinciale.

Il claqua la porte derrière lui. Lily resta assise pendant quelques instants, puis elle se leva et alla se regarder dans l'un des miroirs. Elle se contempla d'un œil critique, puis un sourire apparut sur ses lèvres et, finalement, elle éclata de rire.

– Des lunettes noires! s'exclama-t-elle. Oh! Pauvre Drogo!

3

Le roi et la reine entrèrent dans la salle de bal et les femmes plongèrent en de profondes révérences sur leur passage.

« Le roi ressemble tout à fait à ses portraits, songea Cornélia, mais la reine est infiniment plus jolie. » La reine Alexandra, vêtue de satin gris perle, éclipsait toutes les autres femmes qui semblaient, à côté d'elle, gauches et mal fagotées. L'ovale parfait de son visage, le front pur, le nez fin, le teint éblouissant étaient rehaussés par la couleur des yeux. La petite tête de la souveraine, posée sur un cou ferme et blanc, avait une grâce, une fierté inimitables et son radieux sourire charmait tous ceux auxquels il s'adressait.

La salle de bal du palais de Londonderry, éclairée par des lustres étincelants, avec sa décoration blanche et dorée, ses magnifiques portraits, ses massifs et ses guirlandes de fleurs rares, tout cela formait un spectacle propre à ébahir un être aussi peu sophistiqué que Cornélia.

Les invités l'effaraient plus encore. Les diadèmes les bijoux jetaient mille feux et les robes firent comprendre à la jeune fille combien elle était ignorante de la mode et comme elle avait dû paraître ridicule en arrivant à Londres.

Pourtant, elle n'était guère satisfaite de son apparence présente, bien que sa robe eût été achetée dans la fameuse « Bond Street », pas plus que de sa coiffure, édifiée par le propre coiffeur de sa tante. Le temps avait manqué pour qu'une robe fût faite à ses mesures et la seule qui put être rectifiée assez rapidement était en satin blanc, lourdement ornée de dentelles de Venise.

Le prix avait laissé Cornélia sans voix, mais en la voyant sur elle, elle l'avait jugée peu seyante. Les dentelles qui moussaient autour du décolleté et au bas de la jupe faisait paraître sa peau blême et, bien qu'elle fût peu avertie de ce genre de choses, elle trouvait que l'ensemble ne mettait pas sa silhouette en valeur. En se regardant dans la glace avant de quitter sa chambre, elle s'était exclamée :

– Seigneur! Je suis affreuse!

– Non, mademoiselle, vous êtes charmante, protesta la femme de chambre qui venait de l'aider à s'habiller.

Cornélia s'adressa une grimace dans le miroir.

– Les compliments ne dissimulent pas les trous dans les bas, dit-elle. (L'expression de la femme de chambre la fit rire.) C'est un dicton irlandais, expliqua-t-elle. Le dicton préféré de Jimmy. Jimmy était le palefrenier de mon père et personne n'aurait pu lui faire croire autre chose que la vérité. Soyons franches et admettons que je suis horrible.

– C'est seulement parce que vous n'êtes pas habituée à ce genre de toilette, mademoiselle. Vous vous sentirez très bien quand vous serez parmi les autres dames.

Cornélia ne répondit pas. Elle inspectait sa coiffure, considérant avec effroi la monumentale construction que M. Henri avait échafaudée sur sa tête. Frisés, ondulés et fixés sur une sorte de carcasse, ses cheveux éclairaient sa figure qui semblait toute petite et perdue sous un gigantesque nid d'oiseau.

Ce chef-d'œuvre était de plus extrêmement peu confortable et, en dépit des efforts de M. Henri, Cornélia était sûre que, bien avant d'avoir atteint la salle de bal, elle aurait des mèches dans le cou et que des boucles se détacheraient du sommet. Mais elle ne pouvait rien faire d'autre à la minute présente, que regretter désespérément Rosaril.

Tout au long de la journée, elle avait pensé à la longue maison grise entourée de champs verdoyants, aux montagnes violettes sur le ciel bleu, à la mer qui étincelait au loin. Elle pensait aussi aux chevaux impatients dans le paddock, à Jimmy sifflant dans l'écurie, souffrant de son absence peut-être autant qu'elle souffrait de la sienne. Et, plus d'une fois, elle s'était mordu les lèvres pour s'empêcher de sangloter.

Par instants, l'intérêt de tant de choses inconnues, d'un monde nouveau qui pouvait être singulièrement beau, lui faisait oublier Rosaril, mais le désir de retrouver son pays revenait très vite l'envahir avec une force irrésistible. Alors, enfoncée dans un chagrin aveugle, elle détestait tout ce qui ne lui était pas familier et soupirait après le coin de terre et les gens qu'elle aimait.

Elle s'accrochait à ses lunettes noires comme à une bouée de sauvetage : elles la protégeaient au moins contre l'indiscrétion des étrangers qui l'entouraient; car la maison des Bedlington ne désemplissait pas du matin au soir. Des gens venaient déjeuner, ou prendre le thé, ou dîner. Certains paraissaient seulement pour faire une visite, mais tous, quand la jeune fille leur était présentée, lui jetaient un regard inquisiteur et elle reconnaissait la curiosité dans leur voix.

Elle se doutait que le bruit de sa fortune tombée du ciel l'avait précédée; elle devinait qu'il y avait quelque chose d'insolite dans le fait que sa tante lui servît de chaperon.

– C'est presque comme si vous aviez une grande fille à vous, Lily chérie, avait remarqué une femme avec une douceur fielleuse.

– Ce serait plutôt une jeune sœur, ma bien chère, riposta Lily.

Mais Cornélia avait vu un éclair de rage passer dans les yeux de sa tante, et sentit que la phrase avait atteint son but.

Très vite la jeune fille s'était rendu compte que lady Bedlington n'éprouvait aucun plaisir de sa venue. Certes, elle n'en disait rien mais il y avait dans sa voix, dans son attitude, une froideur, une sécheresse faciles à interpréter. Et Cornélia se sentait gênante. Elle s'apercevait aussi d'une sorte de courant hostile entre son oncle et sa tante, et qui achevait de la mettre mal à l'aise.

« Je les déteste et je les ennuie, s'était-elle dit dès le premier soir. Pourquoi faut-il que je reste avec eux? »

Elle avait suffisamment discuté de ce sujet avec Mr Musgrave, le notaire, pour garder l'espoir de retourner à Rosaril. Elle devinait trop bien la réponse qu'on opposerait à ses supplications : « Les jeunes filles du monde ne peuvent vivre seules et sans chaperon. Les jeunes filles du monde, quand elles sont orphelines, ont pour tuteur leur plus proche parent. Les jeunes filles du monde doivent prendre leur place dans la société. » Les jeunes filles du monde... les jeunes filles du monde...

Ah! qu'elle détestait l'expression! Elle ne voulait pas être une jeune fille du monde, elle voulait redevenir une enfant à Rosaril, elle voulait monter à cheval, courir avec les chiens et revenir à la maison quand elle serait fatiguée, pour rire et plaisanter avec papa et maman jusqu'à l'heure où elle se mettrait au lit.

Comme ils étaient heureux, merveilleusement heureux avant ce terrible accident! Même maintenant, Cornélia n'avait pas le courage d'évoquer la catastrophe, c'était dans sa vie un souvenir sombre et affreux. Elle ne voulait plus penser qu'à son vert et joli Rosaril. Et pourtant son père, très souvent, parlait de Londres. « Je voudrais revoir les lumières de Piccadilly Circus, soupirait-il. Je voudrais assister au spectacle de l'Empire, je voudrais dîner au *Romano* avec une jolie fille et, ensuite, j'irais faire un tour au bal pour voir si les femmes sont toujours aussi belles. »

« Et je suis à l'un de ces bals dont papa nous parlait », songea soudain la jeune fille.

Elle s'aperçut à cet instant que Lily s'avançait pour saluer le roi. Affolée, elle entendit sa tante prononcer son nom et, à son tour, un peu maladroitement, elle fit la révérence, les genoux tout à coup faibles et tremblants.

– Ainsi, vous arrivez d'Irlande, dit le roi avec bonté, d'une voix gutturale, mais avec ce charme qui lui avait gagné l'amitié de l'Europe entière. Je me souviens de votre père. J'ai déploré l'accident qui lui a coûté la vie.

– Sire, je vous remercie, balbutia Cornélia.

Avec un sourire approbateur à l'intention de Lily, Sa Majesté s'éloigna.

L'orchestre jouait une valse. Comme lady Bedlington et la jeune fille reculaient pour laisser la place aux danseurs, Cornélia vit un homme de haute taille se diriger vers elle entre les couples tournoyants. Elle le reconnut immédiatement : c'était celui qui conduisait le phaéton tandis qu'elle arrivait de la gare en voiture, avec son oncle. Chose bizarre, elle avait pensé à lui plusieurs fois depuis ce bref instant où elle avait admiré son adresse et que lord Bedlington avait juré en l'apercevant.

Pourquoi ce souvenir subsistait dans sa mémoire? Elle n'en avait aucune idée mais, à présent, comme il approchait, elle éprouva un sentiment étrange, l'impression que cette rencontre était voulue par le destin.

Cornélia vit sa tante tourner la tête comme si elle cherchait quelqu'un des yeux et elle se demanda si Lily se préoccupait de la proximité de l'oncle George. Il causait avec deux messieurs à l'autre bout de la salle. Le grand jeune homme brun fut soudain près d'elles.

— Drogo, dit Lily tout bas.

— Voulez-vous danser?

— Non. Bien sûr que non. (Cornélia s'étonna de ce refus. Lily se tourna vers elle.) Voici Cornélia, dit-elle. Mais peut-être devrais-je être plus formaliste et faire les présentations correctement? Cornélia, je vous présente le duc de Roehampton. Miss Cornélia Bedlington.

Il y avait une nuance d'ironie dans sa voix, et aussi quelque chose d'autre que la jeune fille ne comprit pas. Elle tendit la main et le duc la prit et la garda un instant dans la sienne.

— Vous pouvez danser avec Cornélia, dit Lily avec autorité.

— Danserez-vous avec moi ensuite?

— Non.

Lily et le jeune homme se regardèrent un instant dans les yeux puis, avec effort, Lily se détourna, ouvrit son éventail et l'agita près de son visage comme si elle étouffait subitement.

— Voulez-vous m'accorder cette danse?

Le duc s'inclinait devant Cornélia. Elle accepta d'un signe de tête, il entoura sa taille de son bras et l'entraîna. Il dansait bien et la jeune fille fut heureuse de penser qu'elle était souple et légère et qu'elle savait ce qu'elle devait faire. Ces moments, où elle avait dansé avec son père quand sa mère se mettait au vieux piano, prenaient maintenant de l'importance.

« J'ai horreur des femmes qui dansent mal », disait Bertie Bedlington impatienté quand sa fille faisait un faux pas. Il était plus difficile de danser dans une salle encombrée que sur un parquet libre, mais c'était beaucoup plus amusant. Cornélia jeta un regard au duc à travers ses lunettes noires : son expression lui parut vague, détachée comme si ses pensées étaient très loin, mais en même temps elle prit conscience du bras qui l'enlaçait, de la main qui tenait la sienne à travers le fin chevreau de son gant, et son cœur battit plus vite. Une sensation bizarre lui serrait la gorge.

Elle crut d'abord que la valse lui donnait le vertige, mais elle se savait la tête solide. Elle se sentait légère et joyeuse comme elle ne l'avait jamais été. « Comme il est beau! » se dit-elle. Son menton carré indiquait beaucoup de volonté et son maintien fier et digne rappelait à la jeune fille son père défunt.

Lui aussi était fier : même quand il était déraisonnable et gai, ses manières demeuraient celles d'un grand seigneur. Le duc n'était pas gai, songea Cornélia, mais sa gravité lui plaisait.

Ils dansèrent sans parler et quand la valse s'acheva, toujours silencieux, ils rejoignirent Lily qu'entourait un groupe rieur et bavard.

– Merci, dit le duc à la jeune fille.

Il s'inclina, tourna les talons et s'éloigna.

– Cette valse vous a-t-elle plu, Cornélia? demanda Lily.

Ses lèvres souriaient mais ses yeux étaient durs.

– Oui, merci.

– Tout le monde ne peut pas se vanter d'avoir dansé pour la première fois à Londres avec le célibataire le plus célèbre d'Angleterre! Vous avez beaucoup de chance, déclara Lily avec aigreur.

– Il ne m'aurait pas invitée si vous ne le lui aviez pas demandé, riposta le jeune fille, tout en se demandant pourquoi il lui était si pénible de reconnaître le fait.

– Pourquoi votre nièce porte-t-elle des lunettes noires?

La question venait de lady Russel, une pétulante beauté connue pour parler à tort et à travers.

– Elle s'est fait mal aux yeux en chassant, dit Lily. Rien de grave, mais on lui a ordonné de porter ces verres pendant quelques mois encore. C'est fort désagréable pour la pauvre enfant. J'ai toujours dit que la chasse est un sport dangereux.

– Vous dites cela parce que vous ne chassez pas, Lily. En tout cas, pas le renard.

Un éclat de rire salua cette remarque, mais Lily ne parut pas s'en formaliser. Elle entraîna Cornélia et la présenta à beaucoup d'autres femmes, assises dans des fauteuils dorés tout autour de la salle et qui regardaient les danseurs d'un air malveillant.

Lily était splendide, ce soir, dans une robe de mousseline bleu pâle qui tourbillonnait en innombrables volants et que rehaussaient un diadème et un collier de turquoises et de diamants. Nulle ne l'égalait dans toutc la salle, se dit Cornélia. Elle n'était pas étonnée qu'à chaque danse nouvelle, il y eût des jeunes gens pour s'élancer et l'inviter. Malheureusement pour eux, ils se trouvaient dans l'obligation de danser avec Cornélia et non avec sa tante et, tout comme le duc précédemment, ils dansaient en silence car la jeune fille ne trouvait pas un mot à dire.

Elle remarqua, tout en parcourant la salle, que

le jeune homme brun avait disparu. Il ne dansait plus. Elle l'aperçut un instant, parlant à Lily : ils avaient l'air de discuter et, d'après l'expression du duc, on voyait qu'il était mécontent. Cependant, plus tard, à la vive surprise de la jeune fille, il vint la prier de souper avec lui. Elle interrogea sa tante du regard avant de répondre.

– Oui, naturellement, allez avec le duc, dit Lily.

– Vous ne venez pas avec nous? lui demanda le jeune homme.

– L'ambassadeur d'Espagne m'a priée de souper en sa compagnie, répondit Lily. Sauvez-vous et amusez-vous bien, mes enfants.

Elle le provoquait délibérément. Cornélia elle-même s'en rendait compte et n'en comprenait pas la raison. Le duc lui offrit son bras et ils se joignirent à la procession de notabilités qui se rendait à la salle à manger, au rez-de-chaussée.

Ils s'assirent à une petite table, et des valets à perruques poudrées portant des livrées à galons d'or leur apportèrent du champagne. Cornélia en but quelques gorgées. Elle avait déjà bu du champagne à Rosaril, pour Noël ou après la victoire d'un cheval, mais il n'avait pas le même goût, semblait-il, que celui qu'elle dégustait dans ce cadre fabuleux.

– Aimez-vous Londres?

C'était la première question que lui posait le duc.

– Non.

Elle n'avait pas eu l'intention de répondre avec tant de brusquerie, mais la vérité était montée à ses lèvres avant qu'elle ait eu le temps de réfléchir. Il parut surpris.

– Je croyais que toutes les femmes appréciaient les bals et la gaieté de la saison, dit-il.

– Je préfère l'Irlande.

Cornélia se sentait paralysée par la timidité. Jamais encore elle n'avait pris un repas en tête à tête avec un homme, mais ce n'était pas la seule raison de sa gêne. Devant le duc, elle ne se reconnaissait pas. D'une certaine façon elle était heureuse, plus heureuse qu'elle ne l'avait été depuis longtemps. Elle ne parvenait pas à analyser ses impressions, elle savait seulement qu'il était extraordinaire, passionnant d'être près de lui, même si elle ne trouvait rien à dire.

Le repas lui sembla délicieux, composé de plats exotiques qui lui étaient inconnus, la pièce était pleine de convives joyeux et diserts, mais elle n'entendait rien. Elle ne pouvait que regarder, à travers ses lunettes noires, l'homme assis à côté d'elle.

– Quelle était votre vie, en Irlande?

Il faisait un effort pour entretenir la conversation. Elle dut en faire un aussi pour lui répondre :

– Nous élevions et dressions des chevaux. Surtout des pur-sang.

– Je possède également une écurie de course, dit le duc. Je n'ai pas eu de chance, cette année, mais j'espère gagner la coupe d'or d'Ascot avec sir Galahad.

– L'avez-vous élevé vous-même? demanda la jeune fille.

– Non, je l'ai acheté il y a deux ans.

Cornélia se demanda ce qu'elle allait bien pouvoir dire maintenant. A un Irlandais, elle aurait eu mille choses à raconter, ils auraient échangé leurs opinions sur les gagnants des courses de Dublin cette année et l'année précédente; ils auraient parlé des jockeys, de certains chevaux mal montés, d'un scandale récent à propos d'une victoire suspecte, mais elle ne savait rien des propriétaires et des cavaliers anglais et elle venait d'apprendre que le duc n'élevait pas ses chevaux lui-même, ne les dressait pas, ne les choisissait peut-être même pas. Elle resta donc silencieuse jusqu'à la fin du souper et regagna la salle de bal.

Quelques couples seulement dansaient, la majorité des convives était encore dans la salle à manger. Cornélia jeta un regard anxieux à son compagnon.

– Voulez-vous vous asseoir? demanda-t-il en lui indiquant un fauteuil. (Elle s'assit docilement et il prit place à côté d'elle.) Il faut essayer de vous adapter à l'Angleterre, dit-il sérieusement. Vous allez y vivre dorénavant et ce serait une erreur de croire que vous ne pouvez être heureuse qu'en Irlande.

Cornélia le regarda avec surprise. Elle ne s'attendait pas à ce qu'il la devinât malheureuse, ou même désireuse de retourner dans son pays.

– Je ne vivrai pas toujours ici, dit-elle à nouveau sans réfléchir.

– J'espère que nous saurons vous faire changer d'avis.

– J'en doute.

Le jeune homme fronça les sourcils, comme si cet entêtement l'irritait, puis paraissant se décider brusquement, il demanda :

– Puis-je vous voir demain?

Cornélia ouvrit des yeux stupéfaits.

– Je pense que oui, dit-elle, mais vous devriez en parler à tante Lily. Je ne sais pas quels sont ses projets.

– Peut-être vaudra-t-il mieux que vous lui fassiez part de mon intention. Je viendrai dans l'après-midi, vers 3 heures.

Il parlait avec précipitation comme s'il avait de la peine à prononcer les mots et, comme la jeune fille ne répondait rien, il se leva, s'inclina et s'éloigna.

Cornélia le suivit des yeux. Il était différent de tous ceux qu'elle avait rencontrés jusque-là. Elle aurait voulu qu'il reste auprès d'elle. Elle eut envie de courir après lui, de le rappeler, de lui parler comme elle n'avait pas su le faire pendant le souper. Quelle sotte elle était, pensa-t-elle, de rester ainsi muette quand se présentait l'occasion d'une conversation si agréable. Elle se reprochait maintenant son impolitesse : pourquoi lui dire qu'elle n'aimait pas l'Angleterre? Comme il avait dû trouver maladroite et ingrate une jeune fille qui n'avait rien vu, rien fait et qui se permettait de critiquer ce qui était sa vie à lui.

Elle restait là, se tordant les doigts, se moquant de sa sottise et en proie à une agitation inconnue, à un étrange sentiment de triomphe : elle avait dansé, soupé avec cet homme entrevu par la fenêtre d'une voiture et qu'elle n'avait pas pu oublier.

La salle se remplit de nouveau, et, avec soulagement, Cornélia vit sa tante venir vers elle. Il était peut-être l'heure de rentrer. Elle avait besoin d'être seule et de réfléchir tranquillement.

— Qu'avez-vous fait de Drogo? lui demanda Lily, qui suivait l'ambassadeur d'Espagne, rutilant de décorations.

— Le duc est redescendu, répondit la jeune fille.

— C'est très incorrect d'avoir soupé seule avec lui, reprit lady Bedlington. Je me demande ce que les gens vont penser de mon chaperonnage. Il y avait des places réservées pour vous à la table du roi et vous les avez dédaignées. Il va me falloir surveiller de près cette jeune personne, n'est-ce pas, Excellence? Sans quoi la nièce de mon mari va se faire une réputation désastreuse.

– Si miss Bedlington fait quoi que ce soit de répréhensible, vous n'aurez qu'à plaider sa cause et elle sera aussitôt pardonnée, déclara l'ambassadeur.

– Votre Excellence me flatte toujours, sourit Lily.

Il ne fut plus question du duc jusqu'au moment où, une heure plus tard, tandis que la voiture les ramenait à l'hôtel Bedlington, Cornélia se souvint du message du jeune homme.

– Le duc de Roehampton m'a demandé s'il pouvait venir me voir demain après-midi, dit-elle. Je lui ai répondu que je vous en parlerais car j'ignorais vos projets. Il compte venir à 3 heures.

– Eh bien, vous n'aurez qu'à être là pour le recevoir.

Avec étonnement, Cornélia discerna dans la voix une nuance de soulagement.

– Qu'est-ce que ça signifie? demanda brusquement lord Bedlington. (Il avait l'air de somnoler dans un coin de la voiture mais il se redressa tout à coup en regardant sa femme fixement.) Je vous ai dit que je ne voulais plus voir Roehampton chez moi, grogna-t-il.

– Il vient voir Cornélia, pas moi, George.

– Pourquoi cette visite? Il ne connaissait pas cette enfant avant ce soir!

– Je sais, mon ami, mais nous pouvons difficilement l'empêcher de la voir s'il le désire.

– Si vous essayez de me jouer un tour... commença lord Bedlington.

Sa femme l'interrompit avec indignation d'un ton de vertu outragée :

– Vraiment, George! Devant Cornélia!

Lord Bedlington se tut et se renfonça dans son coin.

Cornélia se remémora la scène quand elle fut

couchée, mais il lui fut difficile de se rappeler clairement autre chose que le bras du duc autour de sa taille et la fermeté de la main qui serrait la sienne. Il voulait qu'elle aime l'Angleterre, elle se souvenait de cela aussi, et en s'endormant, elle songea qu'après tout elle était contente d'y être venue puisqu'elle l'avait rencontré.

Tandis que la jeune fille dormait, Lily et George Bedlington discutaient. George était venu dans la chambre de sa femme peu après qu'elle fut montée et qu'elle eut congédié sa femme de chambre.

Lily avait retiré sa magnifique robe et passé un peignoir de soie blanche garni de dentelles. Ses cheveux blonds retombaient sur ses épaules et la faisaient paraître singulièrement jeune.

– Qu'y a-t-il? demanda-t-elle avec impatience. Il est beaucoup trop tard pour faire la conversation.

– Je ne vous ai jamais vue rentrer aussi tôt d'un bal, riposta son mari.

– Croyez-vous qu'il soit amusant de rester avec toutes ces vieilles femmes? dit Lily avec une moue. (Elle se regarda dans la glace et se dit qu'elle ne portait vraiment pas plus de vingt ans.) Vous êtes odieux de m'obliger à chaperonner votre nièce, reprit-elle, et vous le savez très bien. C'est un raffinement de cruauté.

– C'est précisément ce dont je veux vous parler, dit sèchement lord Bedlington. Pourquoi Roehampton vient-il ici? Je le lui ai interdit.

– Vraiment, George, vous êtes obtus! s'exclama Lily. Vous avez interdit qu'il me voie pour des raisons fausses et absurdes. Evidemment, si cela vous amuse d'être jaloux et de vous rendre ridicule, je ne peux pas vous en empêcher, mais je ne vous laisserai pas compromettre les chances de Cornélia seulement parce que vous avez des soupçons mesquins et indécents.

– Je ne vais pas recommencer à vous dire ce que j'en pense, gronda George Bedlington. Je suis peut-être un imbécile, mais pas autant que vous le croyez. Je vous ai fait part de ma décision à propos de vous et du jeune Roehampton et je n'ai rien à ajouter.

– Très bien, George, faites comme vous voudrez, n'ajoutez rien; mais en ce qui concerne Cornélia, c'est différent.

– Je voudrais bien savoir ce qu'il en est! maugréa lord Bedlington. Cornélia ne connaît pas ce jeune propre à rien; pourquoi viendrait-il la voir?

– Voyons, George, franchement, pour un homme intelligent, vous êtes par trop aveugle! s'exclama Lily. Ne comprenez-vous pas qu'avec sa fortune, Cornélia peut éveiller l'intérêt des jeunes gens les plus en vue de Londres et choisir un mari parmi eux?

– Qui prétend cela?

– Je le prétends et vous savez très bien que j'ai raison. La fortune existe, n'est-ce pas?

– Naturellement, elle existe. Je n'ai pas les chiffres exacts mais elle se monte probablement à trois quarts de million de livres.

– Alors, vous voyez bien, dit Lily, de la voix patiente qu'on prend pour expliquer quelque chose à un enfant retardé. Avec une fortune de cette importance, elle peut choisir qui elle veut.

– Voulez-vous dire que Roehampton est attiré par son argent? demanda lord Bedlington en sursautant.

– Et pourquoi ne le serait-il pas? répliqua Lily paisiblement. Emilie gémit toujours sur l'état de ses finances. Et voulez-vous me dire ce qu'il y aurait de mal à avoir une duchesse pour nièce?

Pour l'amour du ciel, George, laissez-moi faire et ne vous en mêlez pas.

– Tout ça me paraît bigrement étrange, grommela George Bedlington en se grattant la tête. Un jour, Roehampton vous fait la cour, vous compromet et me fait passer pour un idiot et, trois jours après, vous me dites qu'il veut épouser ma nièce! N'est-il pas d'autres femmes au monde que celles de ma famille?

– Allons, George, ne vous torturez pas la cervelle.

Lily se leva et s'avança vers son mari, ses cheveux d'or ruisselant sur ses épaules et les courbes harmonieuses de son corps, visibles à travers son léger déshabillé.

– Ne soyez pas grognon et ne me compliquez pas la vie, George, dit-elle d'une voix caressante, en effleurant la joue de lord Bedlington du bout de ses doigts, d'un geste qui lui était familier. Il la regarda un instant d'un air furieux, se souvenant de sa colère, quelques jours plus tôt, quand il avait appris qu'elle se moquait de lui mais, peu à peu, la beauté de sa femme l'attendrit, comme c'était souvent le cas.

– Bien, bien, dit-il. Faites comme vous l'entendrez, mais Dieu sait ce que vous avez dans la tête.

– Cher George! dit Lily en l'embrassant légèrement sur la joue. (Elle s'éloigna de lui.) Je vais me coucher, dit-elle, je suis fatiguée et il y a bal et réception à l'ambassade de France, demain.

George Bedlington hésita, considérant le grand lit dans l'alcôve, à l'autre bout de la chambre. De part et d'autre, des lumières roses éclairaient l'oreiller de dentelle, au monogramme surmonté d'une couronne.

Comprenant la signification du silence, Lily se retourna. Elle avait défait la ceinture de son peignoir blanc, mais elle resserra le vêtement autour d'elle.

– Je suis si lasse, George, dit-elle plaintivement.

– Très bien. Bonne nuit, ma chère amie.

Il sortit de la pièce et ferma la porte derrière lui.

Restée seule, Lily demeura où elle était, puis lentement elle laissa son peignoir tomber de ses épaules. Avec un gémissement, elle se jeta sur son lit et enfouit son visage dans l'oreiller. La tension qu'elle avait subie toute la soirée se relâchait maintenant et, avec une angoisse désespérée, elle disait et répétait un nom :

– Drogo! Drogo! Drogo!

4

Cornélia s'éveilla avec l'impression que quelque chose de merveilleux allait se produire. Ne sachant où elle se trouvait, elle demeura un instant les yeux fermés, imaginant qu'elle était de retour à Rosaril.

Mais le bruit de la circulation parvint à ses oreilles, elle se rappela qu'elle était à Londres et ses paupières se soulevèrent. Elle revit la vaste et luxueuse chambre qui la surprenait encore.

Tout, dans la maison de son oncle, semblait magnifique comparé à la vétusté de Rosaril; et la tête nichée dans son oreiller, la jeune fille pensa que son matelas était aussi doux qu'un nuage. Puis, tout à coup, elle fut prise de l'envie irrésistible de sortir au soleil.

Elle avait toujours eu l'habitude de se lever dès

qu'elle s'éveillait, de courir aux écuries avant le petit déjeuner, de seller un cheval et de galoper dans les champs, bien avant que personne fût debout dans la maison.

Malgré l'heure tardive de son retour, la veille, elle n'était pas fatiguée et, de nouveau, le pressentiment d'un événement important et proche l'exaltait, faisant paraître le soleil plus doré, transformant en douce musique le trot des chevaux, au-dehors.

Elle sauta à bas de son lit et courut à la fenêtre. Les arbres étaient encore enveloppés de brume, mais on voyait briller faiblement la rivière Serpentine. Sans sonner la femme de chambre, elle s'habilla, fixa tant bien que mal ses cheveux sur la tête et les couvrit du premier chapeau qui lui tomba sous la main.

Il semblait n'y avoir personne aux alentours et Cornélia imagina qu'elle se promenait dans les sables déserts aux environs de Rosaril, près des grandes vagues de l'Atlantique qui roulent, puissantes et majestueuses, leur beauté frangée d'écume. Comme elle marchait lentement au bord de l'eau, absorbée dans ses pensées, un son frappa son oreille et lui fit tourner la tête. Sans doute possible, quelqu'un pleurait par là et, en effet, Cornélia vit une jeune fille assise sur un banc et qui sanglotait comme si son cœur se brisait.

Cornélia regarda autour d'elle pour voir si un passant n'allait pas se porter au secours de la désespérée, mais il n'y avait personne en vue.

« Cela ne me regarde pas », se dit-elle.

Le plus élémentaire bon sens lui commandait de passer son chemin sans s'arrêter, mais l'isolement de la pauvre fille l'en empêcha : elle ne pouvait pas abandonner ainsi un être qui souffrait.

— Puis-je... faire quelque chose... pour vous? demanda-t-elle doucement, la timidité la faisant bégayer.

— Oh! madame, je vous demande pardon. Je ne savais pas qu'il y avait quelqu'un ici.

Les yeux baissés, la jeune fille s'efforçait vainement de parler d'une voix ferme. Cornélia s'assit sur le banc.

— Vous avez l'air très malheureuse, dit-elle gentiment. Vous n'avez pas d'endroit où aller?

— Aucun. (Prononcé impulsivement, le mot fut sans doute aussitôt regretté.) Cela n'a pas d'importance. Tout va bien, madame. Je m'en vais maintenant.

La jeune fille se leva. Son visage pâle exprimait un tel désespoir qu'instinctivement Cornélia s'exclama :

— Non, ne partez pas, je veux causer avec vous. Je veux que vous me disiez pourquoi vous êtes si désolée.

— Vous êtes bonne, madame, mais personne ne peut rien pour moi. Il faut que je m'en aille.

— Où allez-vous?

Pour la première fois, la jeune fille la regarda; ses yeux hagards lui donnaient une étrange expression :

— Je ne sais pas, dit-elle avec lassitude. La rivière, je pense.

On eût dit que ces paroles lui étaient arrachées à son insu, mais l'horreur de leur signification la submergea soudain. Avec un faible cri, elle cacha son visage dans ses mains et ses larmes jaillirent à nouveau.

— Il ne fallait pas parler ainsi et il ne faut pas pleurer, dit Cornélia. Je vous en prie, asseyez-vous. Je peux vous aider, j'en suis certaine.

Docilement, la pauvre fille reprit sa place sur le

banc : peut-être n'avait-elle pas la force de se tenir debout. Tassée sur elle-même, elle était secouée par les sanglots. Cornélia resta silencieuse un moment, attendant que la crise passe et, peu à peu, les sanglots diminuèrent puis cessèrent tout à fait.

– Dites-moi ce qui ne va pas, répéta-t-elle très doucement. Vous venez de la campagne, n'est-ce pas?

– Oui, madame, je suis venue à Londres il y a deux mois.

– D'où êtes-vous?

– Du Worcestershire. Mon père travaille là-bas comme palefrenier de lord Coventry; il s'est remarié et je ne m'entends pas avec ma belle-mère, alors on a décidé de m'envoyer à Londres comme femme de chambre dans une grande maison. Lady Coventry m'a donné un certificat parce que je travaillais pour elle depuis quelques années et j'étais si contente, si fière de me débrouiller seule...

La voix s'étrangla. Les larmes n'étaient pas loin.

– Que s'est-il passé? demanda Cornélia.

– C'est... le jeune monsieur, madame. Il... me trouvait jolie. Il m'attendait toujours dans l'escalier. Je ne voulais rien faire de mal, je vous le jure! Seulement... la femme de charge nous a vus, hier après-midi, elle a parlé au maître quand il est rentré le soir, et il m'a mise à la porte sans même me donner de certificat. Je ne peux pas retourner à la maison et leur dire... ça.

– Et le jeune monsieur? N'a-t-il rien fait pour vous porter secours?

– Il n'en a pas eu le temps, madame. Dès hier soir, il a été envoyé en Ecosse chez des parents. J'ai entendu commander à son valet de chambre de préparer ses bagages, c'est comme cela que je l'ai appris; mais je ne savais pas que c'était à cause de moi. Je l'ai su quand le maître m'a dit qu'il était parti et que j'étais renvoyée.

— C'est injuste et cruel! s'écria Cornélia.

— Non, madame, j'avais eu tort et... je le savais très bien. Il n'aurait pas dû s'intéresser à quelqu'un comme moi, mais je l'aimais. Oh! je l'aimais tant! gémit-elle.

Cornélia voyait les lèvres tremblantes de la malheureuse, ses mains crispées, et elle était pleine de pitié pour elle. Elle était jolie, avec de grands yeux bruns et des cheveux châtains bouclant sur ses oreilles et son front; sa fraîcheur, sa douceur expliquaient trop bien le penchant d'un jeune blasé attiré par un nouveau et charmant visage.

Certes, il avait mal agi : une telle aventure ne pouvait s'achever que tragiquement, mais la seule victime demeurait cette petite campagnarde, cette enfant sans expérience qui avait donné son cœur à un homme qui s'amusait d'elle.

— Vous dites que vous ne pouvez pas retourner chez vous? murmura Cornélia pensive.

— Comment le pourrais-je? Tout le monde a été si gentil quand je suis partie. Les domestiques du château m'ont tous fait des cadeaux, le pasteur m'a donné une bible, mon père a payé mon voyage et m'a offert un manteau neuf. J'aurais trop honte de lui dire ce qui est arrivé et, si je revenais, ma belle-mère m'accablerait, elle ne m'a jamais aimée. Non, madame, j'aime mieux mourir.

— C'est mal de parler ainsi, dit sévèrement Cornélia. Et puis, vous êtes jeune, vous trouverez une autre place.

— Il n'y a pas de maison respectable où on me

prendra sans un certificat récent, répondit la jeune fille.

Cornélia savait que c'était vrai. Même les humbles et frustes serviteurs de Rosaril apportaient des recommandations de leur pasteur ou de quelque personnalité de leur village. Elle se demanda ce qu'elle pouvait faire. Cela ne servirait à rien de donner de l'argent à la pauvre fille : si elle vivait seule, elle risquait des aventures encore pires.

Et elle ne pouvait demander conseil à personne : pas plus son oncle que sa tante n'écouterait cette histoire avec indulgence et ils refuseraient tout secours à une femme rencontrée dans des circonstances aussi insolites. Puis, soudain, Cornélia eut une idée.

– Comment vous appelez-vous? demanda-t-elle.

– Violette. Violette Walters.

– Eh bien, Violette, je vous engage comme femme de chambre.

Violette, effarée, regarda Cornélia gravement.

– Je ne peux pas vous laisser faire cela, dit-elle. Je n'ai pas assez d'expérience, et puis vous ne savez rien de moi, sauf ce que je vous ai dit et ce n'est guère à mon avantage.

– J'ai de la peine pour vous et vous me plaisez, répliqua la jeune fille. Tout le monde peut commettre des erreurs dans la vie, mais vous êtes sévèrement punie quand tant de gens s'en tirent sans mal. Je veux vous avoir à mon service. Acceptez-vous?

Une lueur d'espoir éclaira soudain le visage de Violette mais, avec un petit sanglot, elle détourna la tête.

– Vous êtes très bonne, madame, mais ce serait mal à moi de profiter de votre générosité.

Le maître a dit que j'étais une mauvaise fille et peut-être qu'il a raison. J'ai été coupable en osant lever les yeux sur le jeune monsieur; je le savais et pourtant je l'ai fait parce que...

– Parce que vous l'aimiez, acheva Cornélia.

– Oui, c'est vrai, je l'aimais, mais ce genre d'amour-là n'est pas bon. J'aurais dû me l'arracher du cœur si j'avais voulu faire mon devoir. Seulement, c'est venu si vite que je n'ai rien pu faire, que continuer à aimer.

Cornélia, immobile, regardait la rivière. Ainsi venait l'amour, songeait-elle, d'un seul coup, sans qu'on s'en doutât, il se glissait dans son cœur comme un voleur dans la nuit.

Une soudaine extase l'envahit, l'impression qu'au fond d'elle, une chose brillante et merveilleuse s'épanouissait, et elle comprit la vérité : l'amour s'était emparé d'elle comme de Violette. Et, déjà, il était trop tard pour y changer quoi que ce fût.

Impulsivement, elle se tourna vers la jeune fille.

– Oubliez le passé, dit-elle. Je vous aiderai et vous m'aiderez, j'en ai besoin. Ecoutez-moi attentivement pour savoir ce que vous devez faire.

Violette pouvait se présenter chez son oncle et elle l'engagerait. Une confiance nouvelle l'enhardissait, une assurance jamais éprouvée; on eût dit que le seul fait de porter secours à une autre lui conférait une force inconnue. Depuis son départ de Rosaril, elle s'était sentie perdue, dépaysée, inutile, et voici que cette petite campagnarde lui apportait l'équilibre, la certitude de la direction à prendre.

– D'abord, il faut que vous mangiez quelque chose, dit-elle. Avez-vous passé la nuit sur ce banc?

– J'ai transporté ma malle à la gare, madame. Le maître m'avait dit de retourner chez mon père, mais au dernier moment je n'en ai pas eu le courage. J'ai marché dans les rues... des hommes m'ont parlé, mais je me sauvais et quand le parc a été ouvert, j'y suis entrée. Tout était si calme... J'ai pensé que si je pleurais, personne ne m'entendrait.

– Mais je vous ai entendue, dit Cornélia. Maintenant, il faut me promettre de faire exactement ce que je vous dirai.

– Etes-vous sûre d'avoir vraiment besoin de moi? demanda Violette. Vous me croyez, mais j'aurais pu mentir! Je pourrais être une voleuse.

– Je n'ai pas peur de cela, dit doucement la jeune fille. J'ai l'impression que la Providence nous a réunies et que vous ne me décevrez pas.

– Je vous jure que je vous servirai jusqu'à mon dernier jour! s'écria Violette avec ferveur.

– Merci. Maintenant, écoutez-moi : quand vous viendrez vous présenter chez mon oncle, appelez-moi mademoiselle et non madame. Et n'oubliez pas ce que je vais vous dire.

– Je n'oublierai pas, mademoiselle, promit Violette quand elle eut reçu les instructions nécessaires.

Cornélia lui donna de l'argent en lui ordonnant d'aller manger quelque chose et de faire un peu de toilette avant de se rendre avenue du Parc, puis elle se leva et tendit la main. Violette la prit timidement et, soudain, se pencha et y appuya ses lèvres.

– Que Dieu vous bénisse, mademoiselle.

Il y avait encore des larmes dans ses yeux mais, cette fois, c'était des larmes de reconnaissance.

Cornélia revint sur ses pas. Il lui semblait avoir vieilli depuis qu'elle était sortie de chez son oncle : elle avait approché le chagrin et la misère et aussi l'affection et la gratitude, et tout cela l'émouvait étrangement. Et puis, elle avait pris conscience du sentiment extraordinaire qui naissait dans son cœur.

Elle n'osait encore l'appeler par son nom, mais cependant elle ressentait sa présence avec acuité. Sans cesse, elle voyait un visage, un homme marchait à son côté où qu'elle allât. Si seulement, songeait-elle, elle n'avait pas été stupidement muette, le soir précédent. Pourquoi ne l'avait-elle pas interrogé! Elle ne savait rien de lui. Et elle aurait pu lui parler de Rosaril, de sa vie en Irlande.

Pourtant, il était peut-être suffisant qu'ils eussent été réunis, la main dans la main, pendant cette valse, le bras du jeune homme autour de la taille de Cornélia. Ce souvenir lui fit battre le cœur. Il lui semblait que, dès le premier instant, quand elle l'avait entrevu dans le phaéton, elle avait su qu'il serait sa raison de vivre.

Elle se souvenait de lui si nettement, la veille, que son cœur avait bondi à sa vue, tandis qu'il traversait la salle de bal. Il était si grand, si beau, si différent de tous les hommes rencontrés auparavant. Et il l'avait invitée à souper, il allait venir la voir dans l'après-midi. Pourquoi venait-il? Pourquoi?

La jeune fille gagna machinalement la maison de son oncle. Un valet de pied lui ouvrit la porte et parut surpris de la voir : il était 8 heures seulement et elle s'étonna de ce que si peu de temps se fût écoulé.

Elle monta en courant dans sa chambre et la trouva dans l'état où elle l'avait laissée. Elle se rappela qu'on ne devait pas la réveiller avant 9 heures.

– Vous serez certainement fatiguée et vous passerez la matinée au lit, avait dit tante Lily.

Pour éviter des complications, Cornélia s'était gardée de protester. Mais quelle perte de temps, se disait-elle. Evidemment, sa tante n'était plus aussi jeune et se coucher tard devait l'éprouver. A dix-huit ans, quelques heures de sommeil suffisent. Si elle se sentait lasse, elle pourrait s'étendre avant le dîner. Elle avait découvert que sa tante s'allongeait toujours à ce moment-là pour être fraîche et reposée pendant la soirée.

A présent, de retour dans sa chambre, elle retira ses lunettes noires et se regarda dans la glace. Un jour, elle se débarrasserait de ses verres mais le moment n'était pas encore venu. Elle n'oubliait pas ce que Jimmy lui avait dit, ce n'était pas la haine qu'elle voulait dissimuler, mais l'amour : ses yeux pouvaient trahir son secret.

Elle frémit à cette pensée. Elle se rappelait la voix tremblante de Violette parlant de son amour et elle se demanda si sa propre voix tremblerait de la même façon, si ses yeux s'adouciraient et brilleraient et révéleraient les sentiments qui brûlaient dans son cœur. Bien vite, elle remit les lunettes : il était trop tôt, beaucoup trop tôt pour s'en passer. Un jour viendrait, sans doute, où elle n'aurait plus rien à cacher.

Engager Violette fut moins difficile qu'elle l'avait craint. Lily avait déjà parlé de chercher une femme de chambre pour sa nièce et comptait s'adresser à un bureau de placement. Lorsque Cornélia vint lui dire qu'une jeune servante souhaitait obtenir la place, lady Bedlington posa peu de questions.

– Etes-vous sûre qu'elle connaît son métier? demanda-t-elle. Il faut qu'elle soit capable de vous coiffer quand vous voyagerez et qu'elle sache parfaitement faire une malle, c'est essentiel.

– Elle est au courant de tout, déclara Cornélia.

– Très bien, ma chère, alors engagez-la.

Adossée à ses oreillers, Lily était ravissante bien qu'elle prétendît souffrir de la migraine.

– Elle est libre immédiatement, reprit Cornélia, peut-elle entrer dès aujourd'hui?

– Quand vous voudrez, répliqua sa tante qui, visiblement, ne voulait plus être dérangée à ce propos.

Cornélia la quitta et emmena Violette dans sa chambre pour lui parler tranquillement.

– Savez-vous coiffer? lui demanda-t-elle.

– J'apprendrai, mademoiselle. J'apprends vite les choses.

Violette était encore très pâle et des cernes sombres soulignaient ses yeux, mais elle avait l'air net et correct et ne semblait nullement effrayée ou surprise par le luxe de la maison et le nombre des domestiques.

Elle revint définitivement après le déjeuner. Cornélia lui montra ses vêtements, lui raconta qu'elle arrivait tout juste d'Irlande et se sentait encore désorientée par tant de nouveautés.

– Tout ira très bien pour vous, mademoiselle, affirma Violette. Mme votre tante connaît les gens les mieux cotés, vous pouvez en être certaine. J'ai vu souvent sa photographie et j'ai entendu dire qu'elle est l'une des plus jolies femmes d'Angleterre.

– Oui, elle est très jolie, admit Cornélia.

Elle vit que Violette la regardait et devina que toutes deux pensaient la même chose : dans l'entourage de lady Bedlington, aucune femme n'avait grande chance d'être remarquée. Et brusquement, la jeune fille se souvint de la visite qu'elle attendait.

– Je voudrais ma plus jolie robe, Violette, dit-elle. Quelle est celle que vous choisiriez?

Lily avait commandé pour sa nièce des douzaines de robes, mais elles n'étaient pas encore prêtes et Cornélia ne pouvait choisir qu'entre deux : une blanche garnie de petits volants de mousseline rose et l'autre bleu pâle, teinte qui seyait particulièrement à Lily mais que Cornélia n'aimait guère sur elle.

Elle se décida donc pour la blanche mais le regretta aussitôt : les volants roses ne flattaient ni son teint ni ses formes. Il était trop tard pour changer. Violette la coiffa et, la gorge serrée, la jeune fille descendit au salon.

Lily était restée dans son lit : sa migraine empirait, avait-elle annoncé au déjeuner, et elle comptait rester couchée toute la journée avant d'aller le soir à l'Opéra, puis à une réception à l'ambassade de France.

– Oubliez-vous que le duc doit venir? avait demandé la jeune fille.

– Non, certes, mais c'est vous qu'il vient voir et pas moi.

Sa voix avait une résonance métallique et Cornélia rougit.

– Je ne comprends pas pourquoi il veut me voir, murmura-t-elle.

– Vous êtes vraiment plus sotte qu'il n'est permis, riposta aigrement Lily. Laissez-moi tranquille, ajouta-t-elle d'un ton exaspéré. Dites à Dobson d'aller dans ma chambre, de m'apporter de l'eau de Cologne et de fermer les volets : je veux rester seule.

La migraine de Lily devait être particulièrement violente pour qu'elle eût l'air aussi hargneux, pensa Cornélia. Docilement, elle alla prévenir la femme de chambre.

Et maintenant, assise dans le grand salon blanc et or, elle essayait de lire, mais elle ne parvenait pas à se concentrer. Elle se leva et se mit à aller et venir dans la pièce, regardant les photographies groupées sur le piano à queue, signées de noms célèbres. Puis elle admira les bibelots d'argent qui encombraient les tables et les gerbes de fleurs qui s'épanouissaient de tous côtés. Lady Bedlington adorait les œillets et il y en avait partout dans la maison : on en envoyait chaque semaine des serres du château de Bedlington et leur parfum rappelait sans cesse la présence de Lily.

Le salon formait un cadre raffiné, conçu pour mettre en valeur la beauté de sa tante, songea la jeune fille.

Elle regretta l'espace d'un instant de ne pas rencontrer le duc ailleurs, puis elle pensa qu'il valait mieux, au contraire, qu'il la vît entourée de soie, d'or et d'argent plutôt que dans le décor délabré qui avait été le sien jusque-là. Pour la première fois depuis qu'elle avait hérité, Cornélia songea qu'elle pouvait maintenant rajeunir et orner Rosaril : elle imagina le salon de la vieille demeure avec des rideaux neufs et de nouveaux meubles, de gros bouquets sur les tables et des tableaux de maîtres aux murs mais, très vite, ce rêve lui sembla presque sacrilège : pourquoi changer quoi que ce fût à la maison qu'elle aimait tant?

Mais la réponse à cette question jaillit aussitôt de son cœur : elle voulait tout transformer, à commencer par elle-même, pour être plus digne de celui qu'elle aimait.

A cet instant, elle entendit la porte s'ouvrir.

— Sa Grâce le duc de Roehampton, mademoiselle! annonça le maître d'hôtel, d'une voix de stentor qui éclata dans le silence comme un coup de tonnerre.

Cornélia vit le duc s'avancer vers elle, suprêmement élégant en jaquette, avec un col très haut, des guêtres blanches et un œillet à la boutonnière. La jeune fille se demanda s'il aimait autant les œillets que sa tante.

Paralysée par la timidité, elle n'avait pas la force de faire un pas ou de prononcer une parole, elle ne parvenait même pas à tendre la main. Elle tremblait et son cœur battait à se rompre.

— Vous êtes seule? (La question était absurde mais Cornélia ne sourit pas, elle ne fit qu'incliner humblement la tête.) Je désirais vous voir seule, dit le duc d'une voix basse et profonde. Sans doute savez-vous déjà ce que je suis venu vous dire?

Cornélia, surprise, le regarda à travers ses lunettes.

Derrière les verres sombres, elle se sentait en sécurité, car elle savait qu'elle dissimulait ce qui se lisait sûrement dans ses yeux : jamais elle n'aurait cru possible qu'un homme fût aussi extraordinaire, aussi splendide.

Il attendait sa réponse et enfin elle parvint à articuler :

— Non.

Il parut déconcerté et la regarda avec embarras. Elle pensa que, peut-être, il était aussi intimidé qu'elle.

— Je viens vous demander d'être ma femme.

Il parlait lentement et avec décision, et Cornélia crut qu'elle rêvait ou qu'elle devenait folle. Il ne pouvait avoir dit cela! Il ne pouvait songer à poser cette question précise. Elle resta immobile, tremblante et incertaine, puis soudain le son de ces paroles incroyables revint la frapper, avec tout ce qu'elles impliquaient et elle crut qu'elle allait défaillir de joie.

– Est-ce si difficile de me répondre? demanda enfin le duc. Peut-être préférez-vous réfléchir encore?

Il y avait quelque chose de singulier dans ces paroles, mais Cornélia était trop émue pour s'en aviser. Elle bégaya :

– Non... non... Je veux dire... oui. (Malgré son trouble, elle vit que le jeune homme comprenait mal ses contradictions et elle s'efforça d'être plus cohérente :) Je veux dire que... je vous épouserai, murmura-t-elle.

– Merci. Je ferai de mon mieux pour vous rendre heureuse.

Il lui prit la main et la porta à ses lèvres. C'était la deuxième fois qu'on lui baisait la main, ce jour-là. Les lèvres du jeune homme ne firent qu'effleurer ses doigts, mais il lui sembla que le baiser s'éternisait, éveillant en elle un élan passionné. Elle aurait voulu lui dire tout ce qu'elle pensait, épancher un peu du ravissement qui la bouleversait, et elle était incapable de proférer un son.

Il lâcha sa main et lui fit un petit salut.

– Je suis très heureux, dit-il. (Il tourna les talons et se dirigea vers la porte. Cornélia aurait voulu lui demander de rester avec elle, mais elle était toujours frappée de mutisme.) Je viendrai voir votre oncle ce soir, dit le duc du fond de la pièce.

La porte se referma derrière lui et Cornélia demeura comme pétrifiée, le regard dans le vide. Très lentement, elle leva sa main jusqu'à ses lèvres. Il avait embrassé cette main! Elle ferma les yeux comme pour se défendre d'un bonheur, presque trop grand pour être supportable. Il l'aimait. Cela semblait à peine possible et, pourtant, c'était vrai puisqu'il la voulait pour femme.

Enfin, elle courut à la fenêtre et le vit descendre le perron, traverser le trottoir. Il monta dans une élégante voiture ouverte, attelée de deux chevaux pur-sang; un valet de pied ouvrit la portière. Il était venu solennellement pour demander sa main.

Il ne releva pas la tête mais elle recula vivement pour qu'il ne vît pas qu'elle le guettait. Comme la voiture s'ébranlait, elle fut prise de l'envie folle de le rappeler : comment avait-elle été assez stupide, assez ridicule, pour rester là, muette, quand il la demandait en mariage? Elle en aurait pleuré mais il était trop tard, elle ne pouvait plus rien faire que suivre des yeux la voiture qui l'emportait.

– Je l'aime, dit-elle tout haut, d'une voix chaude et vibrante qui la surprit elle-même.

Tout à coup, elle se rappela qu'elle ne l'avait vu que deux fois en tout : il y avait entre eux ce qu'on appelle le coup de foudre. Peut-être l'avait-il remarquée, en ce premier après-midi, tandis qu'elle l'observait de la voiture de son oncle?

Brusquement, l'effroi lui serra le cœur comme une main glacée; s'il ne l'avait pas remarquée à ce moment-là, il ne l'avait vue que la veille, au bal.

Un souvenir lui revint : à un moment, elle l'avait vu discuter avec sa tante, ils avaient l'air de se quereller. Pourquoi?

Résolument, elle repoussa les doutes et les inquiétudes. Elle l'aimait et il voulait qu'elle fût sa femme : de quelle autre preuve avait-elle besoin pour savoir que leurs sentiments étaient réciproques?

– Il m'aime!

Elle cria presque les mots dans le salon désert et il lui sembla qu'ils se perdaient dans le chaud parfum des œillets. Les fleurs préférées de tante Lily.

Cornélia eut l'impression déraisonnable que sa tante se trouvait dans la pièce, à surveiller et écouter.

5

Cornélia ne sut jamais comment elle avait passé le reste de la journée. Les nerfs tendus, elle guettait le retour du bien-aimé.

Elle allait le revoir. Cette fois, elle était résolue à ne pas rester muette et sotte devant lui, elle lui parlerait, elle lui dirait ce qu'elle aimait et ce qu'elle n'aimait pas, elle lui décrirait sa vie à la campagne et en retour, lui demanderait de lui révéler tout ce qui le concernait.

Elle voulait savoir tant de choses. Chaque détail appris sur lui serait un trésor précieux qu'elle chérirait parce qu'il faisait partie de lui.

« Je suis amoureuse! »

Elle se répétait le mot indéfiniment et avait envie de rire et de pleurer en même temps. Amoureuse! Parole magique. Il y avait eu si peu de tendresse jusqu'à présent dans la vie de Cornélia. Certes, elle avait adoré ses parents mais ils avaient vécu absorbés l'un par l'autre et elle avait vite compris, en grandissant, qu'ils n'étaient heureux que lorsqu'ils étaient seuls.

Outre ses parents, elle avait ses chevaux, ses chiens, Jimmy et Rosaril. Elle les aimait tous, bien sûr, mais ce qu'elle éprouvait maintenant n'avait aucun rapport avec ces affections-là, c'était quelque chose qui vibrait dans son sang, qui accélérait étrangement sa respiration.

Elle se rappela une conversation surprise entre son père et sa mère, des années auparavant et que, sur le moment, elle n'avait pas comprise. Ils étaient assis au soleil devant la fenêtre du salon de Rosaril sans savoir qu'elle était près d'eux, dans la pièce, blottie dans un fauteuil avec un livre.

– Cornélia grandit. Bientôt, ce ne sera plus une enfant, disait sa mère.

– Il ne m'étonnerait pas qu'elle soit jolie quand elle sortira de l'âge ingrat, avait répondu Bertie Bedlington.

– Jolie, je ne sais pas... mais elle sera sûrement très sensible. Elle ressent les choses avec trop d'intensité, je dirais même avec passion.

Bertie s'était mis à rire.

– De qui peut-elle tenir? Crois-tu que tes devoirs de mère seront difficiles à remplir?

– Peut-être, mais je pense surtout à Cornélia elle-même. Elle souffrira plus qu'une autre.

– Tout le monde a sa part de souffrance et en contrepartie, Cornélia aura une vie d'autant plus belle. Il y a eu du sang espagnol dans la famille Bedlington, jadis.

– Cela me fait peur, avait murmuré Edith. Qu'adviendra-t-il de Cornélia, surtout ici?

– Ne te tourmente pas, avait dit son mari d'un ton rassurant.

De quoi s'inquiétaient-ils? se demanda Cornélia ce jour-là. A présent, elle voyait plus clair. Sa mère, avant elle, avait compris à quel point l'amour peut être puissant : pour lui, n'avait-elle pas sacrifié le monde qui était le sien?

Elle avait été emportée par la force de l'amour tout comme sa fille l'était aujourd'hui.

« Il va être mon mari! » songea Cornélia, une fois de plus et, à cette pensée, le sang se mit à battre à ses tempes.

Les heures passèrent. Enfin, la jeune fille entendit une voiture s'arrêter devant la porte et elle courut à sa chambre pour se recoiffer. Avec stupeur, en se regardant dans la glace, elle constata qu'elle n'avait pas changé. Elle s'était imaginé que ses sentiments l'avaient métamorphosée, embellie, mais elle ne vit qu'un petit visage pâle avec des lunettes noires qui dissimulaient ses yeux et une masse de cheveux torsadés surmontant son front étroit.

Elle soupira et redescendit au salon. Impatiemment, elle marcha de long en large pendant ce qui lui parut être une éternité et, quand la porte s'ouvrit, elle se tourna vivement, pleine d'espoir, mais ce n'était que le maître d'hôtel.

– Sa Seigneurie demande que vous alliez la trouver dans la bibliothèque, mademoiselle.

Cornélia fit un effort pour ne pas courir. Un valet de chambre lui ouvrit la porte et elle entra pour s'apercevoir, le cœur serré, que son oncle était seul. Le duc ne l'avait pas attendue, il était venu et reparti. Elle en croyait à peine ses yeux. Son oncle toussota pour attirer son attention.

– Le duc de Roehampton m'a demandé mon consentement à vos fiançailles, dit-il.

– Oui, je sais, murmura la jeune fille.

– Evidemment, il n'y a aucune raison pour que je le refuse, reprit lord Bedlington, sauf que ces fiançailles me paraissent inutilement précipitées. Vous venez d'arriver à Londres, vous n'avez pas eu le temps de regarder autour de vous, de rencontrer d'autres jeunes gens. (Il attendit une réponse qui ne vint pas et poursuivit :) Vous êtes jeune, cependant vous êtes assez grande pour savoir ce que vous avez à faire. Si vous voulez mon avis, je trouve que vous devriez attendre, mais je ne veux en rien vous contraindre.

– Est-ce que... le duc vous a dit quand il désirait que le mariage ait lieu? demanda Cornélia timidement.

– Il m'a dit qu'il ne voyait pas de raison d'attendre. (Les lèvres de lord Bedlington se crispèrent, puis, à la surprise de la jeune fille, il mit une main sur son épaule.) Ecoutez-moi, mon enfant, réfléchissez bien. Vous n'avez aucun besoin de vous marier aussi rapidement.

– Vous êtes très bon, dit Cornélia, et je vous en suis reconnaissante, oncle George, très reconnaissante. Mais j'aimerais épouser le duc.

Lord Bedlington laissa retomber sa main.

– Permettez-moi de vous dire que vous n'avez pas une très grande expérience des hommes. Fiancez-vous si vous voulez mais attendez pour vous marier six mois ou même un an.

– Je... je serais heureuse de faire... ce qu'il voudra, balbutia la jeune fille.

Elle comprenait que son oncle faisait preuve de bonne volonté mais elle trouvait ses conseils de prudence exagérés. Pourquoi attendre?

– Très bien, vous ferez comme vous voudrez, dit lord Bedlington. Vous êtes une jeune personne très riche. L'homme qui vous épousera aura de la chance.

A ces mots et au ton sur lequel ils étaient prononcés, Cornélia releva la tête. Son oncle insinuait-il que le duc l'épousait pour son argent? Puis cette idée lui donna envie de rire. Il en avait tant lui-même, il n'avait nul besoin de celui de sa femme. Non, il la demandait parce qu'il l'aimait, et rien d'autre n'avait d'importance.

– Le duc nous invite à nous rendre demain au château de Cotilion pour y passer le week-end afin que vous fassiez la connaissance de sa mère. J'ai accepté, pensant que c'était cela que vous désireriez.

Lord Bedlington parlait sèchement. Cornélia ignorait qu'il contenait difficilement sa colère. Il ne savait trop quelle attitude adopter et comprenait mal ce qui se passait. Il lui semblait ridicule, quelques jours après avoir dit à Lily qu'il ne voulait plus voir chez lui le duc de Roehampton, d'accepter une invitation dans son château. Il y avait quelque chose derrière tout cela, l'ombre d'un doute. Pourtant, il ne pouvait nier que ce fût pour sa nièce un brillant mariage. Evidemment, elle avait une grosse fortune, mais elle n'avait rien d'attrayant par elle-même et il n'existait pas de parti plus recherché que le duc de Roehampton.

Quoi qu'il en soit, George Bedlington avait l'impression très nette d'être le dindon de la farce, et comme il ne pouvait s'en plaindre ouvertement, il fut d'une humeur exécrable pendant toute la soirée et le lendemain jusqu'au moment où ils partirent pour Cotilion.

Un wagon spécial avait été retenu par le duc pour ses invités : plusieurs valets de pied portant la livrée des Roehampton attendaient sur le quai de la gare pour les conduire à leurs compartiments. Le thé fut servi aussitôt après le départ du train : de délicieux sandwiches et toutes sortes de gâteaux avaient été envoyés de Cotilion dans des corbeilles avec un service à thé en argent et des tasses de fine porcelaine.

En plus des Bedlington une douzaine de personnes se rendaient à Cotilion. Les femmes étaient si admirablement habillées que Cornélia eut honte de sa mise et resta silencieuse dans un coin tandis que ses voisines s'entretenaient gentiment avec sa tante.

Cotilion stupéfia la jeune fille. C'était la demeure la plus magnifique qu'elle eût jamais vue.

Elle ne pouvait croire qu'une habitation particulière pût être aussi vaste. On aurait dit un palais de conte de fées avec ses toits et ses tourelles se dressant, tout gris, sur le ciel incendié par le couchant, avec son lac doré et les arbres sombres et mystérieux.

L'ensemble possédait une grandeur, une beauté essentiellement anglaise mais, quand son sentiment d'admiration premier fut passé, Cornélia se sentit perdue dans le grand hall aux piliers et aux statues de marbre, puis dans le salon bleu et argent qui semblait s'étirer à l'infini.

Tout était si grand, si éclatant et luxueux. La jeune fille voyait de l'or partout, sur les murs, autour des tableaux, sur les tables et les cheminées, sur les livrées des serviteurs et jusque dans sa chambre. Elle ne croyait pas jusqu'alors qu'on pût vivre dans un tel décor.

– Alors, voici Cornélia, dit gaiement Emilie, duchesse de Roehampton.

C'était une femme petite et vive qui avait l'air de sautiller de l'un à l'autre et paraissait aussi décorative et insignifiante qu'un oiseau, mais ceci n'était qu'une impression superficielle et, quand on la connaissait mieux, on constatait qu'Emilie avait le génie de l'organisation et qu'elle dirigeait Cotilion et le domaine qui l'entourait aussi habilement qu'un général commandant une armée.

Elle avait évidemment une foule de gens pour

l'aider, mais son talent consistait à utiliser leur efficacité. Son majordome était célèbre et nombreuses étaient les maîtresses de maison qui avaient tenté en vain de le soudoyer pour l'avoir à leur service.

Le chef était tout aussi réputé. Le roi, au temps où il n'était encore que prince de Galles, avait voulu l'attirer au palais de Malborough, mais le cuisinier ne voulait pas quitter la duchesse tant qu'elle aurait besoin de lui.

La plupart des serviteurs de Cotilion s'y trouvaient depuis des années parfois même depuis plusieurs générations. Les situations, sur le domaine, se transmettaient de père en fils et, dans la maison, les femmes de chambre étaient généralement les filles des valets de pied, des jardiniers ou des gardes. Sakespear, le maître d'hôtel, avait commencé par cirer les chaussures à douze ans.

Avec ses fermes, ses jardins, ses étables et sa blanchisserie, ses ferronniers, ses menuisiers, ses maçons et ses maréchaux-ferrants, Cotilion était un Etat dans l'Etat, un chef-d'œuvre d'organisation et d'efficacité avec une hiérarchie particulière et des traditions sacrées transmises à chaque génération.

Drogo, maître et propriétaire de Cotilion, y paraissait comme le héros sur une scène de théâtre. Les employés l'aimaient, mais ils l'auraient adoré et révéré même s'il avait été moins digne de leur affection. Maître de cet impressionnant ensemble, il n'avait qu'à exprimer un vœu pour le voir aussitôt exaucé.

– Ainsi, voilà Cornélia?

Emilie regardait Lily, elle se demandait ce qu'elle et Drogo avaient bien pu combiner et ses déductions approchaient la vérité de très près. Cornélia était tout à fait insignifiante, pensa-t-elle; évidemment, ces lunettes noires lui donnaient l'air bizarre. Avant l'arrivée des invités, Drogo lui avait annoncé ses fiançailles et bien qu'elle eût poussé un cri de joie, elle s'était demandé pourquoi il prenait une telle décision aussi subitement.

Elle le savait amoureux depuis son retour de voyage, elle avait lu l'amour sur le visage de son fils dès cette première réception à Cotilion, tandis que Lily descendait l'escalier dans un nuage de mousseline rose avec un collier de saphirs brillant autour de son cou blanc. Drogo en était tombé amoureux à cet instant et n'avait plus regardé aucune autre femme.

Et voilà qu'il se fiançait avec la nièce de George. Malgré la fortune de la jeune fille, c'était assez étrange. L'argent est toujours utile mais ils n'étaient pas dans la misère, et cela ne ressemblait pas à Drogo de ne penser qu'à l'argent, il ne s'en était jamais beaucoup soucié. Non, il y avait autre chose et Emilie était décidée à confesser Lily tôt ou tard.

Les invités furent bientôt conduits à leurs appartements où les femmes de chambre étaient en train de déballer fiévreusement les malles déchargées par les valets de pied. On entendait partout claquer le papier de soie, s'ouvrir et se refermer les tiroirs et les armoires.

Laissée par Emilie à la porte de sa chambre, Cornélia considéra sans plaisir la robe de gaze blanche que Violette avait étalée sur le lit.

– Je déteste cette robe, dit-elle.

Violette sursauta.

– Je ne vous avais pas entendue entrer, mademoiselle. Le dîner ne sera pas très habillé, ce soir, mais demain, il y aura trente couverts : j'ai pensé qu'il valait mieux garder la robe de satin pour cette occasion.

Déjà la jeune fille oubliait la robe et tournait autour de la pièce, regardant le lit à colonnes dans l'alcôve, la coiffeuse et son miroir encadré d'or guilloché, le bureau où s'alignaient papier à lettres armorié, encrier d'or, plumier et tampon-buvard ornés de la couronne ducale, coupe-papier d'ivoire et d'or, boîte à timbres, boîte à épingles et presse-papiers de cristal incrusté d'améthystes. Elle n'aurait jamais cru que tant de choses fussent nécessaires pour écrire une lettre, ou qu'il y eût besoin, sur la table de chevet, de trois sortes d'eau minérale, d'une boîte de biscuits, de plusieurs romans et d'une pendulette encadrée de lapis-lazuli.

En dépit de ses dimensions, la chambre paraissait intime. Il y avait une peau d'ours devant le feu, un canapé couvert de coussins en dentelle, deux confortables fauteuils et, un peu partout, des tables supportant des lampes, des bouquets de fleurs, des livres et d'innombrables petits objets d'art en onyx, en argent ou en quartz rose.

Tout à coup, la jeune fille pensa que, bientôt, tout cela lui appartiendrait et elle prit peur. Comment dirigerait-elle cette grande maison? Comment ferait-elle pour que tout y soit parfait comme maintenant? Elle ne saurait que faire. Puis elle se rappela que Drogo serait près d'elle.

Il était allé au salon après leur arrivée. Il avait à saluer tous les invités et pourtant il était venu vers elle, il lui avait serré la main en lui demandant si elle avait fait bon voyage. Elle était si heureuse de le voir qu'elle n'avait pu que balbutier une réponse et il s'était tourné vers Lily et George.

Elle avait hâte de le retrouver et elle lui apportait un cadeau, un livre aperçu pendant qu'elle faisait des courses et qu'il aimerait peut-être. Elle n'avait pas dit à Lily qu'elle achetait le livre pour lui, elle était trop intimidée pour oser prononcer même son nom.

Elle se rappela soudain l'avoir oublié dans le salon.

– J'ai laissé quelque chose en bas, dit-elle à Violette.

– Puis-je aller le chercher, mademoiselle?

– Non, finissez de déballer, je sais exactement où il se trouve.

Elle descendit en courant le large escalier et entra dans le salon. Comme elle s'y attendait, la pièce était vide et le livre se trouvait là où elle l'avait laissé, contre le bras satiné du canapé.

Comme elle revenait vers la porte, elle vit le duc sur le seuil. Il parut surpris de sa présence.

– J'avais vu quelqu'un entrer, dit-il, je me demandais qui c'était.

C'était l'occasion rêvée, ils étaient seuls et Cornélia avait quelque chose à lui donner, mais les mots se figeaient sur ses lèvres.

– J'avais oublié... un petit paquet... bégaya-t-elle.

– Je vois que vous l'avez retrouvé.

– Oui. (Elle traversa la pièce et fut à côté de lui. Elle leva les yeux : son expression était bienveillante mais il avait l'air fatigué.) C'est pour vous, dit-elle brusquement. Un livre. J'ai pensé qu'il vous intéresserait peut-être.

– Pour moi? (De nouveau il était étonné mais il sourit.) Comme c'est gentil à vous. De quoi s'agit-il?

– De chevaux. J'ai trouvé que celui qui est dessiné sur la couverture ressemble à ceux que vous conduisiez le premier jour... je veux dire quand je vous ai vu... près de Hyde Park.

– Quel premier jour?

– Le jour de mon arrivée. Je venais de la gare avec oncle George. Vous aviez des difficultés avec vos alezans.

Le jeune homme détourna les yeux. Ses sourcils s'étaient un peu froncés.

– J'ignorais que vous m'aviez vu, dit-il.

Cornélia eut l'impression d'avoir fait une gaffe car sa voix était devenue dure et son expression sévère. Mais il déballa le livre et sourit à nouveau.

– Cela me plaît beaucoup, dit-il. Aimez-vous les chevaux?

– Beaucoup, s'écria la jeune fille. Vous comprenez, je m'en suis toujours occupée. Mon père disait que j'étais aussi capable que lui de dresser un poulain.

– Je n'avais aucune idée... commença le duc. Oui, c'est vrai, vous m'aviez dit que votre père élevait des chevaux. Et vous l'aidiez?

Cornélia fit un signe affirmatif.

– Demain, il faut que vous veniez voir les miens. Peut-être aimeriez-vous monter pendant que vous êtes ici?

– Ce serait merveilleux! s'exclama Cornélia enthousiasmée. Mais je n'ai pas de costume de cheval, ajouta-t-elle avec regret. Je ne croyais pas pouvoir monter en Angleterre et j'ai laissé mes vêtements en Irlande. Du reste, je ne crois pas que tante Lily m'aurait permis de les porter.

– Il faudra que vous en commandiez, dit le duc.

– Ce serait magnifique de pouvoir monter de nouveau, murmura la jeune fille avec nostalgie.

– Nous verrons ce que nous pouvons faire. (Un petit silence tomba.) Merci, dit enfin le jeune homme. C'est très aimable d'avoir pensé à moi. Moi aussi, j'ai un cadeau pour vous, je vous le donnerai après le dîner.

– Oh! Merci. Qu'est-ce que c'est? Voulez-vous me le dire ou est-ce une surprise?

– Une surprise, je crois, répondit-il gravement. Je vous verrai au dîner et je vous la remettrai ensuite.

Cornélia comprit qu'elle devait s'en aller. Elle marmotta vaguement quelque chose et regagna sa chambre. Elle en referma la porte et resta immobile, les mains sur son cœur.

– Avez-vous trouvé ce que vous cherchiez, mademoiselle? demanda Violette.

– Oui, c'était un livre que j'avais apporté pour Sa Grâce. Il est venu dans le salon pendant que j'y étais et je le lui ai donné. Il a paru content. Très content.

– Je suis bien heureuse que Sa Grâce ait apprécié votre cadeau, mademoiselle.

Violette parlait avec une réserve suspecte.

– Il a dit que cela lui plaisait beaucoup. J'avais si peur que ce livre ne l'intéresse pas, mais j'étais sûre, pourtant, qu'il aimait les chevaux.

– Oui, mademoiselle. Maintenant, vous feriez mieux de vous changer, sans quoi vous serez en retard pour le dîncr.

– Qu'avez-vous, Violette? Vous avez l'air soucieux, remarqua Cornélia.

– Non, je n'ai rien. (Puis brusquement Violette explosa :) Mademoiselle, ne donnez pas votre cœur aussi facilement! s'exclama-t-elle. Si jamais Sa Grâce vous décevait, vous seriez si malheureuse.

– Sa Grâce ne me décevra pas, déclara la

jeune fille avec assurance. Ne jugez pas tous les hommes d'après votre expérience personnelle, Violette. Vous n'avez pas eu de chance et moi, je suis la femme la plus heureuse du monde. Et il a un cadeau pour moi!

Cornélia ne cessa de parler pendant qu'elle s'habillait. Elle remarquait que Violette lui répondait à peine mais trouvait à cela une bonne explication.

« Elle se méfie de tous les hommes parce qu'elle a été indignement traitée, se disait-elle. Mais, pour moi, c'est tellement différent. »

La robe de gaze blanche n'était pas plus jolie sur elle que sur le lit. C'était le genre de robe qui aurait fait de Lily une déesse mais qui était trop compliquée pour une jeune fille et faisait paraître Cornélia chétive. Elle s'examina sans indulgence, sans comprendre : la toilette était pour elle un art mystérieux.

Violette la coiffa comme M Henri, le coiffeur londonien, le voulait et cela aussi ne semblait pas très réussi. Cornélia pensa à Lily, si exquise dans sa beauté blonde et, soudain, elle eut horreur d'elle-même.

– Si je pouvais emmener Sa Grâce à Rosaril, dit-elle à Violette, là je pourrais être vraiment moi-même. Ici, je me sens gauche et sotte, je ne comprends rien à leurs plaisanteries.

– Vous les comprendrez un jour, mademoiselle, dit Violette. Pour le moment, non, vous ne pouvez pas comprendre.

Elle parlait avec une tristesse que Cornélia ne remarqua pas. Elle pensait à ce cadeau qu'elle recevrait après le dîner.

Pendant le repas, elle observa la duchesse et ses amies et constata qu'Emilie était âgée, sans doute, mais encore coquette. Elle riait très fort comme tous les autres et posait souvent sa main sur le bras de son voisin. Jetant un regard sur sa tante, Cornélia trouva qu'elle aussi manquait de réserve : elle flirtait ostensiblement avec son voisin. Il était d'un physique agréable mais plus très jeune et la jeune fille se demanda pourquoi Lily, lui parlait tant plutôt qu'au duc, son autre voisin.

Le jeune homme restait silencieux. Présidant la table, il regardait Lily mais ne se mêlait pas à la conversation. « Je m'imagine des bêtises, pensa Cornélia. Tante Lily est bien trop âgée et trop raisonnable pour flirter avec qui que ce soit. Je suis ridicule. »

Pourtant, tout au long du repas, il lui sembla que les femmes encourageaient les hommes, les provoquaient de leurs yeux hardis, de leurs sourires, de leurs épaules nues. Obscurément, la jeune fille avait l'impression d'être la seule femme présente à ne pas user de son charme pour attirer un homme.

La conversation étincelait, les rires fusaient et la contribution masculine à l'entrain général ne faisait aucun doute. Cornélia se sentait exclue, étrangère au groupe. Les femmes la traitaient en quantité négligeable et ne perdaient pas leur temps à être aimable avec elle. Les hommes se montraient polis parce qu'elle était la nièce de Lily, mais ne lui prêtaient aucune attention.

La jeune fille était contente que la nouvelle de ses fiançailles n'eût pas été annoncée : sa tante lui avait recommandé de n'en rien dire à personne avant que la duchesse ait donné son consentement.

« Tout changera quand on saura que je vais devenir la maîtresse de Cotilion, se dit-elle. A ce moment-là, ils viendront tous me flatter comme ils flattent la duchesse. »

Elle méprisait un peu ces créatures brillantes, élégantes, et, en même temps, elle craignait leurs rires, leurs yeux perçants auxquels rien n'échappait.

– Pourquoi Lily punit-elle Drogo si cruellement? demanda une femme à voix basse au voisin de droite de Cornélia.

La réponse fut accompagnée d'un haussement d'épaules :

– On prétend que les femmes sont toujours victimes. Il arrive que les hommes le soient aussi.

– Peut-être, répliqua la femme. Ce ne serait pas un mal : en général, en ce qui concerne Drogo, ce n'est pas lui qui souffre.

– Vous pensez à Rosie? La pauvre fille, elle en a été malade, n'est-ce pas? Emilie a eu raison d'envoyer Drogo faire le tour du monde.

– Oui, le moyen a réussi : loin des yeux, loin du cœur. Pauvre Rosie! Je n'ai jamais vu quelqu'un d'aussi malheureux. J'avais pitié d'elle bien que cet épilogue fût inévitable.

Cornélia se demanda ce que signifiaient ces propos. Pourquoi parlaient-ils d'une punition infligée par sa tante au duc? C'était aussi obscur que toutes leurs conversations. Un jour, peut-être, découvrirait-elle la clé de ces énigmes.

Elle vit avec soulagement le repas se terminer. Repas délicieux arrosé des meilleurs vins, mais qu'elle n'était guère en état d'apprécier.

– Quel merveilleux dîner, Emilie! déclara Lily, comme les femmes quittaient la salle à manger.

– Je déteste le vendredi soir, répondit la duchesse. Les gens ne sont pas encore vraiment à l'aise. Il me semble que Drogo était bien silencieux.

Elle regarda Lily droit dans les yeux mais n'obtint pour réponse qu'un sourire énigmatique.

Dans le salon, Cornélia entendit les femmes bavarder autour d'elle. Les hommes ne reparurent qu'après un très long moment et, quand ils entrèrent enfin, elle frémit d'impatience : l'instant venait, celui qu'elle avait attendu toute la soirée, celui où elle serait seule avec le duc.

Pourtant, il ne vint pas tout de suite vers elle. On parla d'organiser une table de bridge; les femmes les plus jeunes avaient envie de danser.

– Demain soir, vous aurez un orchestre, dit la duchesse, et des amis viendront après le dîner. Ce n'est pas amusant de danser quand on est aussi peu nombreux. Personnellement, je préfère bridger.

Tandis qu'on cherchait un quatrième, le duc s'approcha de Cornélia.

– Voulez-vous venir avec moi? demanda-t-il.

Elle se leva vivement. Deux ou trois personnes les regardèrent avec surprise et, quand ils sortirent ensemble, il y eut un soudain brouhaha de conversations.

– Voulez-vous venir dans le salon de musique?

Le duc la guida vers une autre pièce, dans laquelle se trouvaient un monumental piano à queue et un orgue surmonté d'une tribune.

Bien que la soirée fût chaude, un feu flambait dans la cheminée et, instinctivement, les jeunes gens s'en approchèrent. Le duc tira un écrin de sa poche et le tendit à Cornélia; il contenait un magnifique diamant taillé en forme de cœur, monté entre deux rubis sur un anneau. Le bijou était très ancien et très beau et Cornélia, le souffle coupé, l'admirait quand le jeune homme expliqua :

– C'est un bijou de famille : les fiancées de Cotilion le portent toujours avant le mariage. Je vous donnerai aussi une bague de fiançailles moderne, mais j'ai pensé que vous aimeriez celle-ci, qui est de tradition.

– Oh! Merci! Merci. Elle est merveilleuse.

Cornélia lui rendit l'écrin, pensant qu'il allait y prendre la bague et la lui passer au doigt, mais il ne parut pas comprendre ce qu'elle attendait de lui et, après quelques secondes, elle se décida à tendre la main.

– Puis-je la mettre? demanda-t-elle.

– Si vous voulez. Ma mère est en train d'annoncer nos fiançailles.

– Oh! Etait-ce aussi urgent? murmura la jeune fille avec regret.

– Cela vous contrarie-t-il? demanda le duc très vite.

– Non... pas vraiment. C'est seulement que... qu'ils me font peur, dit-elle avec hésitation. Avec eux, j'ai l'impression d'être tellement sotte.

Le duc la regardait avec surprise.

– Je suis désolé. Je ne pensais pas que vous ressentiriez cela en venant avec votre oncle et votre tante.

– Ils connaissent tout le monde ici, expliqua Cornélia, ils sont à l'aise alors que je ne connais rien ni personne.

– Evidemment. C'est stupide de n'avoir pas songé à cela. Mais peut-être que tout ira mieux, quand on saura que nous sommes fiancés.

– J'espérais cela pendant le dîner, soupira la jeune fille. Je suppose qu'ils vont me faire des sourires parce qu'un jour je serai votre femme, mais cela ne prouvera rien.

– Quelle drôle de petite fille vous faites! s'exclama le duc.

— Drôle? Pourquoi?

— Je veux dire différente des autres. Mais je ne connais pas grand-chose aux jeunes filles.

— Qui est Rosie? demanda Cornélia.

Il sursauta et fronça les sourcils.

— Qui vous a parlé de cela?

— Personne ne m'a rien raconté, mais mes voisins parlaient d'une certaine Rosie pendant le dîner. J'ai cru que... c'était peut-être la jeune fille que vous aviez voulu épouser.

— J'aimerais mieux ne pas parler d'elle, si cela ne vous fait rien, répondit le duc. Je n'ai demandé à personne de m'épouser jusqu'à présent, mais vous devez comprendre qu'il y ait eu des femmes dans ma vie, car j'ai près de vingt-neuf ans, des femmes pour lesquelles j'avais de l'affection et qui, peut-être, en avaient pour moi.

— Oui bien sûr, dit Cornélia paisiblement, je comprends cela. Mais je pensais que tout serait plus facile si j'étais au courant.

— Plus facile pour qui? demanda le jeune homme. Les gens ne devraient pas faire allusion à ces choses en votre présence, et maintenant qu'ils seront au courant de nos fiançailles, je peux vous promettre que vous n'entendrez plus rien qui puisse vous être désagréable.

Cornélia regardait le diamant qu'elle avait glissé à son annulaire. L'anneau était un peu large et elle serra les doigts. Le duc lui donnait une bague en forme de cœur : était-ce un symbole? voulait-il lui faire comprendre qu'il lui confiait son cœur?

— Me permettez-vous de vous parler des choses qui m'intriguent? demanda-t-elle. Ce serait sûrement mieux s'il n'y avait pas de secrets entre nous.

— J'espère que vous m'interrogerez sur tout ce

que vous désirez savoir, dit-il, mais il peut arriver que des secrets ne m'appartiennent pas.

– Voulez-vous dire qu'ils peuvent appartenir aussi à quelqu'un comme Rosie?

– Je vous ai dit que je ne désirais pas parler d'elle, dit le duc avec impatience. Est-il vraiment nécessaire d'évoquer indéfiniment le passé?

– Non, dit Cornélia, certainement pas. Nous devrions plutôt parler de l'avenir. Notre avenir, répéta-t-elle doucement en regardant sa bague.

Il y eut un silence. Elle leva la tête et vit que le duc la regardait.

– Etes-vous sûre que vous voulez devenir ma femme? demanda-t-il soudain.

La jeune fille sourit.

– Tout à fait sûre.

– Votre oncle m'a demandé d'attendre, reprit-il, mais votre tante estime que nous devons nous marier le mois prochain, avant la fin de la saison. Cela vous convient-il?

– Etes-vous sûr de vouloir m'épouser? demanda Cornélia, très bas.

La question était montée spontanément à ses lèvres, et elle la posa sans oser le regarder. Elle considéra le diamant qui scintillait à la lueur du feu et les rubis, semblables à deux gouttes de sang.

– Naturellement, je veux vous épouser, répondit le duc à voix haute, sur un ton de défi. (Puis il ajouta :) Nous devrions retourner au salon, on va se demander ce que nous devenons.

– Oui, c'est vrai.

Cornélia, une fois de plus, avait l'impression d'avoir commis une erreur, mais laquelle? Elle n'en avait aucune idée. Elle se dirigea vers la porte, puis s'arrêta.

– Je suis désolée de vous avoir posé de sottes

questions, murmura-t-elle timidement. Et je voudrais vous dire encore merci pour la bague. Merci beaucoup.

Elle ne savait pas si elle devait lui tendre la main, puis elle pensa soudain qu'il voulait peut-être l'embrasser. Le cœur battant follement, le souffle court, elle attendit.

– Je suis très heureux que cette bague vous plaise.

Le duc passa devant elle, ouvrit la porte et s'effaça pour lui livrer passage.

Cornélia baissa la tête et se rendit au salon.

6

– Il faut que je vous voie seule.

Le duc souffla ces mots à l'oreille de Lily, comme ils se promenaient dans le jardin, après le déjeuner du dimanche.

– C'est impossible, George nous surveille, répondit-elle très vite.

– Cela m'est égal, je veux vous parler. Venez jusqu'à la pièce d'eau aux nénuphars.

– Vous êtes fou! Tout le monde nous verra.

– Tant pis, riposta le duc avec emportement. Je n'ai pas pu échanger trois mots avec vous ces deux derniers jours. Venez maintenant, j'y tiens absolument.

Lily jeta un coup d'œil en arrière. Avec soulagement, elle constata que George n'avait pas quitté la terrasse et que, le cigare à la main, il se trouvait en grande conversation. Les promenades au jardin l'ennuyaient mais elle avait redouté qu'il vienne malgré tout pour les surveiller, Drogo et elle.

Il n'était pas facile de duper George : il avait un solide bon sens qui compensait largement son manque d'esprit et d'intelligence.

Le voyant occupé, Lily céda à la tentation. Un instant plus tard, elle disparaissait avec le duc derrière un mur recouvert de rosiers grimpants, hors de vue de ceux qui pouvaient guetter de la terrasse. Le duc lui prit le bras et l'entraîna rapidement sur le chemin dallé qui traversait le gazon de la roseraie et menait à la pièce d'eau.

Là, abrité par une glycine, un port en miniature avait été aménagé. Lily était hors d'haleine mais, comme le jeune homme l'entourait impétueusement de ses bras, elle eut encore la force de protester :

– Drogo, vous êtes ridicule, vous allez faire échouer nos projets! Si George me voit ici, il ne me pardonnera jamais.

– Pourquoi avez-vous si peur? demanda tendrement le duc. Je vous aime.

Lily sourit et baissa les paupières avec coquetterie. Il était impossible de se fâcher contre Drogo, et bien qu'elle refusât de l'admettre, elle mourait d'envie de le voir en tête à tête depuis son arrivée à Cotilion.

– Je vous aime, répéta-t-il. Les choses ne peuvent continuer ainsi.

– Quelles choses?

– Mes fiançailles avec Cornélia. C'est une situation absurde. Cette petite est trop innocente et trop naïve, elle n'a aucune idée de ce qui se passe autour d'elle.

– Dieu merci! répliqua Lily d'un ton acide. Franchement, Drogo, à quoi vous attendiez-vous? Vous n'imaginiez tout de même pas qu'une jeune fille consentirait à vous épouser en sachant que vous aimez une autre femme?

– Je sais bien, soupira le duc, mais tout cela est si difficile. Je ne sais que dire à une jeune fille, je ne l'ai jamais su.

Il avait soudain l'air extraordinairement jeune.

– Ce sera bientôt une femme mariée, répondit Lily amèrement.

– Quand vous m'avez persuadé de me fiancer à cette enfant, dit-il, je ne me suis pas rendu compte de ce que cela impliquait. Je pensais qu'elle serait contente de faire un brillant mariage et considérerait toute l'histoire comme une bonne affaire. Maintenant, j'ai pitié d'elle.

Lily haussa les épaules.

– Vous êtes stupide, dit-elle avec pétulance. Cornélia a tout à gagner en vous épousant et elle le sait fort bien : autrement, elle n'aurait pas accepté aussi vite; elle a sauté sur l'occasion et elle a bien fait. Vous êtes l'un des hommes les plus en vue du pays : elle est riche mais elle n'a rien de séduisant, la pauvre, et bien qu'elle soit la nièce de George, elle ne pourra jamais se faire une place dans la société si elle ne se marie pas. (Elle vit que le duc demeurait troublé et lui prit la main.) Désirez-vous que nous ne nous rencontrions plus jamais? demanda-t-elle avec une douceur plaintive.

– Vous savez très bien que c'est la seule chose que je ne pourrais pas supporter, répliqua le jeune homme. Mais pourquoi ne sommes-nous pas honnêtes et francs? Pourquoi ne pouvons-nous être, pour une fois, tout simplement, un homme et une femme qui s'aiment? Pourquoi notre situation sociale compterait-elle plus que nos sentiments, nos titres plus que nos cœurs?

Sa voix était profonde et sérieuse et le rire

léger de Lily résonna comme une fausse note.

– Vous figurez-vous vraiment que nous serions plus heureux dans une chaumière? Mon cher Drogo, le vieux dicton « Quand la misère entre par la porte, l'amour sort par la fenêtre » est particulièrement exact, et il y en a un autre que ma nurse me disait souvent : « Le scandale est un dur matelas. » C'est tout aussi vrai. Vous et moi devons nous adapter au monde dans lequel nous vivons.

– Autrement dit : mentir, tromper et tricher, gronda le jeune homme.

– Et pourquoi pas? riposta Lily. Naturellement, nous pouvons l'un et l'autre nous transformer en prix de vertu. Je peux me consacrer à George, ce cher idiot de George, et vous pouvez renoncer à être gai, séduisant, et devenir un mari modèle et un honnête père de famille.

Elle rit aux éclats à ce tableau.

– C'est vous que je veux, dit le duc avec humeur. Ne m'aimez-vous pas suffisamment pour partir avec moi?

– Non, mon cher, déclara Lily fermement. Nous ne pourrions aller vivre qu'à Monte-Carlo et il serait intolérable de nous demander sans cesse, quand nos amis y viendraient, s'ils vont nous tourner le dos ou condescendre à nous parler. Et, du reste, nous ne nous aimerions pas, différents de ce que nous sommes. Je vous aime parce que vous êtes le maître de Cotilion, parce que je vous rencontre à toutes les réceptions, parce que je vous trouve dans toutes les demeures les plus fastueuses et les plus fermées de Londres. Et vous m'aimez parce que je suis... au fait que suis-je?

– La femme la plus ravissante que j'aie jamais vue!

C'était la réponse qu'espérait Lily. Elle sourit tendrement.

– Eh bien, ce sont là nos chaînes, dit-elle. Nous sommes prisonniers de nous-mêmes et rien ne nous libérera jamais.

– C'est épouvantable!

– Quelle idée! dit-elle gaiement. Vous savez aussi bien que moi que vous possédez tout ce que vous pouvez désirer au monde.

– Excepté vous...

– Je serai là quand vous aurez épousé Cornélia, déclara Lily, et dès que les soupçons de George se seront évanouis... nous verrons.

– Et Cornélia?

– Mon cher ami, elle ne nous gênera guère. Elle ne se doutera de rien à moins que vous ne l'éclairiez.

– Je ne ferai certainement pas cela, soupira le jeune homme, mais j'ai tout de même pitié d'elle.

Lily haussa les épaules.

– Elle a une chance fantastique, affirma-t-elle : elle sera votre femme, elle portera votre nom et votre titre, elle régnera sur Cotilion. Une jeune fille pourrait-elle demander davantage à une marraine-fée?

Sa voix douce le caressait et, malgré lui, le duc ne put s'empêcher de sourire.

– Vous m'hypnotisez pour me faire croire ce que vous voulez que je croie, dit-il.

– Je sais ce qui est préférable pour nous deux.

Elle leva vers lui son délicat visage et, comme il voulait la reprendre dans ses bras, elle recula.

– Doucement, doucement, dit-elle. L'heure n'est pas aux imprudences.

– Je deviens fou à vous voir si belle, si froide et si lointaine! s'écria le jeune homme. Je ne peux même pas vous approcher!

– Nous devons être plus prudents que jamais, déclara Lily. Plus tard, tout sera simple. Et maintenant, il faut rejoindre les autres, ils vont s'étonner de notre absence.

Il la regarda fixement durant quelques secondes, se demandant s'il allait céder ou l'embrasser de force, mais elle se leva, s'éloigna vivement et, subjugué, il la suivit. Une scène comme celle-là, pensa-t-il, lui faisait plus de mal que de bien; il se sentait frustré et malheureux chaque fois qu'il se séparait de Lily; sa beauté l'ensorcelait et il ne pouvait la quitter des yeux. Cependant, il voulait d'elle toujours plus qu'elle ne consentait à lui donner.

Il n'avait pas fermé l'œil, la nuit précédente, révolté jusqu'à la fureur par ce mariage qu'elle lui imposait pour le garder dans sa vie. Pourquoi refusait-elle de tout quitter pour lui?

Mais il connaissait trop la réponse. Elle n'avait pas la force morale nécessaire pour braver les conventions. Il connaissait le prix qu'il leur faudrait payer, à cette époque où le divorce n'était approuvé par personne, mais il admettait difficilement que la ronde incessante des mondanités fût pour elle plus importante que l'amour.

Et pourtant, à la minute présente, il en venait à se demander si Lily n'avait pas raison. Il la voyait mal vivant une existence rétrécie dans une villa du sud de la France, ou même voyageant sans relâche à la recherche de nouveaux climats et de nouveaux amis. Le cadre de Lily était exclusivement formé de l'enceinte royale d'Ascot, de la salle du Trône au palais de Buckingham, des vastes salons de Londres et des réceptions de fin de semaine à Cotilion.

Oui, elle disait vrai, pensa-t-il en la suivant dans la roseraie. Elle faisait partie de la scène anglaise.

Elle se fanerait et mourrait si elle était transplantée dans un autre pays, et il se demanda soudain si aimer une femme aussi fragile et éphémère qu'une rose valait vraiment la peine.

– Vous voilà, Drogo? Nous nous demandions ce que vous deveniez.

La voix claire de la duchesse le salua quand il regagna le jardin. Une ombrelle abritait Emilie et elle était entièrement habillée de blanc, formant un tableau charmant sur un fond de fleurs cramoisies. L'élégance de sa mère la rendait presque aussi agréable à regarder qu'une grande beauté comme Lily.

Cornélia était là et, comme un enfant pris en flagrant délit, parce qu'il se sentait coupable, il affecta de ne pas s'apercevoir de sa présence. Sa mère remarqua d'une voix singulièrement sèche :

– Cornélia aimerait voir la pièce d'eau, Drogo.

On eût dit qu'elle l'envoyait là délibérément avec sa fiancée, sachant fort bien ce qui s'était passé près du petit port, quelques instants plus tôt. Il n'avait aucune raison de la soupçonner de tant de subtilité, mais répondit de mauvaise grâce en se tournant vers la jeune fille :

– Venez si vous voulez.

Ils marchèrent en silence. C'était la première fois qu'ils se trouvaient seuls ensemble depuis l'annonce de leurs fiançailles.

Par sa mère, Drogo savait que la nouvelle avait abasourdi les invités, une exclamation incrédule l'avait accueillie. Ensuite, il avait entendu la duchesse parler de l'énorme fortune de Cornélia et vu un sourire complice sur les lèvres de ses interlocuteurs. Il en avait été violemment irrité.

Toute cette histoire était folle, pensait-il maintenant. Comment y avait-il consenti? Et cependant, tout en s'accablant de reproches, il savait que, si le fond de l'affaire était connu, quatre-vingt-dix pour cent de ses amis auraient jugé ses scrupules absurdes.

La société dont il faisait partie ne regardait pas trop aux principes : le roi, quand il n'était encore que prince de Galles, avait donné le ton par ses nombreuses bonnes fortunes. Drogo lui-même avait eu maintes aventures et qu'il fût tombé amoureux de Lily n'était pour sa mère et ses amis qu'une preuve de bon goût. Tout le monde savait qu'il se marierait un jour ou l'autre, sa mère lui en parlait souvent.

– Je me retirerai au Prieuré, disait-elle. Ce sera dur de quitter Cotilion mais, en même temps, il ne me sera pas désagréable d'être libre et de faire ce que je veux. Je pourrai aller aux Indes, il y a des années que j'ai envie d'accepter l'invitation de ce charmant Maharajah et je n'en ai jamais eu le temps. Je visiterai aussi l'Amérique, les Vanderbilt me demandent constamment de venir les voir. Et, naturellement, j'aurai une maison à Londres. Votre femme habitera l'hôtel Roehampton et j'aurai quelque chose de plus petit ailleurs.

Et voici qu'il allait se marier avec Cornélia.

Ils atteignaient la pièce d'eau et elle la contempla, la tête baissée, le visage caché par le bord de son chapeau.

– C'est joli, n'est-ce pas?

– Oui, très joli.

Comment supporterait-il cela toute sa vie? se demanda-t-il tout à coup. N'avait-elle aucune personnalité? Ne s'intéressait-elle à rien? Tout à l'heure, il avait pitié d'elle, à présent elle l'exaspérait. Lily avait raison : il lui donnerait un grand nom, un titre prestigieux, elle pouvait s'en contenter. Elle ne demandait visiblement que cela.

– Puisque nous avons vu la pièce d'eau, nous pouvons aller retrouver ma mère, dit-il brusquement.

Cornélia refoula les paroles qu'elle était sur le point de prononcer. Le duc ne vit pas la rougeur qui envahissait ses joues et, quand il fut de retour près de la duchesse et de Lily, il laissa la jeune fille avec elles et rentra seul dans la maison.

Lily n'était pas très intelligente mais elle avait de l'intuition quand ses intérêts étaient en jeu : elle devina que Drogo renâclait et avait peut-être envie de fuir l'avenir qu'elle lui préparait. Après ce premier week-end à Cotilion, elle s'arrangea pour que la jeune fille n'ait plus l'occasion de l'irriter.

Les fiancés se virent tous les jours, mais ne furent plus jamais seuls, lady Bedlington y veillait. Le prochain mariage était le grand événement de la saison, on invitait les jeunes gens partout, on donnait des déjeuners et des dîners en leur honneur, les visiteurs envahissaient l'hôtel Bedlington.

Lily manœuvrait avec une adresse extrême. Cornélia souhaitait désespément voir le duc en tête à tête, priait le ciel de lui accorder la possibilité de causer avec lui sans que chaque mot prononcé soit entendu, mais en vain. Bien qu'elle le rencontrât sans cesse, il lui demeurait aussi étranger qu'au premier soir, quand elle avait dansé avec lui au palais de Londonderry. Les réceptions les réunissaient, ils passaient ensemble tous les week-ends, ils se promenaient en voiture à Hyde Park, ils allaient au polo à Hurlingham et au tennis à Wimbledon : le duc était à côté d'elle et elle se sentait séparée de lui par un abîme plus large et plus profond que la mer d'Irlande. En fait, les jours passaient dans une sorte de brume à travers laquelle rien ne lui semblait tout à fait réel.

La jeune fille passait des heures chez la couturière, debout pendant qu'on épinglait des robes sur elle, elle achetait des chapeaux, du linge, des chaussures, des sacs, des gants et des bas. Elle avait l'impression de ne plus posséder d'idées ou de volonté propres : Lily prenait toutes les décisions et elle finissait par se demander si, en dehors de sa tante, elle avait une existence personnelle. Elle ne se retrouvait elle-même que seule avec Violette à laquelle elle pouvait parler sans contrainte et dire tout ce qu'elle avait sur le cœur.

– Je me répète sans cesse que cela va bientôt finir, lui dit-elle un jour. Je peux à peine y croire, sauf quand je vois en bas ces centaines de cadeaux de mariage. Je vais me marier et quitterai tout cela. Je serai seule avec Sa Grâce, enfin.

– Vous allez être très fatiguée, mademoiselle. Faut-il vraiment que vous alliez à ce bal ce soir?

– Oui, je crois. Du reste, je veux y aller, je veux voir Sa Grâce. Nous danserons ensemble. Mais il est difficile de parler quand on danse. Oh! Violette, il m'intimide tellement! Je n'étais pas timide en Irlande; là-bas, je parlais tant qu'on me traitait de bavarde. Les amis de papa ne m'intimidaient pas, ils me taquinaient et je les faisais rire. Ici, quand j'essaye de me mêler à la conversation, les gens me regardent comme si j'étais une idiote.

– Vous sortez trop, mademoiselle, si vous voulez mon avis, dit Violette, et avec trop de gens. Ne pourriez-vous demander à Sa Grâce de vous emmener vous promener seule?

– Si je le pouvais, soupira la jeune fille, mais

je ne crois pas que tante Lily le permettrait. J'en ai parlé une fois et elle n'a pas été contente. Un des avantages d'être mariée, c'est qu'on est libre : il semble qu'avant cela on ne vous laisse pas avoir une pensée ou un sentiment à vous.

– Vous êtes sûre, tout à fait sûre, que vous voulez vous marier avec Sa Grâce, mademoiselle?

Cornélia regarda Violette avec surprise.

– Voyons, naturellement! Ne vous ai-je pas dit, ce que je n'ai dit à personne d'autre, combien je l'aimais? Quand il entre dans une pièce, j'en ai la respiration coupée, et puis tout à coup une sensation extraordinaire me parcourt tout entière. C'est divin d'être près de lui, Violette! Même s'il ne me dit rien, je suis heureuse de le savoir là, de savoir que, bientôt, je lui appartiendrai.

– J'espère que vous serez heureuse, mademoiselle, dit Violette très bas.

– Je sais que je le serai, répondit la jeune fille avec assurance. (Elle regarda le cœur de diamant qui brillait à son doigt.) C'est son cœur et il me l'a donné, murmura-t-elle. J'ai de la chance. Une chance incroyable. (Violette poussa un soupir étrange et alla ranger quelque chose au fond de la pièce. Cornélia poursuivit d'un ton rêveur :) Cela m'effraie un peu d'avoir à diriger Cotilion et une grande maison à Londres, mais il sera là et je ne crois pas que personne puisse avoir peur de quoi que ce soit en sa présence... sauf de lui peut-être. Il me fait peur quelquefois quand il a l'air ennuyé ou mécontent : je le regardais hier soir au dîner, et j'ai deviné que, comme moi, il désirait être loin de tous ces gens, seul avec moi pour que nous puissions causer ensemble loin du bruit, des conversations et des orchestres.

– Avez-vous dit à Sa Grâce que vous l'aimiez à ce point?

– Non, bien sûr que non! Je suis trop intimidée pour lui dire cela mais je crois qu'il le devine. Peut-être est-il trop réservé, lui aussi, pour me parler de son amour. Mais il m'a demandé d'être sa femme et un homme ne peut rien faire de plus pour la femme qu'il aime.

– Oh! mademoiselle! mademoiselle! cria Violette.

Mais Cornélia ne l'écoutait pas.

– Tante Lily me répète sans cesse que j'ai une chance folle, reprit-elle, elle me dit que bien d'autres jeunes filles avaient envie d'épouser le duc et qu'il ne les a même pas regardées. Elle croit que je ne me rends pas compte de mon bonheur, mais je m'en rends très bien compte. C'est seulement que je ne sais comment exprimer ma gratitude. Je ne puis pas plus dire à tante Lily tout ce que j'ai dans le cœur que je ne peux le dire à Sa Grâce. Elle me parle des réceptions que je devrai donner à Cotilion et à Londres, cela n'a rien à voir avec mon amour.

– Si vous me permettez de vous donner un conseil, mademoiselle, vivez comme vous l'entendez et ne vous occupez pas de ce que pense lady Bedlington.

Cornélia sourit.

– Vous n'aimez pas beaucoup tante Lily, n'est-ce pas? Non, ne me répondez pas, je sais que vous ne voudriez pas vous montrer impertinente, mais j'ai souvent regardé vos yeux quand tante Lily est là et il est facile de voir que vous ne l'aimez pas. Je me demande pourquoi. Tout le monde l'adore et ce n'est pas étonnant, elle est si belle!

– Oui, lady Bedlington est très belle, admit Violette brièvement.

– Je voudrais être comme elle mais je sais que

c'est impossible. Toutes les couturières et tous les coiffeurs du monde ne pourraient pas me rendre aussi ravissante que tante Lily.

– Pourquoi ne retirez-vous pas vos lunettes noires, mademoiselle? demanda Violette abruptement.

– Je vais vous confier un secret, répondit Cornélia. Je les enlèverai le jour de mon mariage. Je n'aurais pas le courage de subir les commentaires de tante Lily et de ses amies si je les retirais maintenant, et puis je crois qu'il vaut mieux cacher mes yeux pour que tous ces gens ne voient pas ce que je pense d'eux.

– Et Sa Grâce?

La jeune fille se figea soudain.

– J'espérais que... il me demanderait de les enlever, mais il ne l'a pas fait. Evidemment, nous ne sommes jamais seuls. Alors, je n'attendrai pas qu'il m'en prie, mais je ne les aurai pas sous mon voile quand j'entrerai à l'église.

– J'en suis bien contente, mademoiselle. Ne vous a-t-on jamais dit que vous aviez des yeux magnifiques?

– Non, pas en Angleterre.

– Naturellement, puisque personne ne les a vus ici. Vraiment, n'allez-vous pas retirer ces lunettes, mademoiselle?

– Non, dit fermement Cornélia, pas avant mon mariage, sauf si Sa Grâce me le demande.

A mesure qu'approchait le grand jour, Cornélia était de plus en plus occupée. Sans un instant de répit, elle courait à des essayages ou écrivait d'innombrables lettres de remerciements pour les nombreux cadeaux qui lui parvenaient. Des piles de porcelaine, de cristaux et d'argenterie étaient disposées sur de longues tables, avec des bijoux, des bagues, des bracelets, des boucles d'oreilles, mais la jeune fille fut ravie et touchée lorsque son oncle, la veille du mariage, lui offrit un collier de perles.

– Oncle George, que vous êtes bon! s'écria-t-elle. Jamais je n'aurai cru posséder quelque chose d'aussi joli. Je les mettrai pour la cérémonie.

– Ne faites pas cela, remarqua Lily, les perles portent malheur.

– Je n'ai pas peur et je ne suis pas superstitieuse, répliqua la jeune fille. Je les porterai, car c'est grâce à vous que j'ai trouvé le bonheur.

Elle vit le sourire s'effacer des lèvres de Lily.

– Eh bien, portez-les si vous voulez, dit-elle sèchement, mais ne prétendez pas que je ne vous ai pas avertie.

– Vraiment, Lily! observa George Bedlington, on dirait que vous vous attendez à ce que Cornélia soit malheureuse!

– Toutes les jeunes femmes pleurent pendant leur voyage de noces, répondit Lily évasivement. On est très émotif à ce moment-là. Vous rappelez-vous comme j'ai pleuré pendant notre lune de miel?

Cornélia sourit pendant que sa tante plaisantait et courut à sa chambre pour montrer le collier à Violette. Mais elle n'était pas là et la jeune fille mit les perles tièdes et irisées à son cou et les admira, en se demandant si le duc les aimerait.

La duchesse lui avait donné, parmi d'autres présents, un grand diadème, un collier et des pendants d'oreilles en diamant, des bijoux splendides, mais elle préférait ces perles. Leur douceur lui rappelait l'Irlande, son ciel après la pluie, la rivière quand la brume se levait.

Cornélia n'avait qu'un regret : ses amis irlandais ne seraient pas auprès d'elle le lendemain. Elle leur avait écrit pour les inviter, proposant de leur offrir le voyage, mais ils trouvaient l'Angleterre trop éloignée, et qui les remplacerait pendant leur absence?

La jeune fille comprenait. Demain, jour le plus important de sa vie, elle ne serait entourée que d'étrangers.

Quand la réception s'achèverait, elle partirait avec le duc. Enfin ils apprendraient à se connaître; il n'y aurait plus de châteaux majestueux et impressionnant, il n'y aurait qu'elle et lui.

Ils devaient se rendre à Paris, lui avait dit tante Lily. Nul ne lui ayant demandé son avis, Cornélia acceptait cela comme le reste. La seule chose qui importât était ce départ à deux. Ils seraient débarrassés de tous les autres. Seuls le valet de chambre du duc et Violette les accompagneraient.

Violette enfin entra dans la chambre.

– Je vous croyais en bas, mademoiselle, dit-elle.

– Pourquoi y serais-je?

– Parce que Sa Grâce vient d'arriver.

Cornélia sursauta.

– On ne m'a pas avertie! Et il n'y a personne.

– Lord Bedlington est sorti, oui, j'ai entendu sa voiture, dit Violette, mais je ne sais pas pour lady Bedlington.

– Elle est sortie aussi, elle m'a dit qu'elle allait faire une visite à lady Wimborne et m'a recommandé de m'étendre jusqu'au dîner. Quelle chance que je ne l'aie pas fait! J'admirais mes perles. Vite, recoiffez-moi.

Violette obéit et quelques minutes plus tard, Cornélia descendait en courant. Allait-elle enfin voir le duc seul? Tante Lily avait pourtant dit qu'il ne viendrait pas ce jour-là; la jeune fille devait se reposer et se coucher de bonne heure pour être en beauté le lendemain.

Peut-être avait-il quelque chose de particulier à lui dire? Peut-être trouvait-il trop longue une journée sans elle? Elle ressentait cela, elle aussi, il lui semblait qu'une éternité la séparait du moment où elle le retrouverait au pied de l'autel.

Elle ouvrit la porte du salon et vit avec étonnement que la pièce était vide. La déception lui serra le cœur; elle avait tant envie de le voir et voilà qu'il était déjà parti.

Lentement, avec un soupir, elle se dirigea vers l'escalier et, soudain, elle entendit un bruit de voix qui venait du boudoir de sa tante, au premier étage.

La déception grandit en elle : le duc était venu mais tante Lily, de retour, le recevait chez elle. Machinalement, la jeune fille monta et suivit le couloir, prise d'une soudaine résolution : le duc était là et elle le verrait, elle était sûre qu'il était venu pour elle. Tante Lily l'avait intercepté mais elle ne se laisserait pas faire. On ne la demandait pas mais elle irait le trouver, elle le verrait, ne fût-ce qu'un instant.

Elle parvint à la porte du boudoir et allait l'ouvrir quand la voix du jeune homme, émue, suppliante, arrêta son geste.

– Cela ne sert à rien de vous fâcher, Lily, il fallait que je vous voie. Oubliez-vous que je pars pour un mois?

– Vous êtes fou de courir un tel risque, répondit Lily. Quand j'ai reçu votre mot à l'hôtel Wimborne, j'ai dû raconter que Cornélia m'appelait, que quelque chose n'allait pas dans l'organisation de la cérémonie.

– Je pensais bien que vous trouveriez un prétexte. J'ai vu George à son club, il jouait au bridge, il en a au moins pour une heure. J'ai profité de l'occasion.

– Drogo, vous êtes insensé! Mais je pense qu'il faut que je vous pardonne.

– Lily, vous êtes plus jolie que jamais!

– J'ai peine à vous croire, dit-elle en riant. Je suis épuisée par les préparatifs de votre mariage.

– Mon mariage? se récria-t-il. A qui la faute? C'est vous qui l'avez décidé. Il n'y a qu'une chose qui ne va pas et vous savez ce que c'est.

– Vraiment? Quoi?

– Vous devriez être la mariée.

– Vous savez bien que c'est impossible.

– Lily, je vous en conjure, décidez-vous maintenant! Il en est encore temps.

Un petit rire fusa.

– Comment? Aujourd'hui? Et nous laisserions le pauvre George et Cornélia se débrouiller d'un mariage sans mari? Ce serait inutilement cruel!

– Qu'importe la cruauté? cria le jeune homme. Partez avec moi, je vous rendrai heureuse, je vous ferai comprendre que le monde n'est rien sans l'amour!

– Drogo, Drogo, combien de fois vous ai-je dit qu'il ne peut en être question? Et tout s'arrange si bien. Quand vous reviendrez de voyage, vous verrez comme il nous sera facile de nous voir, autant et plus, mieux encore qu'avant la crise de méchanceté de George.

– Et si Cornélia, elle aussi, devient méchante, comme vous dites?

– Cornélia ne saura rien. Voyons, Drogo, ne soyez pas ridicule à la dernière minute. Je suis si fatiguée et j'ai tant à faire.

– Ma pauvre chérie... je ne vais pas vous dire ma reconnaissance pour tout ce que vous avez fait, parce que je ne voulais pas que vous le fassiez. Mais si vous voulez, je vous dirai que je vous aime.

– Dites-le vite, et sauvez-vous. (Elle gémit soudain.) Oui, oui, dites-le-moi! Le temps sera si long avant votre retour!

– Lily, ne parlez pas de cela. Je vous aime... Vous savez bien que je vous aime!

Il y eut un silence, et soudain Lily tressaillit.

– Qu'y a-t-il? murmura-t-elle. J'ai entendu quelque chose.

– Vous rêvez! George est au club, et même s'il revenait, je ne suis venu que pour voir les nouveaux cadeaux.

– Je suis sûr d'avoir entendu quelque chose de bizarre, répéta Lily inquiète.

De l'autre côté de la porte, Cornélia s'éloignait lentement. Ce que Lily avait entendu, pensait-elle, c'était son cœur qui se brisait.

7

La foule des curieux massés devant l'église Saint-George acclama la reine Alexandra qui descendit de voiture avec la princesse de Galles.

Depuis deux heures, la police montée contrôlait avec peine le flot des voitures des invités. La foule avait reconnu toutes les beautés célèbres de Londres, applaudissant la duchesse de Sutherland, ravissante sous un chapeau de plumes qui rehaussait sa beauté blonde, poussant des cris de joie à l'apparition de la comtesse de Warwick, de la riche Mrs Willie James et de la duchesse de Westminster avec sa sœur, la princesse de Pless. Lorsque Lily arriva, étourdissante en bleu pâle, portant un énorme bouquet d'œillets de la Malmaison, les exclamations redoublèrent.

Quelques instants après que les invités royaux furent entrés dans la nef, un murmure parcourut la foule : la voiture de la mariée apparaissait.

Tout le monde attendait cet instant et les femmes se ruèrent en avant, contre le cordon de policiers qui tentaient, mains unies, de contenir les curieux.

Lord Bedlington descendit le premier, un œillet blanc piqué au revers de son habit, puis une silhouette voilée, couronnée de fleurs d'oranger, mit pied à terre, aidée par un valet, et des yeux avides examinèrent chaque détail de sa robe de satin blanc garnie de volants de dentelle de Bruxelles. Une voix s'éleva :

– Bonté divine! elle a des œillères!

Des rires fusèrent, mais la tendresse particulière des foules anglaises pour les mariées fit jaillir les applaudissements et les vœux. « Bonne chance, criait-on. Dieu vous garde, mignonne! »

Cornélia ne voyait, n'entendait rien, tout lui semblait flou et lointain comme dans un rêve. Elle prit le bras de son oncle mais ses doigts gourds n'avaient plus aucune sensibilité.

Elle gravit les marches, franchit le porche de l'église; les demoiselles d'honneur l'attendaient et deux pages vêtus de satin blanc s'avancèrent pour soulever sa traîne.

Tête baissée, elle se laissa conduire le long de la nef : elle ne voyait ni les bancs où se pressait l'élite de la sociétés, ni les employés de Cotilion, revêtus de leurs habits du dimanche, massés sur les bas-côtés, ni les jeunes gens aux revers fleuris de blanc, qui avaient guidé les invités vers leurs places.

Les chants retentissaient et, dans le chœur, l'archevêque de Canterbury, resplendissant avec sa mitre et ses ornements sacerdotaux, attendait pour commencer l'office. Cornélia ne voyait rien, n'entendait rien. Ses yeux restaient fixés sur le tapis rouge à ses pieds, les roses blanches et le muguet de son bouquet.

Ce fut seulement en apercevant quelqu'un debout à côté d'elle qu'elle s'éveilla de cette espèce d'hypnose : le duc était là et la cérémonie commençait. Machinalement, elle répéta les paroles sacramentelles dictées par l'archevêque :

— Pour le meilleur et pour le pire... dans la fortune et l'adversité... dans la maladie et la santé... aimer, chérir et obéir... jusqu'à ce que la mort nous sépare.

A cet instant, elle eut l'impression de recevoir une douche froide et comprit enfin ce qui lui arrivait : elle était en train de se marier. De se marier avec un homme qu'elle détestait, qu'elle méprisait et qu'elle aimait, en même temps, d'un amour amer, torturant au-delà de toute expression.

Elle se mariait. Elle sentit que le duc prenait sa main gauche. Le gant de chevreau blanc était relevé sur son poignet et au contact des doigts glacés, le jeune homme tressaillit. Puis il lui glissa l'anneau en disant :

— Par cet anneau, je te prends pour femme. De tout mon cœur je te révère et de tous mes biens je te fais don.

Cornélia faillit éclater d'un rire moqueur, crier qu'il mentait. Elle se demanda ce qui se produirait si elle se retournait et proclamait la vérité : « C'est un menteur et un adultère. »

Elle s'était dit et répété ce mot-là, la veille, en regagnant sa chambre et bien qu'elle ne sût pas très bien ce qu'il signifiait, il lui faisait affreusement mal, ouvrant dans son cœur une blessure douloureuse.

Elle était arrivée chez elle chancelante, était restée debout, appuyée contre la porte, les yeux fixes, tellement pâle et avec une expression si étrange que Violette, abandonnant la malle qu'elle remplissait, avait couru vers elle.

– Que se passe-t-il, mademoiselle? Vous ne vous sentez pas bien?

– Ne me touchez pas! cria la jeune fille. Donnez-moi mon chapeau et mon manteau.

– Mais, mademoiselle, vous n'allez pas sortir à cette heure?

– Donnez-moi mon manteau, répéta Cornélia.

– Lequel, mademoiselle, et où allez-vous?

– En Irlande. Je pars. Tout de suite.

– Qu'est-il arrivé, mademoiselle? Qu'est-ce qui vous bouleverse ainsi? demanda Violette anxieuse.

Pour toute réponse, Cornélia cacha son visage dans ses mains et tomba dans un fauteuil. Vivement, Violette s'agenouilla près d'elle et l'entoura de ses bras.

– Non, non! Ne vous désespérez pas ainsi, mademoiselle, dit-elle d'un ton suppliant.

– Violette! Vous saviez!...

Cornélia laissa retomber ses mains. Elle ne pleurait pas. Certaines douleurs sont au-delà des larmes.

– Oui, mademoiselle, dit Violette très bas, je savais. Les domestiques bavardent, ils sont au courant de tout.

– Et je croyais qu'il m'aimait comme je l'aimais!

– Je sais, mademoiselle, je sais. Je ne pouvais rien faire pour vous éclairer. Je ne pouvais que prier pour que cela devienne vrai.

— Je n'avais pas idée... je n'imaginais pas... murmura Cornélia. Tante Lily est tellement plus vieille que lui... mais elle est si belle. Dans un sens, je comprends qu'il l'aime. Mais se servir de moi... se marier avec moi seulement pour pouvoir continuer à la rencontrer, c'est cruel, c'est abominable. Comment un homme peut-il accepter une chose aussi vile sans être un misérable?

Violette avait les yeux pleins de larmes.

— Pauvre mademoiselle, dit-elle doucement.

— Et je l'aime! cria Cornélia avec fureur, comprenez-vous? Je l'aime malgré tout. Je devrais le haïr, je devrais vouloir ne jamais le revoir.

Elle ferma les yeux pour ne plus voir les images torturantes qui s'imposaient à elle, puis, brusquement, elle sauta sur ses pieds.

— Emballez quelques affaires, vite, dit-elle, et partons.

Mais Violette demeurait à genoux.

— Si vous partez, mademoiselle, vous ne le reverrez jamais, car il ne pourra vous pardonner un scandale pareil à la dernière minute. Pensez à ce que tout le monde dirait. Et la reine qui vient au mariage, et tous les cadeaux que vous avez reçus, et les articles qui doivent paraître dans les journaux. Ce n'est pas comme si vous épousiez un homme ordinaire, mademoiselle, vous épousez un duc.

— Cela m'est bien égal, qu'il soit duc, riposta la jeune fille, c'était l'homme que j'aimais et non pas la couronne à laquelle il a droit. Je retourne en Irlande, je vais retrouver les gens que je connais et que je comprends, mes chevaux qui ne mentent pas, qui ne m'ont jamais trahie.

— Mais vous aimez encore Sa Grâce, murmura Violette.

— Oui, s'écria Cornélia, je l'aime encore mais,

en même temps, je déteste ce qu'il est et sa façon de se conduire, je déteste sa cruauté, sa fourberie.

— Retourner en Irlande vous fera-t-il l'oublier? reprit Violette. Réfléchissez avant de faire quoi que ce soit, mademoiselle. Vous pouvez vous sauver, mais serez-vous plus heureuse quand vous serez séparée de lui? C'est la soif d'une présence qui est dure à supporter, la nuit quand on ne dort pas et qu'on pense à celui qu'on aime en sachant qu'on ne le retrouvera pas le lendemain. Le désir de toucher sa main, d'entendre sa voix... Oh! mademoiselle, je sais de quoi je parle. Il n'est pas une minute où je ne pense à l'homme que j'aime et je sais que je ne le reverrai jamais... jamais.

— Violette! s'exclama Cornélia, je ne savais pas que vous souffriez à ce point.

Farouchement, d'un geste pathétique et rageur, Violette s'essuya les yeux.

— A quoi bon en parler? soupira-t-elle. J'ai honte de ma faiblesse mais cela ne m'empêche pas d'être faible. Je vous ai dit ces choses, mademoiselle, pour que vous ne vous décidiez pas à la légère. Sa Grâce peut être tout ce dont vous l'accusez, mais vous l'aimez : si nous autres femmes n'aimions les hommes que pour leurs perfections, il y aurait bien peu d'amour dans le monde. (Cornélia resta silencieuse et la jeune fille insista :) Ne pensez pas à lui en ce moment, pensez à vous : si vous êtes sa femme, il sera lié à vous quand ce ne serait que par son nom et sa situation; vous serez la maîtresse de sa maison; où que son caprice l'entraîne, c'est à vous qu'il reviendra.

Cornélia, fébrilement, arpentait la pièce. Elle s'arrêta un instant près de la fenêtre et contempla les arbres du parc; puis elle se tourna vers Violette.

— Comment supporterai-je tout cela? demanda-t-elle d'une voix étranglée. Comment supporterai-je de vivre auprès de lui, sachant qu'il n'a aucune affection pour moi, que je lui suis seulement commode, un paravent pour cacher son amour pour une autre?

– Et si vous ne le voyez pas, mademoiselle? Vous passerez votre temps à vous demander ce qu'il fait, en quelle compagnie il se trouve, à qui il s'intéresse. Si vous l'épousez, vous saurez tout cela : autrement, l'ignorance sera un supplice pour vous.

– C'est peut-être vrai. Oui, ce qu'on imagine est souvent pire que la vérité, admit Cornélia.

– Oui, mademoiselle, c'est tout à fait cela, en effet.

– Mais pourquoi faut-il tant souffrir? gémit la jeune fille. Y a-t-il un seul homme qui vaille cela?

« Que les femmes sont faibles et dépendantes des hommes, songeait-elle. C'est l'homme qui a le pouvoir de leur donner bonheur et malheur, d'ensoleiller leur vie ou de l'assombrir à jamais. »

Dans le boudoir, en ce moment même, le duc serrait sans doute Lily dans ses bras, protestant de son amour, l'adjurant de fuir avec lui, mais elle, sotte et futile, elle refusait. Quelle dérision, pensa Cornélia méprisante, tenir moins à l'amour qu'à sa position dans le monde.

« Si j'étais à la place de tante Lily, se dit-elle, je le suivrais jusqu'au bout du monde. »

Et, soudain, elle comprit que Violette avait raison en lui conseillant de rester. Elle ne pouvait pas partir, elle ne pouvait plus quitter Drogo maintenant. De jour en jour, depuis qu'elle le connaissait, son amour s'était approfondi, intensifié; elle était restée longtemps aveugle et sourde, voyant des encouragements là où il n'y en avait pas, imaginant la tendresse où n'était qu'indifférence, mais il n'en prenait pas moins une place envahissante au point qu'il faisait aujourd'hui partie d'elle-même et, si elle s'en arrachait, elle en mourrait. Son amour était devenu plus grand qu'elle, il la consumait, la dominait, elle ne pouvait pas plus s'empêcher de vivre ou de respirer.

Stupidement, elle avait été trahie par sa naïveté et surtout par sa timidité, cette timidité paralysante qui lui enlevait la parole, et parce qu'elle était incapable de parler, ce qu'elle ressentait n'en était que plus violent. Les yeux subitement ouverts, la jeune fille voyait maintenant nombre de faits passés qui auraient dû l'avertir, lui faire comprendre que les choses n'étaient pas aussi parfaites qu'elle le croyait.

Elle avait été abusée par la courtoisie, l'inaltérable politesse du jeune homme envers elle; dans son ignorance, elle prenait sa déférence pour de la tendresse, sa réserve pour une passion volontairement contrôlée. Ah! combien elle avait été aveugle, ridicule, absurde!

Cependant, s'accabler de reproches n'arrangeait rien, pas plus que s'indigner contre le duc. Elle aurait dû deviner que tout avait été arrangé par tante Lily depuis le premier instant et sa tante elle-même ne pouvait être tenue pour responsable de l'amour inspiré à Cornélia par le premier homme aperçu à Londres, de ce battement de cœur éperdu qui saluait un admirable conducteur de chevaux, impossible à oublier par la suite.

Et si elle n'avait pas pu oublier l'homme aperçu quelques secondes, comment l'oublierait-elle maintenant, après avoir été constamment en sa compagnie pendant près de deux mois, après avoir compté chacune des heures qui la séparaient de la rencontre prochaine, et senti l'atmosphère même changer dès qu'il paraissait? Non, elle ne pouvait plus se libérer de lui, il était trop tard, Violette avait raison : fuir en Irlande ne guérirait pas son cœur blessé.

— Nous restons, dit-elle brièvement.

Mais elle savait déjà qu'elle ne faisait que remplacer un tourment par un autre.

La nuit passa lentement. Elle ne pouvait pas pleurer et pourtant, les larmes l'auraient soulagée. Elle demeura éveillée dans le noir, entendant encore les mots surpris à travers la porte du boudoir. Elle tenta de leur découvrir un sens différent, mais comment déformer ou transformer la vérité? Elle ne pouvait plus ignorer une situation que rien n'aurait pu lui faire imaginer.

Elle commençait à comprendre bien des choses et, d'abord, la surprise qui avait accueilli ses fiançailles. Oui, tous avaient dû être stupéfaits. Cornélia, torturée par l'humiliation, couvrit de ses mains ses joues brûlantes.

Elle n'avait été qu'une dupe, une sotte, croyant tout ce qu'on racontait sans réfléchir. Mais Violette disait vrai : à quoi bon se sauver? Elle resterait là, elle épouserait le duc, elle deviendrait la maîtresse de Cotilion, et de plus elle ferait souffrir Drogo pour le punir du tourment qu'il lui infligeait.

Peu à peu, son désespoir faisait place à la colère.

Quand l'aube parut, la jeune fille avait l'impression d'avoir vieilli au cours de la nuit : elle n'était plus une enfant, une enfant confiante en ceux qu'elle aimait, elle était devenue une femme amère et pleine de rancœur, décidée à ne pas demeurer l'unique victime de l'aventure.

Elle se leva, alla tirer les rideaux de sa fenêtre et contempla longuement le parc endormi. L'ombre s'allongeait sous les arbres, les étoiles luisaient encore faiblement dans la grisaille du ciel; la lumière rose de l'aube caressait les toits.

Pour la première fois de sa vie, elle sentit soudain que, dans sa détresse, elle n'était pas seule. La foi qu'elle possédait depuis ses premiers balbutiements, les prières apprises sur les genoux de sa mère lui revenaient pour la soutenir, lui faire honte de son ressentiment.

Une prière trembla sur ses lèvres, mais au moment où elle allait en prononcer les paroles, celles-ci furent étouffées par un cri jailli du cœur :

– Mon Dieu! Faites qu'il m'aime. Oh! Mon Dieu! Faites qu'il m'aime. (Elle entendit un oiseau chanter. Etait-ce un signe? Sa prière était-elle entendue?) Faites qu'il m'aime, mon Dieu, faites qu'il m'aime, répéta-t-elle. (Et soudain, l'espoir naquit en elle.) Il m'aimera un jour.

Le monde s'éveillait. Elle retrouva sa douleur, comprit l'inanité de ses désirs : le chagrin en elle balaya toute autre pensée.

Au moment du petit déjeuner, Lily fit dire à la jeune fille qu'elle pouvait venir dans sa chambre si elle avait des questions à lui poser. Les dents serrées, Cornélia répondit qu'elle préférait se reposer jusqu'au départ pour l'église.

Lily était prête, son bouquet à la main, quand elle entra chez la nièce de son mari. Plusieurs personnes entouraient la fiancée : M. Henri achevait de poser la couronne de fleurs d'oranger, la couturière achevait de coudre les derniers points de l'ourlet de la robe pour satisfaire à la coutume populaire : une robe de mariée ne doit être terminée que quelques instants avant le mariage. Violette étirait et poudrait les longs gants de chevreau blanc et deux autres femmes tenaient la traîne de satin brodée de lis, prêtes à la fixer à la taille de Cornélia.

– Votre robe est charmante, approuva Lily, mais il est dommage que vous ayez si peu de couleurs; j'ai toujours trouvé insipides les mariées trop pâles.

Cornélia ne répondit rien. Elle pensa que sa tante était certainement ravie qu'elle ne fût ni attirante ni capable de distraire l'attention du marié.

– Si seulement mademoiselle voulait enlever ces lunettes noires! gémit M. Henri. Elles gâchent tout l'effet de ma coiffure.

– Vous pourriez sûrement vous en passer aujourd'hui, Cornélia?

– Non, je les garde, dit la jeune fille.

Lily haussa les épaules. Sans ses lunettes, Cornélia était toute différente mais s'il lui plaisait de s'enlaidir, qu'importait?

– Très bien, dit-elle tout haut. Je pars. Descendez dans deux ou trois minutes, George vous attendra dans le hall. Et ne soyez pas en retard : vous verrez que Drogo a horreur des femmes inexactes, même le jour de leur mariage.

Hier, songea Cornélia, elle aurait accueilli le conseil avec reconnaissance, croyant que sa tante l'aidait à mieux connaître son mari afin qu'elle devînt une bonne épouse. Aujourd'hui, elle pensait aigrement que, sans nul doute, Lily ne ferait jamais attendre le duc quand il serait marié et que George ne pourrait plus l'empêcher de le voir.

Elle se regarda dans la glace. Tout lui semblait irréel : elle avait l'air d'une mariée normale, vêtue de blanc, voilée, couronnée d'oranger. Hier, elle attendait cet instant avec une fébrile impatience, pensant que ce serait là le grand tournant de sa vie, croyant qu'il lui ouvrirait les grilles d'or du bonheur.

— Je ne peux pas...

Seule Violette entendit les mots murmurés : elle prit vivement le bras de la jeune fille. Cornélia chancela, elle était prise de vertige, mais la chaleur et la fermeté des doigts de Violette lui rendirent la maîtrise de ses nerfs : le malaise passa et, quelques instants plus tard, elle descendait l'escalier pour rejoindre son oncle. Ensuite, tout se brouilla dans son esprit, les vœux des domestiques rassemblés dans le hall, le trajet en voiture jusqu'à l'église, la marche vers l'autel.

Et maintenant, à son côté, le duc signait le registre. Quelqu'un vint et releva le voile de Cornélia pour découvrir son visage; une douzaine de personnes au moins l'embrassèrent, Lily la félicita d'un ton affecté : elle répondit sans savoir ce qu'elle disait. Les accords de la marche nuptiale de Mendelssohn retentirent et elle vit que le duc lui offrait son bras. Pour la première fois, elle leva les yeux sur lui.

Il avait l'air grave et elle se demanda si lui aussi avait l'impression de vivre un rêve, un rêve aussi vague que leurs relations. Elle fit la révérence à la reine et à la princesse de Galles, puis elle descendit la nef. Des centaines de regards curieux fixaient les mariés, on leur souriait. Dehors, la foule les acclama. Cornélia sentit qu'on l'aidait à monter en voiture, on arrangea sa traîne, la portière se ferma. La voiture s'ébranlait.

Elle n'osait pas regarder son compagnon et approcha son bouquet de son visage : le doux parfum des fleurs la réconfortait.

— Que de monde! s'exclama le duc. J'espère que tous ces gens ne vous ont pas fait peur?

« Il est courtois, comme d'habitude », songea

Cornélia. C'était cette politesse déférente qui l'avait leurrée. Maintenant, elle l'estimait à sa véritable valeur.

– Je n'ai pas eu peur, dit-elle brièvement.

La voiture les ramenait à l'hôtel Bedlington où la réception devait avoir lieu. Une tente était dressée dans le jardin : depuis des jours et des jours, on s'affairait aux préparatifs.

– J'ai trouvé que l'archevêque dirigeait très bien la cérémonie, dit le duc. En fait, tout s'est admirablement passé.

– C'est au moins une chose satisfaisante, répondit Cornélia sarcastique.

Il la regarda avec surprise.

– Un mariage doit être très éprouvant pour une femme, remarqua-t-il, il y a tant à faire pour ces questions de trousseau. Ma mère m'a raconté qu'elle était si fatiguée le jour de son mariage qu'elle a pleuré d'épuisement pendant toute la cérémonie.

– Cela a dû être fort désagréable pour votre père.

– Il s'y est habitué, déclara le jeune homme en souriant. Ma mère a la larme facile dès que les choses ne vont pas comme elle le souhaite. Un de mes premiers souvenirs est de l'avoir vue en pleurs parce que les roses du jardin n'étaient pas fleuries à temps pour une réception. (Il rit et ajouta :) Mais il semble que c'est de vous que nous devrions parler le jour de votre mariage.

– Vraiment? Je me demande pourquoi.

De nouveau, sans avoir besoin de tourner la tête, Cornélia sentit qu'il la considérait avec étonnement et elle perçut une note de soulagement dans sa voix lorsqu'il s'écria, un instant plus tard :

– Nous arrivons. Et il y a encore foule! Les

gens n'ont-ils pas autre chose à faire que de venir ici nous regarder?

– Peut-être envient-ils notre bonheur? dit Cornélia.

Elle descendit de voiture avant que le duc ait eu le temps de répondre.

La réception fut exténuante. Serrer un millier de mains au moins suffit à épuiser n'importe quelle femme. Bien avant que le défilé des invités fût achevé, Cornélia se sentait au bord de l'évanouissement et, quand elle eut enfin découpé le gigantesque gâteau de noces à cinq étages, seule une coupe de champagne l'empêcha de s'effondrer.

Tout en buvant à petites gorgées, elle se rappela qu'elle n'avait rien mangé depuis le déjeuner de la veille; elle n'avait pas voulu dîner le soir, la seule pensée d'absorber quoi que ce fût lui donnait la nausée et, ce matin, elle avait refusé le petit déjeuner.

Elle demanda un sandwich et se força à l'avaler. Il lui fallait reprendre des forces, retrouver ses esprits : la faiblesse physique ajoutée à la souffrance morale pouvait la conduire au désastre.

Le champagne rosit ses joues et, quand elle remonta dans sa chambre pour retirer sa robe et revêtir ses vêtements de voyage, Violette remarqua avec joie le changement de sa physionomie.

– Je me suis inquiétée de vous pendant toute la cérémonie, mademoiselle, dit-elle.

– Je vais très bien, déclara la jeune fille. Les bagages sont-ils prêts?

– Tout est prêt, mademoiselle... Je veux dire Votre Grâce. Les voitures seront là dans un quart d'heure.

Il fut impossible à Cornélia de prolonger la

conversation avec Violette car ses demoiselles d'honneur envahirent sa chambre, usant de leur droit traditionnel à aider la mariée à se changer. Filles d'amies de Lily, elles étaient jolies et gentilles; mais Cornélia ne se découvrait rien de commun avec elles. Elles bavardèrent tandis que la nouvelle mariée enlevait sa robe mais, bien que Cornélia entendît leurs voix, elle ne savait même pas laquelle parlait.

— Votre robe est ravissante mais j'aurais préféré que vous ne portiez pas vos lunettes.

— C'est ce que tout le monde a dit.

— En tout cas, c'était original. J'ai entendu un journaliste dire que c'était la première fois qu'il voyait une mariée avec des lunettes noires.

— Vous avez peut-être lancé une nouvelle mode, Cornélia! Nous voudrons toutes porter des lunettes le jour de notre mariage!

Cornélia passa la robe beige que Lily avait choisie pour le voyage de noces et coiffa un chapeau garni de plumes d'autruche du même ton.

— Je suis prête, dit-elle, en prenant ses gants.

— Et nous n'avons rien dit de ce qu'il fallait dire! s'exclama l'une des jeunes filles. Ecoutez-nous, Cornélia : nous espérons que vous serez très heureuse et nous sommes sûres que vous le serez, le duc est si beau et si séduisant! Pour être sincères, nous vous envions toutes!

— Oui, il est vraiment merveilleux. Vous avez de la chance.

— Faites un beau voyage de noces. Mais, naturellement, cela va de soi.

Elles embrassèrent Cornélia que leurs souhaits joyeux rendaient plus malheureuse encore. S'ils pouvaient se réaliser, se disait-elle, si elle pouvait partir pour sa lune de miel avec un homme qui l'aimât autant qu'elle l'aimait! Elle se souvint de la manière dont elle avait imaginé ce moment depuis deux mois, croyant, pauvre sotte, que tout serait incomparable et délicieux dès qu'elle descendrait l'escalier et monterait en voiture, seule désormais avec son mari.

Prononcer seulement ce mot de mari la faisait vibrer alors. Son mari! Elle se voyait partant avec lui, laissant en arrière Lily et tous ces gens qu'elle ne comprenait pas, qui l'intimidaient et la mettaient mal à l'aise. Tout changerait à partir de cette minute où elle serait seule avec Drogo : elle lui appartiendrait, sa timidité s'effacerait et elle oserait enfin lui parler de son amour.

Combien était différente la réalité...

Cornélia s'arracha à ses demoiselles d'honneur.

— Il faut descendre, dit-elle.

Les jeunes filles coururent en avant jusqu'au hall où elles attendirent le bouquet : Cornélia devait le leur jeter du haut de l'escalier et la première qui le toucherait serait la prochaine mariée, affirmait la tradition.

A la hâte, Violette rassembla les bijoux et les objets gardés jusqu'au dernier moment.

— Surtout ne manquez pas le train! lui recommanda Cornélia.

Elle avait peur, soudain, que sa seule amie ne la suivît pas, l'unique personne à laquelle elle pouvait parler à cœur ouvert, avec qui elle pouvait être tout à fait naturelle.

— J'ai tout le temps, Votre Grâce, dit Violette avec un sourire rassurant.

Il y avait beaucoup de monde dans le hall. Après avoir jeté le bouquet, Cornélia vit que le duc l'attendait au pied de l'escalier. Ils se frayèrent un chemin parmi les invités. Tandis que Lily l'embrassait, la jeune fille remarqua la tristesse de ses yeux bleus et elle comprit que sa tante souffrait aussi. Ce fut pour elle une petite revanche et elle monta en voiture, se demandant ce que pensait le duc. Si les choses s'étaient passées selon ses vœux, il eût été en train de traverser le continent avec la femme d'un autre, uni à elle sans la bénédiction de l'Eglise, heureux comme ceux qui s'aiment.

Mais Lily n'avait pas assez de courage pour cela. Cornélia tenta de se consoler par cette pensée mais elle n'y parvint pas : Lily attendrait tranquillement leur retour et, ensuite, elle serait toujours là; ce voyage de noces n'était qu'une comédie, une dérision.

Une pluie de roses s'abattit sur la voiture qui s'ébranlait : symbole de fertilité, songea Cornélia. Elle eut envie de rire amèrement mais elle resta immobile, l'air faussement modeste, attendant que Drogo rompît le silence.

Il posa son chapeau haut de forme sur le siège en face d'eux et poussa un soupir de soulagement.

– Je n'aurais jamais cru qu'il puisse y avoir autant de monde rassemblé au même endroit, dit-il. J'espère ne jamais revoir cela. Je suis épuisé et je suppose qu'il en est de même pour vous?

– Ma main est fatiguée en tout cas, dit Cornélia.

– Nous devrions faire comme les Chinois et refuser de serrer la main de qui que ce soit.

– Les Chinois ne s'embrassent pas non plus, je crois?

– Non. (Le duc demanda soudain :) Voulez-vous dire par là que je devrais vous embrasser ou que vous ne désirez pas que je vous embrasse?

– Je ne pensais à aucune de ces deux éventualités, répondit Cornélia sèchement.

– Il me semble que vous devriez y penser,

pourtant, mais peut-être n'est-ce pas le moment? Je me demande de quoi l'on doit s'entretenir en quittant la réception de son mariage? C'est le genre de sujet que n'abordent jamais les manuels de savoir-vivre.

– La plupart des gens n'ont sans doute pas besoin de cette sorte de conseil, riposta la jeune fille.

– Probablement, en effet.

Il lui souriait maintenant avec une grâce ensorcelante qui fit bondir le cœur de Cornélia.

– Nous disons des bêtises uniquement pour dire quelque chose, ajouta-t-il, mais on ne se marie pas tous les jours et, si l'on se conduit un peu étrangement, on a quelques excuses.

C'était ce genre de remarque qui faisait se pâmer d'aise les amis du jeune homme et lui avait valu sa réputation d'irrésistible drôlerie. Cornélia aurait aimé sourire et bavarder légèrement comme il parvenait à le faire, mais les mots s'étranglaient dans sa gorge.

– Cela vous serait-il désagréable que je fume? demanda le duc.

– Non, certes, mais je crois que nous arrivons à la gare.

Ils devaient passer la nuit dans la propriété d'un cousin du jeune homme, imposant château géorgien situé aux environs immédiats du port. L'étape était commode et leur permettrait de s'embarquer le lendemain matin.

Le village était pavoisé en leur honneur lorsque les jeunes mariés le traversèrent en voiture pour gagner le château. Là, les domestiques réunis dans le hall les accueillirent, et après un petit discours de bienvenue du maître d'hôtel ils s'éclipsèrent, à l'exception de la gouvernante qui conduisit la jeune femme à sa chambre.

Un bon feu brûlait dans la cheminée et, malgré la saison, Cornélia s'en approcha avec plaisir.

– On a toujours froid quand on est fatigué, Votre Grâce, dit la femme de charge.

Elle ajouta que Violette serait là dans un instant et que les bagages allaient arriver.

Quand elle fut sortie, Cornélia se laissa tomber dans un fauteuil, près de la cheminée. Elle était anéantie de fatigue, mais son cerveau était en ébullition.

« Je suis mariée, mariée! se répétait-elle sans trêve. Rien désormais ne peut me libérer. »

Ces mots résonnaient encore dans sa tête quand elle descendit pour dîner. Le duc l'attendait dans une longue salle à manger aux boiseries blanches dont les fenêtres donnaient sur un jardin plein de roses. L'atmosphère se mêlait à l'odeur salée de la mer, apportée par la brise.

Tout cela était très romantique, le cadre idéal pour un couple d'amoureux et, cependant, Cornélia, assise en face de son mari à une table éclairée par des bougies, songeait que jamais deux êtres n'avaient été aussi éloignés l'un de l'autre.

Lorsque le duc leva son verre pour boire à sa santé, elle se dit qu'il pensait à Lily : elle l'imita mais ne trouva aucun vœu à formuler. Elle ne pouvait s'empêcher de penser à ce qu'aurait pu être cette soirée si leur amour eût été réciproque. Que pouvait-elle dire? De quoi pouvait-elle parler? Sa timidité était revenue plus annihilante encore que naguère quand elle croyait Drogo amoureux d'elle et timide comme elle. Maintenant, elle ne voyait plus que vide et désespoir où elle imaginait jadis une tendre réserve.

Elle gagna le salon, tandis que le duc demeurait dans la salle à manger. Cornélia alla à la fenêtre et regarda tomber la nuit. Bientôt il serait temps d'aller dormir. Soudain, elle fut prise de panique. Il voudrait...

Au fait, que voudrait-il? Tout à coup, elle se rendait compte de l'étendue de son ignorance : elle ne savait pas exactement ce qu'était le mariage et elle comprenait qu'elle aurait dû demander des éclaircissements. Mais à qui? La terreur de l'inconnu la submergea, elle fut prise du désir fou de se sauver, de se cacher.

« Un animal poursuivi par les chasseurs doit ressentir cela », se dit-elle. Puis elle se souvint que c'était Drogo qui lui faisait peur et, aussitôt, son effroi céda la place à une langueur étrange. Souvent, dans l'obscurité de sa chambre, elle avait rêvé de la nuit où il lui enseignerait les mystères de l'amour. En pensée, elle s'abandonnait à la force de ses bras, à l'insistance de ses lèvres.

Avec un cri étranglé, elle se rendit compte subitement des pensées qui l'envahissaient. S'oubliait-elle au point de vouloir s'offrir à un homme qui ne la désirait pas? Brusquement étouffé, le tumulte de son cœur s'apaisa, son souffle ralentit. Il lui sembla qu'en elle une flamme vacillait et s'éteignait.

Le duc revint de la salle à manger. Cornélia était assise sur un canapé, calme et très pâle. En entrant dans le salon, il jeta un regard sur la pendule et elle pensa qu'il devait trouver le temps long. Elle prit un journal illustré sur une table et se mit à en tourner les pages : elle ne voyait rien des images imprimées mais le geste lui donnait une contenance, lui permettait de supporter sans se trahir la présence proche de cet homme qui tenait un cigare entre ses doigts et buvait lentement un verre de porto. Le tic-tac de la pendule paraissait bizarrement puissant et, cependant, chaque fois que la jeune fille regardait le cadran, quelques minutes à peine s'étaient écoulées. Soudain, le duc se leva et jeta le bout de son cigare dans la cheminée.

– Aimeriez-vous faire un tour dans le jardin? proposa-t-il.

Cornélia ferma la revue.

– Non, merci; je crois que je vais aller me coucher.

– Très bien, vous devez être très fatiguée. Je monterai un peu plus tard.

Ces mots provoquèrent une soudaine décision dans l'esprit de Cornélia, balayant la sérénité superficielle qu'elle s'était imposée jusque-là.

– Non! dit-elle avec une force inattendue. (Et tout à coup, très vite, avec une singulière aisance, les paroles montèrent à ses lèvres :) L'autre soir, je vous ai entendu parler à ma tante, dit-elle d'une voix frémissante. Je sais maintenant pourquoi vous m'avez épousée, je sais comment vous entendez vous servir de moi. Sans doute suis-je votre femme mais je ne vous autoriserai jamais à me toucher; ce serait un sacrilège, un crime contre tout ce qui est sacré pour moi. (Elle s'était levée et lui faisait face. La colère la faisait trembler.) Oui, j'ai entendu tout ce que vous disiez. Je ne croyais pas qu'un homme et une femme pussent tomber si bas, oublier aussi facilement toute honnêteté, toute propreté morale.

– Et pourtant vous m'avez épousé? (La question la surprit, elle ne s'était pas préparée à y répondre. Comme elle se taisait, le duc reprit :) Je regrette infiniment que vous ayez entendu des paroles qui ne vous étaient pas destinées. Je suis navré qu'elles vous aient blessée, mais pardonnez-moi si je vous rappelle que vous avez consenti à ce mariage sans exiger que l'amour y prenne aucune place. Ce n'était qu'un marché.

— Je n'ai consenti à rien de semblable! riposta vivement Cornélia.

— Nous n'avons jamais parlé d'amour; je vous ai demandé votre main à notre deuxième rencontre! Vous ne pouviez supposer que je vous aimais en vous connaissant si peu.

— Les gens doivent-ils donc se connaître beaucoup pour s'aimer? demanda ingénument la jeune fille.

— En règle générale, oui.

— J'ai souvent entendu parler d'amour foudroyant, pourtant, murmura Cornélia.

Drogo fit un geste impatient.

— C'est une chose qui se produit en des circonstances exceptionnelles, avec des êtres rares, peut-être, mais il n'y a rien de tout cela en ce qui nous concerne. Je vous ai offert mon nom et vous l'avez accepté.

— S'il s'agissait d'un marché, j'aurais dû en être avertie clairement, répliqua Cornélia, et même un homme d'affaires, il me semble, aurait insisté pour connaître les clauses d'un tel contrat. Quand vous m'avez offert votre nom, vous ne m'avez pas dit que votre seul but était de faire de moi un paravent derrière lequel dissimuler un sentiment illicite pour la femme de mon oncle!

— Je ne puis que me répéter, dit Drogo froidement. Je regrette que les circonstances vous aient révélé ces faits.

— Ainsi, gronda la jeune fille, je suis destinée à être la femme complaisante qui accepte les infidélités de son mari comme si elles n'avaient aucune importance?

— Je ne vous ai pas demandé cela, répliqua-t-il d'un ton glacial.

— Mais c'est cela que tante Lily et vous avez décidé et organisé, cria Cornélia.

– Veuillez me pardonner et je vous prie de ne pas parler de lady Bedlington.

– Je ne parlerai plus ni d'elle ni de toute cette affaire, déclara Cornélia. Vous me savez au courant : je veux seulement qu'il soit nettement entendu que, pour ma part, j'ai rempli les conditions du contrat. Je vous ai épousé, je suis votre femme devant la loi, je ne puis vous empêcher de m'être infidèle, mais je veux que vous sachiez à quel point je vous déteste et je vous méprise. Vous, et tous ceux qui vous entourent n'avez aucun principe, aucune décence et votre sens de l'honneur est inexistant. Ainsi que vous me l'avez dit, nous avons conclu un marché : je suis duchesse et vous pouvez dépenser mon argent. Je souhaite que cela vous apporte le bonheur.

Sur ces mots, Cornélia tourna le dos au duc. La tête haute, se forçant à marcher dignement, elle traversa le vaste salon, sortit et ferma posément la porte derrière elle.

Dans le hall, elle se mit à courir; elle monta l'escalier et gagna sa chambre où elle s'enferma. Longtemps, elle demeura contre la porte, tremblant, ou espérant qu'il l'avait suivie.

Mais le silence régnait autour d'elle, rompu seulement par la pendule qui battait sur la cheminée à un rythme impitoyablement lent.

8

Le duc et la duchesse de Roehampton traversèrent la Manche, le lendemain matin. Cornélia eut l'impression d'appartenir à la famille royale quand les personnages officiels aux uniformes galonnés d'or les escortèrent jusqu'au vapeur.

Une profusion de fleurs s'épanouissaient dans la cabine luxueuse et des stewards attendaient respectueusement les ordres de la jeune femme. Cornélia aimait la mer, mais quand le duc lui annonça qu'il allait marcher sur le pont, elle comprit qu'elle devait rester enfermée dans la cabine : c'était certainement ce qu'on attendait d'elle.

Les corbeilles d'orchidées et d'œillets, une bouteille de champagne apportée par le steward et ouverte « sur les ordres de Sa Grâce » ne la consolaient guère de sa solitude : elle aurait de beaucoup préféré se trouver à l'air libre et assister à la manœuvre. Bouleversée et malheureuse, elle ne pouvait cependant s'empêcher de s'intéresser à son premier voyage sur le continent.

Elle avait toujours eu envie de visiter la France et elle se réjouissait de parler français à la perfection. Sa mère y avait tenu et tandis que ses études, passablement incohérentes, étaient dirigées sans méthode par un vieil instituteur irlandais à la retraite, qui dépensait en whisky tout ce qu'il gagnait, Cornélia avait appris le français avec une impressionnante vieille Française, la comtesse de Caisle, venue s'établir en Irlande à soixante-dix ans passés auprès de son petit-fils et qui refusait tout net de parler autre chose que sa langue maternelle.

Ces leçons constituaient pour Cornélia non seulement un exercice mental mais aussi un considérable effort physique car, pour se rendre chez la comtesse, elle devait parcourir à cheval plus de vingt kilomètres à travers la campagne et par n'importe quel temps, pour se faire gronder sévèrement si elle était en retard de quelques minutes.

Par bonheur, la vieille dame aimait bien son

élève et elle s'enorgueillissait du résultat de ses leçons, dû en partie d'ailleurs à la collaboration secrète de la cousine Aline qui parlait français couramment, ayant été élevée dans un couvent près de Paris. Malheureusement, son accent était demeuré indubitablement anglais jusqu'à son dernier jour.

Cornélia était très fière de son accent parisien mais elle ne se faisait aucune illusion sur son ignorance dans les autres domaines. Elle comptait sur ses doigts et ses connaissances en géographie auraient fait honte à un écolier, mais par comparaison avec les jeunes filles de son âge, elle était exceptionnellement cultivée. Elle avait beaucoup lu, non pas les ouvrages modernes et à la mode qu'on ne trouvait pas dans la bibliothèque de Rosaril, mais les classiques. Les auteurs français lui étaient familiers, aussi se représentait-elle Paris comme un Eldorado où personne, pas même les plus ignares et les plus sots, ne pouvait être malheureux.

En apprenant que Paris serait le but de son voyage de noces, elle avait été ravie. Paris, elle l'avait lu maintes fois, est le paradis des amoureux et elle se voyait découvrant le Louvre, Versailles, le Trianon, la main dans la main de son mari, trouvant tout encore plus beau qu'en réalité, à la lumière de l'amour et d'une tendre intimité.

« Il a tout gâché », se dit-elle avec rancune en regardant la cabine, les fleurs et la pile de journaux et de revues que le jeune homme avait commandés pour elle, à la gare.

C'était ce genre d'attentions qui l'avait aveuglée si longtemps. La courtoisie de Drogo, ses manières raffinées venaient de son éducation : il ne pouvait pas plus s'empêcher d'être aimable et charmant qu'il ne pouvait se débarrasser de son titre ou de sa beauté.

Oui, son charme l'avait leurrée naguère et, ce matin, grâce à son exquise politesse, ils avaient affronté sans heurts le moment difficile de leur rencontre après la séparation dramatique de la veille.

Ils avaient déjeuné ensemble dans la salle à manger inondée de soleil. Arrivée tremblante d'appréhension, Cornélia eut honte de sa terreur devant l'affable et calme Drogo.

– Voulez-vous des œufs au jambon? demanda-t-il après l'échange du bonjour matinal. Préféreriez-vous une sole frite? Les rognons sont délicieux. Aimez-vous le ris de veau? C'est un plat dont j'ai toujours eu horreur.

Cornélia regardait la rangée de plats d'argent disposés sur des réchauds. Sur une autre table s'alignaient des viandes froides et des mets qu'elle n'avait jamais vus. C'était le genre de petit déjeuner qu'on servait toujours à Cotilion et la jeune fille pensa qu'il lui faudrait prendre l'habitude de le considérer comme tout à fait normal.

– Pourrais-je avoir un œuf? demanda-t-elle, ne sachant pas si elle serait capable de manger quoi que ce soit, mais désireuse de faire au moins un effort.

Elle s'assit à la table recouverte d'une nappe damassée et vit qu'elle avait encore à choisir entre du thé de Chine et du thé de Ceylan. Quand elle fut enfin servie, le duc prit place en face d'elle et attaqua son repas avec entrain.

– Heureusement, la mer est calme aujourd'hui, remarqua-t-il. La dernière fois que j'ai fait la traversée, en février, elle était démontée; je crois que j'étais le seul passager à n'être pas malade.

– J'ai souvent pêché en pleine mer, dit Cornélia, et je sais qu'on peut être assez mal à l'aise sur un petit bateau, mais la mer ne m'a jamais troublée encore. Je pense que j'aurais fait un bon marin.

Ils conversaient davantage comme des étrangers se rencontrant pour la première fois de leur vie que comme des jeunes mariés.

– Avez-vous vu nos photographies dans les journaux? demanda le duc.

– J'avais oublié qu'il y en aurait, répondit la jeune fille en prenant le journal qu'il lui tendait.

Elle sourit.

– J'ai l'air d'avoir deux immenses yeux noirs, dit-elle.

– Le fait que vous portiez des lunettes noires le jour de votre mariage semble avoir suscité beaucoup de commentaires dans la presse, remarqua le jeune homme sèchement.

– Tante Lily m'avait prévenue. Elle m'a dit qu'à sa connaissance aucune mariée n'avait porté de lunettes à un mariage élégant.

– Etiez-vous obligée de le faire? demanda le duc?

– Absolument obligée.

S'il avait vu ses yeux, il aurait su qu'ils le maudissaient, comme disait Jimmy. Comme il était sûr de lui, pensa-t-elle, si parfaitement à l'aise dans cette situation gênante. Elle l'en détestait davantage car elle se sentait d'autant plus gauche. Sa politesse ressemblait à un blâme : c'est ainsi, paraissait-il affirmer, que les gens bien élevés font face aux situations les plus désagréables. Sa calme indifférence transformait par comparaison la scène de la veille en un enfantillage hystérique.

« Je le déteste! Je le déteste! » se répétait Cornélia en elle-même.

Le duc regarda sa montre.

– Il sera temps de partir dans dix minutes.

Un instant, Cornélia fut tentée de refuser de le suivre. Il y avait quelque chose d'intolérable dans ce voyage de noces fatalement destiné à ne leur apporter que souffrance et ennui.

Mais elle comprit aussitôt qu'en public, tout au moins, elle devait jouer le rôle qu'elle avait délibérément choisi. Elle était sa femme, la duchesse de Roehampton et, en épousant cet homme, elle avait adopté les coutumes et les usages des siens. Noblesse oblige.

Avec effort, elle répondit d'une voix aussi tranquille et indifférente que la sienne :

– Je ne vous ferai pas attendre, j'ai l'habitude de la ponctualité.

Se parleraient-ils toujours ainsi? se demandait maintenant Cornélia seule dans sa cabine. Le bateau allait partir, elle entendait qu'on retirait la passerelle : on criait des ordres sur le pont et le ronflement des moteurs s'amplifiait. Ils partaient! La jeune fille courut au hublot et vit le quai s'éloigner. A terre, des gens faisaient des signes d'adieu aux passagers. Elle s'en allait vers la France!

Les vagues grossirent à la sortie du port et les femmes regagnèrent précipitamment leurs cabines. Longtemps, Cornélia demeura devant le hublot puis s'assit sur la couchette, essaya de lire les revues que Drogo avait achetées. Mais elles ne retinrent guère son attention, et la jeune fille fut de nouveau en proie à ses tristes pensées. Sans doute dormit-elle un peu car elle rêva : elle fuyait quelqu'un qui la poursuivait sans relâche et, détail singulier, elle n'avait pas peur, elle était merveilleusement heureuse.

Elle s'éveilla en sursaut : on s'agitait sur le pont. Le bateau atteignait la France.

Le jeune couple débarqua avec la pompe qui avait accompagné son départ de Douvres. On s'occupa pour eux de toutes les formalités et ils furent conduits à un compartiment réservé dans le train de Paris.

Cornélia constata que le duc parlait très bien français, mais avec un accent typiquement anglais. Il s'exprima à merveille, cependant, quand il remercia les personnalités françaises de leur accueil.

Lorsqu'ils furent dans le train, le jeune homme commanda un repas et du vin. Il demanda à Cornélia s'il lui serait désagréable qu'il fume un cigare.

– Au contraire, j'aime beaucoup cela, dit-elle. Cela me rappelle mon père qui fumait des cigares chaque fois qu'il pouvait s'en offrir. (Le duc leva les sourcils et elle ajouta :) Vous savez, je pense, que nous étions très pauvres? Jusqu'à leur mort, mes parents se sont demandé avec angoisse de quoi serait faite la semaine suivante. Mon père n'a jamais reçu aucune aide de son frère George qui est si plein de sollicitude pour moi, maintenant que je suis riche.

Elle parlait avec amertume, mais elle vit à l'expression de son compagnon qu'elle éveillait son intérêt.

– J'ai peur de ne savoir que bien peu de choses sur votre famille, dit-il. Voudriez-vous me décrire votre existence en Irlande?

– Je crains que vous ne la trouviez bien monotone, elle était si différente de votre vie à Cotilion ou de celle de mon oncle et de ma tante à Londres.

Elle songeait à tante Lily avec ses splendides

toilettes, si jolie aux réceptions où elle se rendait chaque soir, elle la voyait dansant, plaisantant, riant avec les amis élégants et riches qui se réunissaient les uns chez les autres en une ronde incessante de divertissements à Londres ou dans leurs propriétés à la campagne.

Et elle se souvenait de sa mère, se débattant pour préserver un reste de civilisation dans les solitudes irlandaises, non pour faire impression sur ses voisins mais parce qu'elle refusait de se laisser vaincre par la misère de Rosaril. Bien souvent, elle avait dû soupirer après les amis et les compagnons de sa jeunesse qui la dédaignaient à cause de sa pauvreté.

Ses amis devaient ressembler à ceux qui flattaient Drogo et sa mère afin de profiter du confort et de la gaieté de Cotilion. Qu'avait-elle de commun avec eux? se demanda Cornélia. Rien. Elle était en dehors de leur cercle et le jeune homme qui appréciait ces individus frivoles ne comprendrait pas le mépris qu'ils inspiraient à sa femme.

– Il n'y a rien à raconter, dit-elle brusquement.

Il reprit son journal et elle devina qu'il la jugeait sans éducation. Son cœur se serra douloureusement.

Mais il ne fallait pas qu'il sache que, de tout son être, elle l'appclait avec passion, qu'elle désirait plus que tout lui tendre la main par-dessus la table et toucher ses doigts, le supplier de lui accorder au moins son amitié. Pourtant, à cause de l'image rose, blanche et dorée de tante Lily dressée entre eux, elle le détestait.

« Je serais contente s'il souffre de son absence autant que je souffre de son éloignement à lui », pensa-t-elle. Et aussitôt, elle fut épouvantée par la douleur que suscitait en elle ce mauvais espoir. Elle ne pourrait pas supporter de le voir souffrir. Elle n'y pouvait rien, elle l'aimait, elle aimait ses mains fines et soignées, l'harmonie de ses attitudes, son fier port de tête, elle aimait ses sourcils sombres, au-dessus de ses yeux profondément enfoncés, elle aimait la courbe de ses lèvres quand il souriait.

Tout l'enchantait en lui et elle détourna les yeux pour regarder le paysage. Il lui fallait à tout prix éviter de penser à lui, s'obliger à s'intéresser à autre chose, par exemple à la France qu'elle découvrait enfin.

« Toute ma vie, je devrai tirer mon bonheur des choses plutôt que des gens », se dit-elle.

Mais ces gens, elle le savait trop bien, ne représentaient pour elle qu'un homme. Ah! s'il pouvait l'aimer comme elle l'aimait!

Le temps passait lentement. Heureusement, le fracas du train et sa rapidité rendaient la conversation difficile. Bientôt, le duc s'assoupit et Cornélia ne tarda pas à l'imiter. Ils s'éveillèrent pour constater que Paris était proche.

A peine Cornélia eut-elle posé le pied sur le quai de la gare du Nord qu'elle fut ravie et stupéfaite de tout ce qu'elle voyait. Même les appels sonores des porteurs en blouses avaient un charme particulier. Les hommes et les femmes ne ressemblaient en rien à ses compatriotes, les enfants aussi sérieux et préoccupés que leurs parents, les caniches avec leur toupet de clowns et leurs yeux vifs, tout était nouveau, attrayant, fascinant. Paris! Elle était à Paris!

Une voiture du Ritz les attendait avec un employé en uniforme et un cocher à haut chapeau. Ceux-là, et tous ceux qui les accueillirent, souriaient et semblaient leur souhaiter la bienvenue avec une sincérité, une spontanétité qui manquaient aux Anglais plus compassés et flegmatiques.

Le Ritz, l'hôtel le plus célèbre de Paris, avait été ouvert sept ans plus tôt par un hôtelier génial, César Ritz. Cornélia poussa une exclamation de surprise admirative en entrant dans le salon de leur appartement dont les fenêtres s'ouvraient sur le jardin, lorsqu'elle vit l'élégance de ses meubles et de ceux qui se trouvaient dans les chambres à coucher attenantes.

Les salles de bains du Ritz avaient abasourdi sa clientèle cosmopolite; jusqu'alors, il n'y en avait jamais eu d'aussi luxueuses. L'hôtel Bristol, où le roi Edouard descendait depuis quarante ans comme prince de Galles, n'avait qu'une salle de bains par étage. Or, César Ritz avait tenu à ce qu'il y en ait une par chambre chez lui et Cornélia trouva que le marbre et les carreaux hollandais qui revêtaient les murs de la sienne la rendaient aussi belle que le salon, malgré son plafond peint, ses urnes d'albâtre, ses tapis, ses tentures et ses meubles copiés sur des objets de musée.

– Avoir une salle de bains pour soi tout seul, Violette, pensez donc! s'écria-t-elle en retirant son chapeau.

– C'est plus un palais qu'un hôtel, n'est-ce pas, Votre Grâce? répliqua Violette, impressionnée.

C'était exactement à cela que ressemblait le Ritz, décida Cornélia, mais il était certainement mille fois plus confortable. Et le Ritz avait encore d'autres avantages qu'elle découvrit une heure plus tard en descendant dîner avec Drogo.

La nuit était chaude, romantique, constellée d'étoiles, sans un souffle de vent et on servait le dîner dans le jardin. Un jet d'eau s'irisait du reflet des bougies allumées sur les tables et des lumières dissimulées dans les arbres et parmi les fleurs. Le parfum des roses embaumait l'air, une musique douce enchantait les oreilles et la nourriture délicate était un chef-d'œuvre culinaire que seul pouvait réaliser le plus grand cuisinier d'Europe, Escoffier.

– On dirait le royaume des fées, murmura Cornélia.

Le duc sourit avec indulgence.

– C'est une agréable façon de dîner par une soirée chaude, dit-il.

Mais Cornélia refusa de laisser gâcher sa joie par ce manque d'enthousiasme.

– C'est merveilleux! déclara-t-elle.

La musique l'emporta un moment dans un monde envoûtant où sa confiance se justifiait, où sa foi demeurait intacte.

Elle s'aperçut soudain que Drogo lui parlait avec une ombre d'impatience parce qu'elle ne lui avait pas répondu. Il voulait savoir ce qu'elle désirait choisir et, en considérant l'immense menu, elle fut incapable de se décider.

– Ne pouvez-vous commander pour moi? demanda-t-elle timidement.

Le jeune homme discuta des plats variés avec le maître d'hôtel et un serveur apporta des verres de sherry.

Pour Cornélia, le repas se déroula avec une rapidité incroyable : il y avait tant de choses à regarder, à étudier autour d'elle qu'elle ne s'apercevait même pas des longs silences qui pesaient entre eux. Ce ne fut qu'en voyant le duc regarder sa montre qu'elle remarqua la table débarrassée : ils avaient achevé depuis longtemps de dîner.

– Que faisons-nous maintenant? demanda-t-elle, ne sachant trop que dire.

– Je pense que vous souhaitez vous reposer, répondit-il. La journée a été longue pour vous.

Se coucher était bien la dernière chose dont elle eût envie, mais elle n'avait rien d'autre à suggérer et elle précéda son mari à travers le jardin jusqu'à l'hôtel et à leur appartement au premier étage.

En entrant dans le salon, elle jeta un coup d'œil sur la pendule : il était à peine plus de 9 heures. Impulsivement, elle se tourna vers le duc pour lui demander de lui faire visiter Paris tout de suite, même s'il ne s'agissait que de parcourir les rues en voiture ou de s'asseoir à la terrasse d'un café.

La comtesse de Caisle et sa cousine Aline lui avaient parlé du goût des Français pour s'asseoir dehors, devant une tasse de café, et elle avait déjà observé cela par la fenêtre de la voiture durant le trajet entre la gare et la place Vendôme.

– Je vous en prie... commença-t-elle.

Mais il l'interrompit :

– Si vous voulez bien m'excuser, je vais me retirer. Je vous souhaite une bonne nuit.

Il s'inclina, traversa la pièce et pénétra dans sa propre chambre qui s'ouvrait à l'autre extrémité.

« Peut-être est-il fatigué lui-même », pensa la jeune fille.

Mais, à ce moment, à travers la porte mal fermée, elle entendit le duc dire à son valet de chambre :

– Hutton, donnez-moi ma cape et mon chapeau. Oui, et ma canne. Ne m'attendez pas, je ne sais pas à quelle heure je rentrerai.

Cornélia comprenait. Trop bien.

– Il est bien agréable d'être de retour à Paris, Votre Grâce, dit Hutton.

– Oui, vraiment. Nous allons voir si les bons

vieux coins sont comme il y a six mois, n'est-ce pas, Hutton?

– Ils ne doivent guère avoir changé, Votre Grâce.

– Eh bien, je vais...

Le bruit de la porte qui s'ouvrait empêcha la jeune fille de distinguer les derniers mots. La porte se referma et elle entendit les pas s'éloigner dans le couloir.

Elle cacha son visage dans ses mains. Il était parti. Il ne restait pas à l'hôtel comme elle était condamnée à le faire, dans la mélancolie impersonnelle d'une chambre anonyme. Il était allé s'amuser, rencontrer peut-être des amis qui seraient contents de le revoir après son absence.

Impulsivement, elle courut à sa chambre. Violette s'y trouvait, préparant une fine chemise de nuit de linon ornée de dentelles sur le grand lit déjà préparé pour la nuit. La jeune fille la prit par le bras.

– Ecoutez-moi, Violette, chuchota-t-elle, Sa Grâce a quitté l'hôtel, je voudrais savoir où il est allé. Tâchez d'interroger Hutton. Trouvez un prétexte pour lui parler.

– Très bien, Votre Grâce.

Violette avait l'esprit vif et comprenait instantanément ce qu'on voulait d'elle. Elle posa la chemise de nuit et se rendit à la chambre du duc. Cornélia s'entendit s'écrier :

– Oh! vous êtes là, Mr Hutton? Auriez-vous par hasard vu un petit carton à chapeaux noir?

– Non, miss Walters, il n'est pas ici.

– Alors, il doit être dans le vestibule. Que je suis sotte de n'y avoir pas pensé. Mais il y a tant de recoins dans cet hôtel.

– Avouez qu'il est confortable tout de même!

– Je vous le dirai quand j'aurai vu ma

chambre, répliqua Violette. Vous avez de la chance, vous avez fini de défaire les bagages. Je pense que vous allez sortir et vous amuser?

– Eh, ma foi, il se pourrait que j'aille faire un tour sur les boulevards, répondit le valet de chambre.

– Vous, les hommes, vous êtes tous les mêmes, dit Violette avec un petit rire. Sa Grâce est déjà partie pour admirer les belles lumières et vous ferez de même. Quant aux pauvres femmes, on les laisse à la maison.

– Venez avec moi, suggéra Hutton. Je vous attendrai quand j'aurai mangé un morceau. Votre maîtresse n'aura pas besoin de vous très longtemps.

– Je ne peux rien promettre. Vous devez très bien connaître Paris?

– Quant à ça, je vous le garantis! répliqua Hutton en riant.

– Quels sont les endroits vraiment à la mode? demanda la jeune femme de chambre, vous savez, ceux où vont les gens bien? J'ai entendu des noms mais je les ai oubliés. Par exemple, où allait Sa Grâce?

– Chez Maxim's, naturellement, dit Hutton. C'est là qu'on comprend ce que c'est que la gaieté parisienne. Sa Grâce était un client fidèle de Maxim's quand nous étions à Paris : cela ne m'étonnerait pas qu'on l'y reçoive comme un roi quand il paraîtra tout à l'heure.

– Il faudra que vous me décriviez tout cela plus tard, dit Violette en souriant. Je n'aurai jamais fini mon ouvrage si je reste à bavarder. Si je me décide pour la promenade, je vous retrouverai en bas, dans une heure environ.

– C'est entendu. Venez sans faute.

– Je crois qu'il me faut, en effet, vous accompagner, dit Violette en riant, quand ce ne serait que pour vous protéger contre les Françaises.

Elle rentra vivement dans le salon et en ferma soigneusement la porte avant de parler à Cornélia.

– Sa Grâce est allée chez Maxim's, dit-elle.

– Merci, Violette. C'est sans doute un restaurant ou un café. Croyez-vous que je puisse y aller aussi?

– Pas seule! s'exclama Violette, scandalisée.

– Non. Peut-être avez-vous raison. Les femmes n'ont vraiment pas la vie rose, soupira Cornélia.

– Pas toutes, Votre Grâce.

Ce n'était certainement pas tante Lily, songea Cornélia, qui se serait trouvée seule, à l'hôtel, à 9 heures et demie, désirant sortir mais abandonnée, sans rien pour occuper son esprit que les regrets et la tristesse.

Le duc devait se réjouir d'être enfin débarrassé d'elle, d'oublier qu'il était marié à une femme ennuyeuse et désagréable, et il trouverait sûrement une foule d'autres femmes pour l'y aider.

Cornélia faillit éclater en sanglots en pensant que loin d'elle, il était gai et insouciant. « Que fait un homme quand il est seul à Paris? » se demanda-t-elle. Des images de bacchanales et d'orgies surgirent à son esprit mais elles restaient floues et son ignorance, sa naïveté exaspérèrent la jeune fille. Comment attirer les hommes? Et comment réussirait-elle à combattre des adversaires dont elle ne savait rien, sinon qu'elles étaient ses ennemies?

– Je suppose que je ferais aussi bien d'aller me coucher, dit-elle mélancoliquement.

– Très bien, Votre Grâce.

Cornélia gagna sa chambre mais, au moment où elle se disposait à détacher son collier de perles, on frappa à la porte du salon.

Violette alla voir ce dont il s'agissait mais ne comprit rien aux paroles du chasseur; Cornélia s'approcha.

– Un monsieur désire vous voir, madame, dit le chasseur.

– Un monsieur? Comment s'appelle-t-il?

– Mr Blythe, madame.

Cornélia sursauta.

– Faites-le monter tout de suite, s'écria-t-elle vivement.

Le chasseur s'en fut et elle se tourna vers Violette.

– C'est mon cousin Peter, expliqua-t-elle, je ne l'ai pas vu depuis deux ans : il était venu passer quelque temps chez nous juste avant que mes parents ne soient tués dans cet accident. Comment peut-il me savoir ici?

– Le compte rendu de votre mariage a certainement paru dans les journaux français, Votre Grâce.

– C'est vrai, je n'y pensais pas. Comme je suis contente de revoir mon cousin!

Elle courut à sa chambre pour rectifier l'édifice compliqué de sa coiffure, réalisé par Violette selon les instructions de M. Henri.

– C'est une chance que je ne sois pas déshabillée, dit-elle en retournant au salon.

Quelques minutes plus tard, Peter Blythe était introduit. Il était grand et blond et d'une suprême élégance; toute l'énergie de Peter se dépensait chez son tailleur : il était toujours vêtu selon le dernier cri de la mode, son chapeau haut de forme brillait toujours plus que les autres et, quelle que fût la température ou l'ardeur qu'il mît à danser, son col demeurait aussi rigide et l'œillet ou le gardénia qu'il portait à sa boutonnière aussi frais.

Cent ans plus tôt, il aurait rivalisé avec Brummell, mais en son époque édouardienne, il servait de modèle aux hommes de sa génération qui s'ingéniaient à l'imiter sans y parvenir.

En dépit de son apparence frivole, Peter avait un cœur d'or. Il avait des amis partout et nul ne pouvait résister à sa bonne humeur, à son esprit d'à-propos non plus qu'à son obligeance.

Cousin germain d'Edith Withington, il était le seul membre de sa famille à ne pas lui avoir tourné le dos après la fuite de la jeune femme avec Bertie Bedlington. Cornélia le voyait arriver chaque année à Rosaril pour les courses; pourtant, il devait trouver la vieille maison bien peu confortable; il y manquait de place pour ranger ses beaux habits et son valet de chambre faisait toutes sortes de façons, mais lui ne se plaignait jamais. Il gardait son sourire et son heureux caractère, malgré la cuisine et le service médiocres.

Quand il entra dans le salon, Cornélia courut à lui avec un cri de joie.

Il lui prit les mains et l'embrassa sur la joue.

— Enchanté de te voir, ma petite fille. Pourquoi diable cette double éclipse?

— Vous parlez de mes lunettes? demanda Cornélia en riant. Je les porte pour diverses raisons, je vous expliquerai cela. Comment avez-vous su que j'étais ici?

— Parce que j'ai ouvert un journal, il y a quelques heures et que j'y ai lu le récit de ton mariage et l'annonce de ton arrivée, ma mie. J'ai pensé que je pouvais faire un saut au Ritz et voir comment tu allais. Ton mariage m'a donné un coup dans l'estomac! Je ne me doutais pas de tes fiançailles.

– Elles ont été annoncées il y a six semaines : vous ne l'avez pas remarqué.

– Cela m'étonne, dit Peter, mais il n'y a pas grand mal, sauf que je ne t'ai pas fait de cadeau.

– Mon cher Peter! C'est merveilleux que vous soyez là!

– Tu as fait un brillant mariage, observa-t-il, et j'ai toujours entendu parler de ce Roehampton comme d'un garçon très bien. Où est-il, à propos?

– Chez Maxim's, répondit Cornélia. Peter, je voudrais bien y aller aussi.

– Chez Maxim's? répéta Peter abasourdi. Bonté divine! Le lendemain de son mariage? C'est insensé!

Cornélia prit son élan.

– Peter, dit-elle, emmenez-moi chez Maxim's, je voudrais voir à quoi cela ressemble.

Peter secoua la tête.

– C'est impossible, mon petit, tout à fait impossible. Tu comprends, c'est un endroit très gai et pas très convenable, l'endroit le plus gai de Paris, il faut bien le dire, mais qui n'est pas fait pour une jeune femme seule.

Cornélia s'accrocha à son bras.

– Peter, je vous en prie! Drogo est allé s'amuser et je voudrais seulement jeter un coup d'œil sur l'endroit où il est et sur les gens qui l'accompagnent. Je vous en supplie, emmenez-moi! Je mettrai une voilette, je ferai tout ce que vous voudrez, mais emmenez-moi; personne n'en saura rien.

– Sacrebleu! je ne peux pas faire ça! s'exclama Peter scandalisé. Tu es duchesse, ma petite fille, tu es une personne éminente, il faut que tu te conduises correctement. Par exemple, tu ne peux plus courir partout en culottes de cheval, comme à Rosaril : c'est la même chose. Rappelle-toi que tu es une dame maintenant.

Cornélia tapa du pied.

— Cela m'assomme d'être une dame, s'écria-t-elle, j'en ai par-dessus la tête d'être une dame! Je ne peux pas faire ceci, je ne peux pas faire cela, je dois agir comme ci et non comme ça... Peter, il faut que vous m'aidiez, vous êtes le seul à pouvoir venir à mon secours.

— A ton secours? Pourquoi donc?

— Asseyez-vous, commanda la jeune fille.

Il obéit, relevant légèrement son pantalon pour ne pas en abîmer le superbe pli, révélant ainsi de ravissantes chaussures vernies et de fines chaussettes de soie noire. Il fit dépasser ses manchettes empesées exactement selon les dimensions voulues, rajusta son monocle et regarda Cornélia en s'efforçant de prendre l'air sévère.

— Toi, tu te prépares à faire des bêtises, déclara-t-il. Raconte-moi tout.

Alors Cornélia lui avoua la vérité. Elle parla de l'héritage de sa marraine, de la mort de sa cousine Aline, de son départ pour Londres et de son séjour chez son oncle George. Elle lui révéla qu'elle était tombée amoureuse, un coup de foudre, lui raconta que Drogo lui avait demandé sa main et qu'elle avait accepté.

Il lui fut difficile de confesser la manière dont elle avait appris l'amour du jeune homme pour sa tante Lily et sa voix trembla en répétant les mots entendus à travers la porte du boudoir; elle acheva enfin par le récit de la cérémonie et de son arrivée à Paris.

Peter Blythe restait sans voix. De temps à autre, il articulait un « sacrebleu » indigné, mais ce fut là son seul commentaire avant que la jeune fille eût fini de parler. A ce moment, son monocle se détacha et il s'exclama :

– Incroyable! Absolument incroyable! Je n'aurais jamais pu croire tout cela si tu ne me l'avais dit toi-même.

– Vous voyez, Peter, il faut que vous m'aidiez, plaida Cornélia. Il faut que je sache ce que fait Drogo. Je ne peux pas rester ici ou me coucher et ne pas dormir en me demandant ce qu'il pense, en imaginant les joyeuses et jolies femmes avec lesquelles il danse, et tout cela pour passer demain un nouveau jour de vide et de silence.

– Je n'aurais jamais cru cela de Roehampton, vraiment, répéta Peter. Plutôt maladroit de sa part de te laisser t'apercevoir de tout!

– Oh! Peter, il ne s'agit pas de cela, nous en reparlerons plus tard. Pour le moment, emmenez-moi chez Maxim's.

– Je ne peux pas faire ça, mon petit, gémit Peter. Roehampton est peut-être un mufle mais il n'y a aucune raison pour que je suive son exemple.

– Je mettrai un masque... n'importe quoi. Je veux y aller.

Peter Blythe avait l'air fort embarrassé et, s'il n'avait pas craint de déranger la brillante ordonnance de sa chevelure, pensa Cornélia, il se serait sûrement gratté la tête. Il se contenta de tapoter ses dents avec son monocle, manie familière qui avait toujours agacé la jeune fille.

– Impossible, répéta-t-il. Tout à fait impossible.

– Peter, je vous en prie! Je vous en supplie!

Elle savait fort bien que son cousin résistait difficilement à ceux qui se trouvaient dans la peine. Elle l'avait vu vider son portefeuille, aux courses, pour un ami malchanceux ou pour un mendiant. Elle ne pouvait croire qu'il la repousserait.

– S'il vous plaît, Peter.

Soudain, elle vit s'éclairer le visage de son cousin.

– J'ai une idée! s'écria-t-il. Je connais quelqu'un qui pourrait peut-être nous aider.

– Oh! Qui cela? demanda la jeune fille, pleine d'espoir.

Peter fit une grimace.

– C'est ça l'ennui... Je ne sais pas si c'est bien de te faire faire sa connaissance. Si tu étais uniquement ma petite cousine Cornélia, mais voilà, tu es duchesse. C'est tout différent.

– Oubliez la duchesse. Je ne me sens pas duchesse du tout. Qui est-ce? (Le monocle de Peter revint tapoter ses dents.) Qui est-ce? répéta Cornélia, un homme ou une femme?

– Une femme. Pour tout te dire, c'est Mme Renée de Valmé. (Il regarda Cornélia comme s'il s'attendait à une vive réaction.) Tu n'as pas entendu parler d'elle? demanda-t-il, devant le silence de Cornélia.

– Non. L'aurais-je dû?

– Euh... non. Enfin, je veux dire...

– Qui est-elle? demanda impérieusement la jeune fille.

– C'est une amie et elle est... euh... assez célèbre à Paris. Elle est... extrêmement excentrique.

– Cela m'est bien égal si elle m'emmène chez Maxim's. Mais le fera-t-elle?

– Je n'en sais rien, dit Peter, mais nous pouvons le lui demander. Il se trouve que je devais justement l'y conduire, ce soir, pour souper.

– Alors vous pouvez m'y conduire aussi, déclara Cornélia. Mon cher, cher Peter, je savais bien que vous viendriez à mon secours! Papa disait que vous étiez l'homme le meilleur du monde.

– Je suis un bel imbécile, si tu veux la vérité, gronda Peter entre ses dents.

Mais Cornélia ne l'entendit pas. Elle se précipita dans sa chambre.

– Vite, Violette, donnez-moi ma cape d'hermine et mon sac.

Violette apporta la fourrure que Cornélia jeta sur ses épaules. Le sac de lamé brodé de strass étincelait; Violette y glissa un mouchoir.

– Bonsoir, Violette. Allez vous promener avec Hutton et amusez-vous bien. Je n'ai plus besoin de vous.

– J'espère que Votre Grâce passera une bonne soirée, dit Violette.

– Et ne dites pas à Hutton que je suis sortie. Dites que je suis dans mon lit. Vous n'oublierez pas?

– Non, bien sûr, Votre Grâce.

Avec un sourire, Violette suivit du regard Cornélia qui rentrait vivement dans le salon. Il était grand temps que la pauvre petite se divertisse un peu, songea-t-elle. L'amour avait vraiment le pouvoir de faire souffrir. Ses yeux s'obscurcirent un instant et ses lèvres se mirent à trembler mais, résolument, avec la force d'un solide bon sens, elle reprit son travail, s'appliquant à penser à autre chose.

9

Mme Renée de Valmé était la fille d'un modeste notaire de province. Lorsqu'elle eut dix-huit ans, le marquis de Valmé, le plus riche et le plus distingué des clients de son père, la vit, s'en éprit et l'épousa.

Il l'emmena à Paris et paracheva son éducation. Il découvrit, à plus de cinquante ans, qu'il était aussi passionnant d'enseigner à Renée les belles manières que de l'initier aux délices de l'amour. Elle se montra bonne élève et, quand le marquis mourut au bout de sept ans, d'une crise cardiaque, la petite-bourgeoise de jadis s'était métamorphosée en femme instruite, cultivée, extrêmement séduisante.

A la vive déception de ses lointains héritiers, le marquis laissa à Renée la majeure partie de son immense fortune, lui permettant ainsi de vivre confortablement jusqu'à la fin de ses jours et, très certainement, de se remarier. Mais Renée souhaitait avant tout vivre à sa guise. Sa jeunesse dans un milieu terne et bourgeois l'avait dégoûtée à jamais d'une existence étroite et retirée. A vingt-cinq ans, elle n'avait aucune envie de sacrifier sa liberté et son indépendance, elle voulait faire ce qui lui plaisait, acquérir ce qu'elle aimait, voir qui elle voulait, et l'opinion d'autrui la laissait parfaitement indifférente.

Elle fut bientôt l'une des femmes les plus célèbres de Paris. Sa voiture, attelée de six poneys blancs dont la tête était surmontée de plumes orange, conduits par un cocher vêtu de noir, attirait tous les regards sur les Champs-Elysées.

On photographiait ses robes que les élégantes cherchaient à copier, on admirait ses bijoux et on affirmait que son appartement de l'avenue Gabriel contenait des tableaux et des objets d'art aussi beaux que ceux du Louvre.

Le fait qu'elle choisît ses amis selon son goût et ne se gênait pas pour leur tourner le dos quel que fût leur rang s'ils déméritaient à ses yeux ne faisait que multiplier les candidats à ce titre envié. On aurait commis des bassesses pour être invité à ses réceptions, tout en critiquant sa liberté d'allure. Les femmes la jalousaient en affectant de la dédaigner mais les hommes prisaient son amitié plus que tout. Ils avaient tôt fait de comprendre qu'ils n'avaient rien de plus à espérer d'elle mais, pour le seul plaisir de sa conversation, ils recherchaient sa compagnie, lui faisaient leurs confidences et se trouvaient très flattés lorsqu'elle acceptait de sortir avec eux.

– C'est une amie très chère, dit Peter à Cornélia, en toute sincérité.

Il connaissait Renée depuis le premier séjour qu'il avait fait à Paris, bien des années auparavant, alors qu'il était un petit jeune homme sans expérience, jetant par les fenêtres le peu d'argent qu'il possédait, plutôt par naïf plaisir de se faire remarquer que par amour de la dépense. Renée le prit sous son aile, lui fit visiter Paris comme peu d'étrangers ont la chance de le faire, lui enseigna qu'on peut être gai sans vulgarité et s'amuser sans être vicieux. Elle le débarrassa de maints préjugés et lui donna une assurance qu'il devait toujours conserver par la suite.

Leur amitié résista aux années. Chaque fois que Peter venait à Paris, il passait la majeure partie de son temps auprès de Renée. Elle le considérait un peu comme un jeune frère, passablement écervelé et tendrement chéri.

Ce fut à côté d'une corbeille d'orchidées pourpres que Cornélia, tout d'abord, aperçut Renée. Elle n'avait pas essayé d'imaginer Mme de Valmé : au point où elle en était, elle aurait accepté le secours du diable lui-même. Elle supposait, cependant, qu'elle allait se trouver en face d'une personne extraordinaire, vêtue de couleurs éclatantes et couverte de bijoux.

Or, elle voyait une femme svelte à peine plus âgée qu'elle, tout habillée de noir, aux cheveux coiffés avec une simplicité déconcertante. La seule note de couleur était donnée par une splendide parure d'émeraudes et une bague assortie, qui paraissait trop lourde pour sa main fine.

Renée n'était pas jolie, son visage, au repos, avait même une sorte de sévérité, mais son sourire la transfigurait et révélait son charme. Il y avait quelque chose de magique dans ce sourire : il creusait des fossettes dans ses joues et lui donnait une expression d'espièglerie provocante et irrésistible.

– Vous êtes en retard! s'exclama-t-elle en un excellent anglais, lorsque Peter et Cornélia furent introduits par un valet de chambre en livrée dans un grand salon doucement éclairé.

– Pardonnez-moi, Renée, dit Peter en lui baisant la main, je vous ai amené quelqu'un qui a grand besoin d'aide.

– Vraiment?

Renée leva les yeux en souriant, haussant ses fins sourcils, et Cornélia se sentit attirée par cette étrange Française comme elle ne l'avait jamais été par aucune autre femme.

– Je vous présente ma cousine, la duchesse de Roehampton.

Un instant, Renée parut surprise, puis elle tendit la main.

– C'est un honneur pour moi de vous connaître, madame, dit-elle à Cornélia (Elle se tourna vers Peter et demanda :) Que puis-je faire?

Peter Blythe hésita et Cornélia comprit qu'il ne savait ce qu'il devait dire ou taire.

– Puis-je tout vous expliquer madame? demanda-t-elle avec timidité.

– Naturellement, répondit Renée. Venez vous asseoir.

– Je me suis mariée hier, dit Cornélia en prenant place sur un canapé de bois doré.

– En effet, je me rappelle avoir vu des photographies et un article sur votre mariage, ce matin, dans le journal.

– La veille de mon mariage, j'ai appris quelque chose qui m'a causé une peine profonde, reprit la jeune femme.

Sa voix s'étrangla soudain et elle se demanda comment elle allait pouvoir continuer.

Avec un tact inattendu, Peter se leva et se dirigea vers la porte.

– Il faut que j'aille dire un mot au cocher, expliqua-t-il. Je lui ai demandé de nous attendre, mais si les chevaux s'énervent, il peut les faire aller et venir dans la rue.

La porte se referma derrière lui.

– Votre cousin est pour moi un ami très cher, dit doucement Renée. Il a été très bon pour moi à un moment où j'étais malheureuse. Je n'oublierai jamais à quel point il a été compréhensif et compatissant.

– Ainsi, vous avez été malheureuse, madame?

Renée hocha la tête.

– J'ai perdu un bébé, dit-elle simplement. Mon petit garçon avait un an quand il est mort et il me semblait que toute la joie du monde était morte avec lui. Mon pauvre mari était désespéré et je devais lui cacher ma peine. C'est à ce moment-là que votre cousin a été si bon pour moi : auprès de lui, je pouvais être en toute franchise une mère qui a perdu son enfant, il le comprenait. Cela vous surprendra-t-il, alors, que j'aie tant d'affection pour lui?

– Non, madame, murmura Cornélia. C'est une chose qu'on ne peut oublier.

– Et aujourd'hui, Peter me demande de vous aider. Que puis-je faire pour vous?

Le plus simple pour Cornélia était de dire la vérité, de raconter toute sa triste histoire depuis son départ de Rosaril. Elle l'avait retracée dans ses grandes lignes pour Peter, mais, à une femme, elle pouvait parler plus librement encore. Elle révéla tout en détail avec franchise.

– Pouvez-vous comprendre que je veuille maintenant en savoir davantage sur le duc? dit-elle en terminant. Il faut que j'apprenne à connaître ce qu'il aime, ce qu'il ressent. Pour le moment il est un étranger pour moi, un homme dont j'ignore tout car ce que j'ai pu penser de lui était faux, complètement et absolument faux. Il faut que je le considère comme un homme que je n'aurais jamais vu jusqu'ici.

– Ainsi, vous voulez conquérir son amour? demanda Renée.

– Suis-je insensée de croire que j'aie la moindre chance d'y parvenir? s'exclama la jeune femme. Oh! Dites-moi la vérité, madame, vous qui avez tellement plus d'expérience que moi. Dites-moi s'il est fou d'imaginer une seconde qu'un jour peut venir où il m'aimera?

C'était un cri du cœur, sans doute jeté vers l'inaccessible, mais un inaccessible si merveilleux qu'il valait tous les combats contre tous les obstacles.

En guise de réponse, Renée dit tranquillement :

– Retirez vos lunettes.

Docilement, Cornélia obéit, puis se tourna vers

la femme assise à côté d'elle sur le canapé. Pendant une seconde, Renée la dévisagea, puis elle s'exclama :

– Mon Dieu! Mais pourquoi teniez-vous vos yeux cachés?

– Parce que ainsi je me sentais protégée. Je m'abritais derrière ces verres noirs parce que j'étais intimidée, mais... j'espérais que le duc m'ordonnerait de les enlever. Et... il ne l'a jamais fait.

– Il ne vous a jamais vue sans vos lunettes? demanda Renée incrédule.

– Jamais.

– Alors, cela simplifie tout. Venez avec moi.

Renée se leva et guida sa visiteuse à travers le salon, puis dans une longue galerie aux murs couverts de magnifiques tableaux, pour entrer enfin dans une vaste chambre.

Malgré ses douloureuses préoccupations, Cornélia ne put s'empêcher de s'exclamer devant la décoration vert et argent de la pièce dont les rideaux roses étaient semés d'étoiles. Sur une sorte d'estrade recouverte d'hermine, se dressait un grand lit sculpté en forme de cygne : d'une ronde de chérubins fixés au plafond retombaient des draperies roses qui le voilaient mystérieusement.

Des miroirs encadrés d'argent massif étaient disposés dans tous les coins de la pièce : les peignes et brosses, la glace à main étaient sertis de saphirs roses. La chambre était d'une si exceptionnelle beauté que Cornélia demeurait en contemplation, les yeux arrondis et la bouche entrouverte tandis que Renée sonnait impérieusement. Quelques secondes plus tard, une femme de chambre entra : elle était boulotte et grisonnante mais elle avait l'air bon et la voix de Renée, quand elle lui parla, prit un ton de chaude affection :

– Marie, nous avons besoin de vous. Regardez cette jeune femme, voyez sa robe, sa coiffure.

– Mais, madame, c'est incroyable... commença Marie.

– Elle est anglaise, cela explique tout.

– Oh! Ces Anglais!

Le ton de Marie était si dégoûté que Cornélia se mit à rire.

– Elle a raison, dit Renée. Ma pauvre enfant... pardonnez-moi, madame, si je vous appelle ainsi mais, pour le moment, je vais oublier votre personnalité et me rappeler seulement que vous êtes la petite cousine de Peter.

– Je vous en prie, dit Cornélia.

– Très bien. Et je vais être franche envers la petite cousine de Peter : votre robe est épouvantable, ma chère petite. Je suis sûre qu'elle a coûté fort cher et qu'elle vient de chez l'un de ces soi-disant grands couturiers auxquels les Anglaises s'adressent en s'imaginant qu'ils les habillent bien. Et comme si ce n'était pas suffisant pour vous abîmer, on vous a encore coiffée d'une telle façon que je frémis rien qu'à vous regarder.

– J'avais l'impression que cela n'allait pas, avoua Cornélia, mais vous savez, je viens d'Irlande et je n'avais aucune idée de ce que pouvait être la mode d'une année sur l'autre. Les chevaux ne s'occupent pas de cela! Pour tout vous dire, je n'avais jamais relevé mes cheveux avant de partir pour l'Angleterre.

– Avec ce résultat, il aurait mieux valu que vous les gardiez dans votre dos, dit Renée. Voyons, Marie, nous n'avons pas beaucoup de temps. Heureusement, Madame est à peu près de la même taille que moi.

– Mais vous êtes beaucoup plus mince! s'écria Cornélia.

– J'en doute. Votre corset est responsable de votre silhouette. Les Anglais ne savent pas modeler les corps.

– Ah! Ces Anglais!

Marie poussa cette exclamation non pas une mais dix fois en aidant Cornélia à se déshabiller. Elle tira d'une armoire un petit corset très différent de celui que portait la jeune fille, le plaça autour de sa taille et le laça très serré, mais si adroitement que Cornélia le trouva beaucoup plus agréable à porter que l'autre.

Ensuite, Renée apporta la lingerie. Cornélia n'avait jamais rien vu de semblable : chemise et pantalon de soie vaporeuse, garnis de dentelle et délicieusement brodés de boutons de roses, et un jupon qui aurait pu passer à travers l'anneau de la légende.

Cornélia voulait se regarder dans l'un des grands miroirs encadrés d'argent, mais Marie la conduisit vivement devant la coiffeuse et ses doigts habiles défirent sa coiffure, retirèrent la carcasse, déroulèrent les boucles boudinées.

Quand toutes les épingles furent enlevées, les cheveux de la jeune femme tombèrent sur ses épaules et presque jusqu'au sol. Renée poussa un petit cri d'admiration.

– Quels cheveux! C'est abominable de fabriquer une horreur pareille avec une chevelure aussi belle.

– Aussi belle? répéta Cornélia. Vous ne voulez pas dire que mes cheveux sont beaux?

– Ils sont magnifiques, déclara Renée. Ils ont besoin d'être soignés et brossés, c'est tout. Vous ne les brossez jamais?

– Un peu seulement, confessa la jeune femme. Je n'avais jamais le temps.

– Cent coups de brosse matin et soir au minimum, prescrivit Renée. N'est-ce pas, Marie?

Marie grommela quelque chose à l'adresse de « ces Anglais » et prit une brosse.

Cornélia trouva très apaisant le travail de la femme de chambre qui brossait chaque mèche à longs coups rythmés. Finalement, ne paraissant nullement satisfaite à en juger par ses grognements, elle commença la coiffure proprement dite selon les instructions de Renée.

– Vous avez la tête bien faite, remarqua cette dernière. Pourquoi la dissimuler sous le monstrueux paquet qui vous défigurait quand vous êtes arrivée? Votre reine Alexandra a la sagesse de ne pas cacher la beauté de sa tête, imitez-la.

Cornélia avait l'impression de suivre le travail d'un artiste : Marie tira ses cheveux en arrière de son front et de ses oreilles, les tressa, puis les releva en couronne; Cornélia n'aurait jamais songé à se coiffer de cette façon et pourtant, quand tout fut achevé, la coiffure paraissait si parfaitement adaptée, si exactement conforme au mouvement naturel de sa chevelure, qu'il semblait ridicule de ne pas y avoir pensé plus tôt.

– Que vous êtes habile! s'écria-t-elle.

Marie sourit au compliment et parut moins exaspérée par la sottise des Anglais.

– Maintenant, puisque nous allons chez Maxim's et que votre mari ne doit pas vous reconnaître, il faut que j'arrange un peu votre visage, dit Renée. Je sais qu'en Angleterre les femmes du monde ne se fardent pas, mais vous êtes à Paris et chez Maxim's vous auriez l'air bizarre sans poudre ni rouge à lèvres.

— Tante Lily met de la poudre, dit Cornélia. Elle m'a dit que je ne devais pas en mettre avant mon mariage.

— Une femme mariée a tous les droits, déclara Renée souriante. A présent, vous pouvez faire tout ce que vous voulez. Avant tout, voyons vos cils.

A l'aide d'une petite brosse et d'une pâte spéciale, elle fonça les cils, puis elle rougit légèrement les joues et les lèvres. De nouveau, Cornélia voulut aller se regarder mais elle l'en empêcha.

— Attendez, je ne veux pas que vous vous voyiez avant que nous ayons fini. Marie, prenez la robe de dentelle feu que j'ai achetée la semaine dernière.

— Mais, madame, il ne faut pas que vous me prêtiez une robe neuve! protesta la jeune femme. Une vieille robe dont vous ne voulez plus fera très bien l'affaire.

— Pour que tout Paris raconte que vous portez mes vieilleries? répliqua Renée. Non, non, cela n'irait pas du tout. J'ai mon plan. Patientez : bientôt je vous dirai tout.

D'une penderie astucieusement dissimulée dans le mur, Marie tira une robe. C'était la plus jolie que la jeune femme eût jamais vue, faite de petits volants superposés en dentelle couleur de flamme. Très décolletée, elle moulait la poitrine, la taille fine et la courbe des hanches pour prendre de plus en plus d'ampleur jusqu'aux pieds.

— Elle a l'air d'être faite pour vous, s'écria Renée enchantée. Nous devons avoir exactement les mêmes mesures.

— Je ne puis le croire, madame, vous avez la taille si fine.

– Vous aussi. (Dans sa boîte à bijoux, Renée prit des pendants d'oreilles en diamant et les fixa aux oreilles de Cornélia.) Retirez votre alliance, dit-elle. Ce soir, vous n'êtes pas mariée, vous êtes une demoiselle. (La jeune femme obéit et Renée déposa l'anneau sur la coiffeuse.) Des gants noirs, Marie, dit-elle. Ma jolie petite amie anglaise, vous pouvez enfin vous admirer.

Elle conduisit Cornélia devant une psyché et, au premier coup d'œil, la jeune femme crut qu'elle se trompait : ce n'était pas son reflet qu'elle voyait mais le portrait d'une très jolie inconnue. Puis elle comprit enfin. C'était incroyable. Une telle transformation tenait du miracle. Même son visage était différent. La triste épouse du duc de Roehampton avait disparu, comme la Cornélia de Rosaril : la souffrance endurée depuis deux jours, le fait de n'avoir presque rien mangé pendant ce temps avaient amaigri la jeune femme et, par contraste, dans sa petite figure, ses yeux paraissaient immenses. Admirablement dessinés, frangés de longs cils sombres et recourbés, ils avaient la couleur d'une source de forêt au soleil du printemps. Leur vert profond semé de paillettes d'or changeait selon les sentiments, les émotions éprouvés. A la minute présente, les pupilles dilatées par la surprise, ils brillaient d'un tel éclat qu'en regardant Cornélia, on ne voyait plus que son extraordinaire regard et on oubliait ses traits, fins et harmonieux, et ses lèvres vermeilles. Cette tête fière et parfaitement modelée, couronnée de cheveux lumineux, se tenait droite sur le cou rond et blanc avec une assurance, une confiance nées d'une foi nouvelle en sa beauté.

Pour la première fois, Cornélia comprit pourquoi ses robes achetées à Londres ne lui allaient pas : la couleur éclatante de la dentelle soulignait la délicatesse et la douceur de sa peau. Renée, devinant peut-être sa pensée, observa :

– Vous ne devriez jamais porter que des teintes franches et pures et du noir. Chose curieuse, vous avez un teint d'Espagnole, cet aspect de magnolia que nous désirons toutes, mais le blanc, le beige et les couleurs pastel le font paraître terne.

– Je m'en souviendrai, dit simplement Cornélia.

– Et maintenant, Marie, le chapeau et la cape de renard noir.

– Un chapeau, répéta Cornélia surprise.

– Vous verrez que chez Maxim's, toutes les femmes en portent, dit Renée. A Paris, cela se fait, même avec une robe du soir. Il n'y a que les Anglaises pour sortir le soir tête nue.

Le chapeau de velours noir garni de plumes frisées et flamboyantes, assorties à la robe, surmontant les longues boucles d'oreilles qui se balançaient et scintillaient à la lumière, était fort seyant. Marie apporta la cape de renard dont Cornélia s'envelopperait dans la voiture. Enfin, Renée coiffa un chapeau d'aigrettes vert émeraude et elles furent prêtes.

– Un instant, dit Renée tandis que Cornélia, impatiente, se tournait vers la porte. Il est important de vous rappeler une chose : les gens ne voient jamais que ce qu'ils s'attendent à voir; votre mari ne pense pas que vous puissiez être chez Maxim's et il n'imaginera pas un seul instant que la radieuse et charmante créature que je présente comme mon amie puisse être sa femme. Je vous dis cela car s'il vient nous parler, il vous faudra garder la tête haute, le regarder en face et ne pas avoir peur. Votre français est parfait et il ne vous sera pas difficile de prendre un léger accent en parlant anglais.

– J'essaierai, dit Cornélia. Croyez-vous vraiment qu'il vienne nous parler?

Cette seule pensée la terrifiait.

– Je connais votre mari depuis des années : s'il est chez Maxim's, il viendra certainement me saluer. Etes-vous assez brave pour affronter cela?

Cornélia reprit sa respiration.

– Je ferai tout ce que vous me direz de faire, madame. Vous avez raison, il ne me reconnaîtra pas.

– Très bien. Et quand on joue un rôle, il est bon de se mettre dans la peau de son personnage. C'est pourquoi, à partir de cet instant, Cornélia, duchesse de Roehampton, n'existe plus. Vous êtes mon amie, je vais vous donner un nom et je vous appellerai par ce nom. Comment la baptisons-nous, Marie?

Renée avait posé la question en français.

– Ce ne devrait pas être difficile à trouver, madame, répondit Marie. Mademoiselle est élégante, désirable...

– Voilà ce qu'il nous faut! s'écria Renée. Désirée, c'est un nom parfait, enfant, pour votre seconde personnalité. Comme le dit Marie, vous êtes désirable, une femme que tout homme voudrait connaître et aimer.

– J'essaierai de faire honneur à mon nom, dit humblement Cornélia. Merci, madame, merci beaucoup, Marie. Je n'aurais jamais cru qu'une chose pareille puisse m'arriver. Je me sens bizarre : j'ai très peur et, pourtant, tout cela me passionne.

– Excellent, déclara Renée. Et maintenant, allons nous montrer à Peter.

Ensemble elles traversèrent de nouveau la galerie et entrèrent dans le salon. Assis dans un fauteuil, Peter lisait le journal; il se leva vivement à l'entrée de Renée, puis regarda Cornélia et, à son expression, il fut clair qu'il ne la reconnaissait pas.

– Eh bien, mon cher, que pensez-vous de mon travail?

– Seigneur! Vous ne voulez pas dire que c'est Cornélia? Je jurerais ne l'avoir jamais vue! Jamais je n'aurais cru cela possible!

– Croyez-vous vraiment qu'il soit impossible au duc de me reconnaître? demanda Cornélia.

– Il serait bougrement plus malin que moi! Renée, vous êtes un génie.

– Je disposais d'une belle matière, dit Renée. Elle est très jolie, votre petite cousine.

– C'est rudement vrai, déclara Peter. Je ne m'en étais jamais rendu compte.

– Je vais vous dire ce que j'ai déjà dit à votre cousine, reprit Renée. Dorénavant, la duchesse de Roehampton n'existe plus en ce qui nous concerne, vous et moi. Je vous présente mon amie Désirée... Désirée Saint-Cloud, qui fait un séjour chez moi.

– Je comprends, dit Peter en souriant. Partons maintenant. En route! Chez Maxim's!

– N'y arriverons-nous pas trop tard? demanda Cornélia anxieuse.

Renée et Peter se mirent à rire.

– Trop tard? On s'amuse chez Maxim's jusqu'à l'aube; d'ailleurs, on n'y arrive guère avant minuit, et nous serons plutôt en avance.

Cornélia ne dit plus rien mais, tandis que la voiture roulait le long des rues, elle ne cessa de se demander si le duc serait encore là. Lorsqu'ils s'arrêtèrent devant l'entrée assez modeste du célèbre restaurant, elle eut un moment de déception : elle s'attendait à quelque chose d'important, de fantastique.

Mais, en pénétrant à l'intérieur, après avoir laissé sa fourrure au vestiaire, les lumières et la gaieté ambiantes l'éblouirent. La salle carrée, avec sa décoration rouge et or, ses miroirs, semblait pétiller comme les multiples bulles d'une coupe de champagne et la musique donnait envie de danser. Il y avait là un essaim de très jolies femmes aux robes décolletées, aux chapeaux garnis de plumes. Elles portaient de magnifiques bijoux aussi brillants que leurs yeux et leurs lèvres roses et souriantes. Quelque chose en elles, pourtant, fit sentir à Cornélia, malgré son innocence, qu'elles appartenaient à un monde très différent de celui qu'elle fréquentait à Londres, mais elles n'avaient rien de vulgaire ou d'agressif. Elles étaient aussi belles, aussi colorées que des fleurs, aussi naturelles et spontanées que des enfants.

La jeune femme devait apprendre, plus tard, que le restaurant était habilement et soigneusement dirigé : Hugo, le maître d'hôtel, n'admettait qu'une clientèle triée sur le volet et repoussait impitoyablement quiconque aurait compromis la réputation de ce restaurant, connu pour être le lieu de plaisir le plus select d'Europe.

Des hommes de toutes nationalités s'y côtoyaient, la plupart d'entre eux aristocratiques et distingués. On y voyait la fine fleur de la noblesse française, des princes européens, des grands d'Autriche et d'Espagne, des personnalités de tous les pays. Renée fut conduite par le maître d'hôtel à une table qui lui était toujours réservée et qu'on surnommait en riant la « table royale », non sans raison, car Renée était bien la reine de Paris.

Cornélia s'assit et son regard chercha aussitôt

un visage, une silhouette, dans la foule bavarde et rieuse.

Peter commanda du caviar pour commencer le souper et un serveur apporta une bouteille de champagne dans un seau d'argent.

– N'ayez pas l'air si anxieuse, Désirée, murmura Renée.

Et, à cet instant, Cornélia le vit. Il était assis à l'autre extrémité de la salle et trois femmes l'entouraient. Pendant quelques secondes, tout tourna autour de la jeune femme.

– Un peu de champagne, dit Peter, cela te fera du bien.

Elle but docilement et, en effet, trouva la force de regarder son mari de nouveau. Quelqu'un l'avait fait rire et il levait son verre dans la direction d'une femme aux cheveux roux, en robe pailletée.

La musique changea et les couples se levèrent pour danser, le duc avec eux. Sa danseuse n'était pas la belle rousse mais une blonde aux yeux bleus ressemblant vaguement à Lily Bedlington. Cornélia s'efforça de ne pas fixer le jeune homme, mais en l'observant à travers ses cils baissés, elle fut certaine qu'il avait vu Renée. Elle ne se trompait pas : quand l'orchestre se tut, il reconduisit sa danseuse à sa table et traversa la salle pour venir lui présenter ses hommages.

– Depuis le début de la soirée, j'espérais que vous alliez venir, dit-il en anglais, en s'inclinant pour lui baiser la main.

– Je suis ravie de vous voir, dit-elle. Toujours aussi séduisant, à ce que je vois.

Il salua en souriant.

– Et vous êtes toujours l'esprit de Paris, rétorqua-t-il. Sans vous, nous ne serions que des corps sans âme.

– Félicitations au docteur ès flatteries! dit Renée en riant. Et c'est là un compliment que je fais rarement à un Anglais.

– Comment allez-vous, Blythe? demanda le duc en tendant la main à Peter.

– Très bien, répondit celui-ci. Comment avez-vous laissé Londres?

– Lugubre et poussiéreux.

Le duc regardait Cornélia. Elle l'ignora, feignant d'observer les danseurs et s'efforçant d'avoir l'air naturel, mais ses doigts se crispaient autour du pied de sa coupe de champagne.

– Vous ne me présentez pas à votre belle amie? demanda le jeune homme tout bas à Renée.

Elle lui sourit en secouant la tête.

– Mon cher, ce serait inutile, elle ne ferait aucune attention à vous.

– Que voulez-vous dire?

Il était intrigué et c'était précisément ce qu'elle voulait.

Le voyant debout à côté de la table, un garçon lui apporta une chaise et il s'assit, tournant le dos à la salle, faisant face à Renée et à Cornélia.

– Elle est déjà très occupée, dit Renée.

– Est-ce une raison pour que je ne lui sois pas présenté?

Renée haussa les épaules.

– Elle est délicieuse mais très amoureuse de quelqu'un.

– J'aimerais cependant faire sa connaissance.

– Très bien, si vous y tenez, répondit Renée. (Elle se pencha vers Cornélia comme pour attirer son attention.) Désirée, puis-je vous présenter le duc de Roehampton? Mon amie, Mlle Saint-Cloud.

Drogo se leva. Cornélia lui tendit une main

qu'il effleura de ses lèvres puis il fit délibérément le tour de la table et vint s'asseoir à côté d'elle.

– Habitez-vous Paris? demanda-t-il, parlant anglais comme il le faisait avec Renée.

– Non, monsieur, je fais seulement un séjour chez mon amie, répondit la jeune femme, avec un accent français qu'elle trouva fort bien imité.

– C'est magnifique : Mme de Valmé est aussi pour moi une amie très chère.

– Vraiment?

– Et j'ai l'intention de venir la voir très souvent pendant que je serai à Paris.

– Ce sera certainement fort agréable pour Renée.

La nuance ne pouvait passer inaperçue.

– Est-ce là tout? demanda le duc à mi-voix.

– Comment cela?

– J'osais espérer que vous aussi seriez contente de me voir.

– Mais, monsieur, comment le saurais-je? Je ne vous connais pas. Peut-être me serez-vous très antipathique!

– Je m'engage à essayer d'être tout le contraire.

Cornélia eut un petit rire amusé.

– Devrais-je vous dire merci pour cette promesse? demanda-t-elle.

Elle but une gorgée de champagne et décida d'adopter définitivement le ton léger. En somme, il était très facile de flirter, de dire ce qu'il fallait, de rendre amusante la remarque la plus anodine. Mais, évidemment, ce soir, elle se savait bien habillée, attirante, et c'était d'un grand secours.

Comme elle avait été sotte dans le passé, se dit-elle, combien stupide! Et pourtant, seul le désespoir lui donnait la force et le courage de se conduire comme elle le faisait maintenant. Si elle échouait...

Elle repoussa énergiquement cette pensée. Renée parlait à Drogo :

– Aurons-nous l'honneur de votre compagnie pour le souper? demandait-elle.

– Certainement, si vous voulez bien l'accepter.

– C'est une chance que notre quatrième convive ait été souffrant à la dernière minute, déclara Renée. Si vous m'en priez très gentiment, je vous permettrai de rester avec nous.

– Plaidez ma cause! supplia le jeune homme en se tournant vers Cornélia.

– N'avez-vous pas d'amis que votre abandon risque de peiner?

– Non, je suis seul et je m'ennuie, tout au moins je m'ennuyais jusqu'à ces derniers instants.

Devant l'expression de son regard, Cornélia détourna les yeux. Elle ne l'avait jamais vu si jeune, si gai, si aimable. En Angleterre, il était toujours sérieux. Son intrigue avec Lily le rendait-il soucieux?

Le garçon lui servit du champagne et le duc leva sa coupe.

– A vos beaux yeux, mademoiselle, dit-il.

A son tour, Cornélia leva la sienne.

– Merci, monsieur, dit-elle légèrement. Je devrais répondre sur le même ton mais je ne sais vraiment que vous dire.

– Buvez à notre prochaine rencontre, suggéra-t-il.

– Et si elle ne se produit pas?

– Elle se produira, déclara-t-il fermement, je le jure.

10

Cornélia réintégra sa chambre du Ritz quelques minutes après 5 heures. Elle avait craint de rencontrer son mari dans le vestibule ou dans l'escalier, mais c'était peu vraisemblable, car Peter et lui avaient reconduit les deux femmes jusqu'à l'appartement de Renée et Cornélia avait mis un certain temps à se changer pour regagner l'hôtel.

Peter lui avait dit au revoir en lui serrant éloquemment la main. Lorsque la porte fut refermée, Renée et elle entendirent leurs compagnons descendre l'escalier puis, quelques minutes plus tard, le pas des chevaux dans la rue leur indiqua que la voiture s'éloignait. Cornélia poussa un petit soupir de soulagement et, les yeux brillants, elle tendit les mains à sa nouvelle amie.

– Merci, merci, madame, dit-elle. Jamais je ne pourrai vous dire assez combien je vous suis reconnaissante de tout ce que vous avez fait pour moi.

– Soyez prudente, répondit Renée en souriant. Ceci n'est que le début; vous avez un long chemin à parcourir, mon petit.

– Oui, je sais. Il m'a invitée à souper avec lui ce soir.

– Et qu'avez-vous répondu?

– J'ai hésité très longtemps et finalement, il insistait tant que j'ai cédé. Je lui ai dit qu'il pouvait venir me chercher ici vers 10 heures et demie. Est-ce bien?

Il y avait tant d'anxiété dans la voix ardente que Renée sourit de nouveau.

– Naturellement, c'est bien, dit-elle. Mais il faut vous trouver une autre toilette. Je peux vous donner une autre robe mais je n'en ai pas beaucoup qu'on ne me connaisse pas.

– Que vous êtes bonne! s'écria Cornélia. Il n'existe pas une seule femme au monde qui ferait ce que vous faites pour moi.

– Pour vous et pour Peter, rectifia Renée amicalement. Maintenant, chérie, il faut vous changer et rentrer bien vite à votre hôtel.

Marie avait laissé les vêtements de la jeune femme sur une chaise, dans la chambre de Renée. Cornélia les regarda avec dégoût.

– Je déteste cette robe après m'être vue dans la vôtre, dit-elle.

– Oui, il vous faut d'autres robes, et beaucoup, déclara Renée pensive. Worth vous habillera. Nous irons le voir cet après-midi.

– Cet après-midi? répéta Cornélia éperdue. Comment réussirai-je à m'échapper?

– Vous ne savez pas quels sont les projets de votre mari? Eh bien, je vous conseille de lui dire que vous voulez acheter des robes parisiennes et je me trompe fort s'il ne trouve pas une excuse pour vous laisser y aller seule. Les Français aiment accompagner une femme chez le couturier mais les Anglais ont horreur de cela : ils s'y sentent mal à l'aise.

– Vous avez sûrement raison, dit Cornélia en riant. Je ne vois pas du tout le duc dans un magasin de modes!

– Très bien. Dès que vous serez libre, venez ici. Vous vous changerez et Désirée viendra faire des courses avec moi.

– N'est-ce pas courir un grand risque que sortir en plein jour?

– Quelle idée! je vous ai dit que le duc ne vous reconnaîtrait pas et je ne me suis pas trompée. Personne n'imaginerait que l'exquise femme aux grands yeux, admirée de tous hier soir chez Maxim's, puisse être la duchesse de Roehampton, arrivée au Ritz quelques heures plus tôt, affublée de lunettes noires.

– Non, c'est vrai, admit Cornélia, je puis à peine le croire moi-même. Il me semble que je rêve et que je vais m'éveiller et me retrouver à Londres, pleurant dans mon oreiller parce que je ne suis pas aussi jolie que tante Lily. (Elle s'interrompit un instant, se regarda dans la glace et ajouta loyalement :) Et d'ailleurs, je ne suis pas aussi jolie qu'elle.

– La beauté n'est pas tout, dit Renée. Vous ne pouvez pas dire que je suis belle, n'est-ce pas?

– Non... je veux dire... Je ne sais comment vous répondre, balbutia la jeune fille.

– Il faut répondre franchement. Je ne suis pas jolie et, pourtant, les hommes me recherchent, non pour mon apparence mais pour moi-même, pour mon caractère, ma personnalité, mon cerveau. Une femme peut offrir à un homme bien autre chose qu'une jolie figure et la plus importante est la personnalité, car celle-là, on ne l'oublie pas.

– Je comprends, murmura Cornélia. Comme je voudrais vous ressembler!

– Tante Lily d'abord, moi ensuite, dit Renée en riant. Ma chère enfant, soyez donc vous-même. Aucun homme ne voudrait de la pâle copie d'une autre femme. Il veut une femme unique dont il puisse dire : « Elle est différente de toutes celles que j'ai connues jusqu'ici. »

– J'essaierai. Oui, j'essaierai de vous obéir, dit Cornélia avec ferveur.

Et à la hâte, car le ciel commençait à pâlir, au-dessus des toits, elle remit sa robe anglaise.

Elle s'attendait à rentrer au Ritz par ses propres moyens et elle fut touchée, en descendant le large escalier de pierre qui desservait l'appartement de Renée, de trouver Peter dans le hall. Son chapeau haut de forme placé gaiement sur le côté de sa tête, il l'attendait, adossé à un pilier, et sifflait entre ses dents un air vague, tandis qu'au-dehors s'impatientaient les chevaux, attelés à une voiture fermée.

– Peter, que vous êtes bon! s'exclama la jeune femme.

– J'ai pensé que je devrais te reconduire chez toi, dit-il. As-tu passé une agréable soirée?

– J'ai passé la soirée la plus merveilleuse de ma vie, et Mme de Valmé a été si bonne pour moi. Et tout cela grâce à vous.

– Oui, tout a marché assez bien, il me semble. J'aime autant te dire que j'ai eu peur quand Roehampton est venu à nous. S'il t'avait reconnue, il y aurait eu une belle scène! Maxim's n'est pas un endroit pour vous.

– Je ne vois pas pourquoi... commença Cornélia.

Puis elle se mit à rire.

Elle se rappelait soudain qu'aux premières heures du jour, une jolie ballerine avait relevé ses jupes et dansé sur une table aux applaudissement des spectateurs. Un peu plus tard, des jeunes gens avaient bu du champagne dans le soulier de Mme Gaby Deslys, la célèbre comédienne, qui avait fait sensation en arrivant avec un chapeau de deux pieds de haut, couvert de plumes d'autruche, et portant douze rangs de perles fabuleuses qui atteignaient presque ses genoux.

Et Cornélia imaginait l'air horrifié de sa tante Lily devant ce genre de comportement. Et pourtant, cela paraissait si amusant et innocent sur le moment.

– Les hommes ont la vie agréable, dit-elle soudain. Vous avez de la chance, Peter, de ne pas être une femme.

– Pardieu, oui. Pour dire la vérité, j'ai souvent pensé cela, déclara Peter. Eh bien, nous voici au Ritz : je te reverrai chez Renée. Je préfère ne pas venir te voir officiellement : si Roehampton savait que je suis ton cousin, il pourrait se douter de quelque chose.

– Oui, nous nous reverrons chez Renée, dit Cornélia. (Le cœur débordant de gratitude, elle l'embrassa.) Merci, le meilleur et le plus cher des cousins, murmura-t-elle, avant d'entrer en courant dans l'hôtel.

Dans sa chambre, elle prit garde de ne pas faire le moindre bruit, se demandant, avec un sourire malicieux, si Drogo faisait de même par crainte.

Elle enleva ses lunettes et vit dans la glace que ses yeux avaient la douceur et la tendresse qui sont la marque du bonheur. Elle n'avait pas pris la peine de changer sa coiffure, Renée lui ayant prêté un foulard pour couvrir sa tête et, maintenant, considérant les ondulations naturelles de ses cheveux pleins de lumière, et sa couronne de tresses, elle s'étonna d'avoir supporté un seul instant la coiffure monstrueuse que tante Lily et M. Henri lui avaient imposée en invoquant la mode. Malheureusement, elle serait obligée de continuer à torturer sa pauvre tête dans la journée car la duchesse de Roehampton devait demeurer semblable à elle-même : seule, Désirée, à mesure que se développerait son goût et sa confiance en soi, deviendrait chaque jour plus séduisante.

Une pendule sonna et Cornélia s'aperçut qu'elle était restée longtemps immobile, perdue dans ses pensées. Peut-être Drogo dormait-il à présent?

Elle fut prise d'une envie folle d'aller dans sa chambre; et s'il ouvrait les yeux et voyait, penchée sur lui, cette femme avec laquelle il avait flirté la moitié de la nuit?

A cette idée, Cornélia se sentit palpiter. Le réveiller... poser ses lèvres tout près des siennes... être dans ses bras... Mais elle se souvint des conseils de Renée. Son mari aimait toujours tante Lily : qu'il fût attiré par un nouveau visage ne signifiait pas que son cœur fût pris.

Peut-être était-ce seulement l'ennui de ce triste voyage de noces qui lui faisait chercher une diversion là où il la pouvait trouver. Un peu de sa joie s'effaça. Oui, elle devait se surveiller de très près. Les yeux graves, elle se déshabilla lentement et se mit au lit.

Elle s'éveilla vers midi. Avec un sursaut d'effroi, elle s'assit sur son lit et tira la sonnette.

Qu'allait penser Drogo? Avait-elle tout gâché en dormant trop longtemps? Elle se rappela soudain qu'il trouverait certainement cela très normal : à Cotilion, les belles invitées ne paraissaient jamais avant le déjeuner et, à Londres, la femme de chambre de tante Lily ne la réveillait pas avant midi.

Avec un petit soupir, elle se laissa retomber contre ses oreillers. Violette entra bientôt et tira les rideaux : le soleil entra à flots et éclaboussa la chambre.

– Votre Grâce a-t-elle bien dormi?

– Je n'ai pas dormi très longtemps, avoua Cornélia.

Incapable de garder son secret, elle raconta à Violette tout ce qui s'était passé.

– Il faudra que vous veniez avec moi chez Mme de Valmé apprendre à me coiffer, dit-elle. Marie vous montrera comment elle s'y prend. Oh!

Violette, je voudrais que vous voyiez la robe que Mme de Valmé m'a donnée, c'est la plus ravissante chose que vous puissiez imaginer, et elle me change tellement, tellement!

– Et Sa Grâce ne vous a pas reconnue?

– Il n'a pas pensé une seconde qu'il m'avait déjà rencontrée, et comment l'aurait-il fait? Je vous jure que, moi-même, je ne me reconnaissais pas. Mais maintenant il faut que je me lève. Peut-être devriez-vous faire dire au duc que je serai prête pour déjeuner à une heure?

Violette alla transmettre le message et apprit que Sa Grâce avait dormi tard et finissait tout juste son petit déjeuner.

« Je me demande quelle explication il me donnera de ce réveil tardif », songea Cornélia.

Mais, quand elle descendit, le jeune homme négligea de présenter ses excuses.

Il fut aimable et poli pendant le repas, il y eut comme d'habitude de longs silences entre eux et Cornélia pensa qu'en tant que mari, il était certes bien différent du charmant compagnon qui l'avait tant divertie au cours de la nuit.

Tout en l'observant à travers ses lunettes sombres, elle se demanda si tous les hommes adoptent une attitude maussade en présence de leur femme et réservent leur esprit et leur gaieté pour en faire profiter les autres. Que ce repas en tête à tête eût été assommant sans le secret qu'elle berçait dans son cœur et qui la faisait frissonner délicieusement chaque fois qu'elle y pensait!

Ce soir, comme elle l'avait promis, elle souperait avec Drogo mais, avant cela, il lui fallait trouver un prétexte pour s'absenter pendant l'après-midi. Elle se demandait comment aborder la question quand le duc tira sa montre de sa poche.

– Je pensais que nous pourrions aller aux

courses à Longchamp, dit-il. Je ne sais si cela vous intéressera ou si le bruit et la foule risquent de vous déplaire.

— J'aime beaucoup les courses, dit Cornélia, et je m'y rendrai avec plaisir une autre fois mais, aujourd'hui, j'ai un peu mal à la tête et je préférerais passer l'après-midi plus tranquillement.

— Que voulez-vous faire, dans ce cas?

Au ton de sa voix, elle devina qu'il était déçu : il avait certainement très envie d'aller à Longchamp.

— Je crois que je vais faire des visites à quelques-uns de ces couturiers célèbres dont on parle tant, dit-elle. De votre côté, allez donc aux courses, cela ne vous amuserait pas de venir avec moi et, du reste, si ma migraine persiste, je resterai peut-être tout simplement dans ma chambre.

— Etes-vous bien sûre de préférer cela? demanda le jeune homme d'un air soulagé.

— Tout à fait sûre.

— Très bien. Je vais commander une voiture pour 3 heures, voulez-vous? Je ne crois pas être de retour pour le thé mais nous dînerons à 8 heures, si cela vous convient. Les Parisiens aiment dîner tard, mais nous pouvons conserver nos horaires anglais, si vous n'y voyez pas d'inconvénient.

Cornélia savait fort bien pourquoi il voulait dîner de bonne heure et elle approuva la suggestion. Après le déjeuner, ils passèrent au salon.

— Il faut que je m'en aille maintenant, dit le duc, Longchamp est assez loin d'ici.

— J'espère que vous gagnerez, dit Cornélia poliment.

— Merci.

Hutton apporta au jeune homme son chapeau et ses jumelles, il partit et Cornélia se retrouva seule. Elle ne perdit pas une seconde, mit son chapeau, jeta un boa de plumes sur ses épaules et descendit rapidement. Elle décommanda la voiture retenue pour elle par son mari et en appela une autre pour se faire conduire chez Renée.

Elle était trop agitée la veille pour prêter grande attention au décor où vivait Mme de Valmé mais, à présent, en plein jour, elle put l'apprécier à sa valeur. La maison de l'avenue Gabriel avait appartenu à un riche aristocrate et, à sa mort, on l'avait divisée en trois appartements de sorte que Renée partageait sa demeure avec deux autres occupants. L'un d'eux était le fils du précédent propriétaire, un infirme grand amateur d'art; il avait aidé Renée à disposer ses trésors, les tableaux, les meubles magnifiques et les bibelots précieux hérités de son mari auxquels s'ajoutaient les objets découverts par elle-même plus tard. Chaque chose était une pièce de collection et l'appartement ressemblait à un musée.

Il y avait des fleurs partout, une profusion d'orchidées et des gerbes de tubéreuses dont le parfum capiteux remplissait l'atmosphère.

Renée était vêtue de noir comme la veille mais, cette fois, sa robe était en dentelle, ornée de petits nœuds de velours. Elle portait des bijoux splendides, trois rangs d'énormes perles autour du cou et, à ses oreilles, deux perles presque aussi grosses que des œufs de moineau, l'une noire et l'autre rose, seule note de couleur pour égayer la sévérité de sa toilette. L'ensemble était extraordinairement raffiné mais, quand Cornélia tenta timidement d'exprimer son admiration, Renée ne fit que sourire. Elle l'introduisit dans une autre pièce.

– Vous serez ici chez vous aussi longtemps que vous voudrez y venir, dit-elle.

La chambre était plus petite que celle de Renée mais presque aussi jolie. Des fleurs de lis dorées parsemaient les rideaux de satin orange, le lustre et les cadres des miroirs étaient en verre de Venise; un lit sculpté et doré se dressait dans une alcôve, recouvert d'une étoffe d'or enrichie de pierres de couleur.

Marie attendait là, prête à effectuer sur Cornélia la transformation de la veille. Elle avait apporté une robe d'après-midi en crêpe d'un bleu profond, simplement ornée de petits volants du même ton. La teinte était celle de la mer au soleil mais Cornélia éprouva une petite déception devant la simplicité de la forme. Cependant, quand elle se fut habillée, elle constata qu'elle lui allait aussi bien que la robe couleur de feu; elle révélait les courbes discrètes de son corps juvénile, rehaussait la merveilleuse blancheur de sa peau et rendait ses yeux énigmatiques.

Un chapeau assorti fut posé sur ses cheveux brossés, nattés et relevés comme la veille, lui donnant une distinction et une beauté nouvelles. René lui prêta des boucles d'oreilles et une broche de saphirs et de diamants.

Les joues de Cornélia furent avivées, mais moins que le soir précédent : ses lèvres seulement reprirent la couleur éclatante qui semblait inviter au baiser.

– Nous voici prêtes, dit Renée. Tenez-vous droite, chérie. Tout Paris parle de vous aujourd'hui. Rappelez-vous qu'une femme est une reine que doivent admirer et adorer ceux qui ont le privilège de l'apercevoir. La plupart des gens nous jugent sur notre attitude; si nous nous courbons avec humilité, nous recevons exactement ce que nous méritons : une indifférence dédaigneuse.

– Vous savez tant de choses! murmura Cornélia.

– J'ai appris ma leçon à rude école, répondit Renée, mais l'expérience, quelque pénible qu'elle soit à acquérir, est toujours précieuse. Un jour viendra où, loin de regretter tout ce que vous avez souffert, vous en serez reconnaissante au destin. Si cela ne vous donne rien d'autre, cela vous rendra au moins humaine.

Elles descendirent abritées sous de petites ombrelles en dentelle et mousseline. La voiture de Renée était ouverte, tendue de satin blanc. Les six poneys immaculés, parfaitement semblables, étaient harnachés d'or qui brillait au soleil. Le cocher et les deux valets de pied arboraient des livrées de daim blanc à boutons dorés.

– Nous commencerons par monter les Champs-Elysées, dit Renée. Je ne peux pas décevoir mon public.

Elle souriait. Elle avait abandonné le ton doctoral hérité, sans qu'elle en eût conscience, de celui qu'employait jadis pour elle son mari, et elle se mit à bavarder et à rire avec Cornélia comme deux pensionnaires du même âge.

Les promeneurs qui flânaient sous les marronniers des Champs-Elysées accoururent se ranger au bord du trottoir dès qu'ils distinguèrent de loin les poneys blancs et leurs pompons orange. Ils acclamèrent et saluèrent de la main les deux jolies femmes à leur passage. Cornélia trouvait l'épisode assez cocasse mais Renée semblait tout à fait sereine.

– Font-ils toujours cela? demanda Cornélia, tandis qu'un groupe de jeunes gens agitaient leurs chapeaux au-dessus de leurs têtes jusqu'à ce qu'elles fussent hors de vue.

– Toujours, répondit Renée avec satisfaction.

Je suis un des spectacles de Paris, personne ne vous l'a dit?

– Peter me l'a dit, mais je n'avais pas compris qu'il s'agissait de cela.

– C'est un plaisir encore plus grand aujourd'hui parce que j'ai auprès de moi une grande dame très distinguée, la duchesse de Roehampton.

– Seigneur! Je n'y pensais plus, s'exclama Cornélia. Et si quelqu'un me reconnaissait?

– Si cela se produisait, il y aurait un scandale épouvantable, dit Renée en riant, puisque ma liberté d'allure m'a mise au ban de la haute société, mais tout le blâme retomberait sur le duc. Ne vous inquiétez pas, mon petit, nul ne se doutera de rien. J'ai toujours aimé les jeux dangereux, et sans doute parce que je vous aime déjà beaucoup, ma chère Désirée, j'ai résolu de vous aider à conquérir votre mari. (Elle se mit à rire de nouveau.) Il saura qu'on nous a vues ensemble cet après-midi, reprit-elle, il y aura certainement quelqu'un pour le lui dire. Autrement, nous le lui dirons nous-mêmes et, pas un instant, il ne pensera que la promenade de Désirée Saint-Cloud sur les Champs-Elysées coïncide avec le moment où il croit sa femme chez les grands couturiers. Comprenez-vous? Cela le renforcera dans l'idée que nous n'avons rien de commun, vous et moi, avec le monde auquel il appartient et où il s'est marié.

Cornélia hocha la tête :

– Je comprends, mais cela me paraît très injuste. Vous êtes si bonne, tellement meilleure et plus intelligente que les femmes que j'ai connues à Cotilion. Pourquoi se croiraient-elles supérieures à vous? Pourquoi les approuve-t-on, avec toute leur futilité, leur frivolité, quand on vous critique?

– Ma chère enfant, c'est très bien ainsi. Je me suis condamnée à la sévérité générale en faisant fi des conventions et en choisissant l'indépendance, c'est parfait pour moi et j'en accepte les conséquences, mais n'oubliez pas que les lois sont faites pour la majorité. Pour la plupart des gens, le bonheur et la sécurité empruntent obligatoirement les sentiers de la tradition.

– Et pour vous?

– Moi? Je suis heureuse pour le moment, mais je suis sans illusions; un jour viendra où je connaîtrai la solitude et peut-être la souffrance. Pour sauvegarder ma chère liberté, je n'ai pas voulu me remarier et, quand je serai vieille, je n'aurai pas de mari pour me protéger de ceux qui m'envient et me jalousent. Peut-être conserverai-je quelques-uns de mes amis? C'est pourquoi ils me sont plus précieux que les plus beaux bijoux, et j'y tiens bien davantage.

– Quelle sage philosophe vous faites, dit Cornélia.

– A présent, répliqua Renée, oublions mon avenir et ne pensons qu'au vôtre. Nous voici arrivées.

M. Worth accueillit Renée avec des exclamations de joie. En gilet à fleurs, jaquette de velours violet et béret noir, il parut extravagant à Cornélia jusqu'au moment où il s'occupa de l'habiller, et elle comprit alors qu'il était aussi génial que l'affirmait sa réputation. Il aimait parer les jolies femmes et quand Renée lui annonça que Cornélia avait l'intention de commander un trousseau complet, il sautilla avec enthousiasme et commanda à grands cris des tissus et des ouvrières. Souriant, grondant, drapant les étoffes, il galvanisait tout le monde autour de lui.

Des robes de bal et de dîner furent apportées; il

conseillait celle-ci pour sa jupe, celle-là pour le corsage, cette autre pour les manches ou les broderies de sorte que, finalement, Cornélia se trouva en train de choisir non pas une mais deux douzaines de robes. Ensuite on passa aux toilettes du matin, de l'après-midi, pour les courses, pour le déjeuner, puis aux créations plus compliquées destinées aux occasions exceptionnelles.

— Ai-je vraiment besoin de tout cela? interrogeait Cornélia, effarée.

— De tout absolument, déclarait fermement Renée. Vous ne pouvez porter la même robe au même endroit plus d'une ou deux fois. D'ailleurs, quand vous retournerez en Angleterre, il est possible qu'elles puissent vous resservir.

Son regard croisa celui de Cornélia et la jeune femme comprit ce que son amie voulait lui faire entendre : le jour viendrait peut-être où Cornélia et Désirée seraient la même personne. Quand et comment cela se passerait-il, on ne pouvait le savoir mais il valait mieux être prête à cette éventualité.

L'après-midi passa rapidement, mais Renée veillait et Cornélia, changée, les yeux cachés par ses lunettes noires, reparut au Ritz vingt minutes avant le retour de Drogo. Elle feignait de lire un roman dans le salon quand il entra et le cœur de la jeune femme bondit à sa vue : il était si beau, si distingué, et il souriait. Avant qu'elle ait eu le temps de lui demander des nouvelles de sa journée, il la devança :

— J'ai gagné! annonça-t-il triomphalement. Les chevaux français ne se comparent pas avec les nôtres et il ne m'a pas été difficile de découvrir les meilleurs. J'ai joué le gagnant à chaque course sauf une, et là, j'avais joué le second.

– Bravo, dit Cornélia. Avez-vous récolté beaucoup d'argent?

– Une fort jolie somme, figurez-vous. Aussi me suis-je arrêté rue de la Paix en revenant et je vous ai acheté un présent.

Il tira un écrin de sa poche et le lui tendit. Cornélia l'ouvrit : il contenait un étroit bracelet d'or autour duquel courait une inscription en relief faite de petites turquoises.

– Souvenir de Paris, lut Cornélia tout haut.

Elle rougissait de plaisir, heureuse qu'il eût pensé à elle.

– Comme c'est joli, s'écria-t-elle.

– Ce n'est qu'une babiole, dit le duc. J'ai pensé que cela vous amuserait. Je dois dire que je n'ai rien vu chez Cartier qui soit aussi beau que nos bijoux de famille : je vous les montrerai quand nous reviendrons chez nous et vous les porterez quand vous voudrez; ma mère possède ses propres bijoux, elle trouve les diadèmes des Roehampton trop lourds.

Cornélia glissa le bracelet à son poignet.

– Merci, dit-elle. C'est gentil à vous d'avoir songé à me faire ce cadeau.

– Avez-vous pris votre thé? demanda le jeune homme. J'aimerais bien un whisky.

Cornélia n'avait pas pensé au thé pendant qu'elle se trouvait avec Renée qui, en bonne Française, ne s'en souciait pas. Il était trop tard pour en demander et quand le garçon eut apporté le whisky, elle vit qu'il lui restait une heure seulement avant le dîner et elle alla se changer dans sa chambre.

Il était inutile de dire à Violette quelle robe elle choisirait pour le repas parmi toutes celles qu'elle avait apportées de Londres : elle les trouvait toutes médiocres à présent, de forme, de ligne et de couleur. Elle se demanda soudain si sa tante Lily n'avait pas choisi soigneusement ce qui lui allait le plus mal.

— Vous viendrez avec moi ce soir, dit-elle à Violette tandis que celle-ci la coiffait à la manière habituelle. J'en ai parlé à Mme de Valmé et elle consent avec joie à ce que sa femme de chambre vous apprenne mon autre coiffure. Mais soyez très prudente : si vous sortez, Hutton peut se demander où vous allez.

— Je suis sortie avec lui, hier soir, Votre Grâce, répondit Violette. Il a été très gentil et m'a fait voir Paris éclairé et les cafés. Ce soir, je lui dirai que je suis fatiguée et que je désire me coucher tôt.

— Cela devrait écarter ses soupçons, approuva Cornélia. Quand Sa Grâce me demandera des nouvelles de ma migraine, ce qu'il a oublié de faire tout à l'heure, je lui dirai aussi que je veux dormir sans tarder. Il vient me chercher chez Mme de Valmé à 10 heures et demie et il faut que j'y sois bien avant, mais ce devrait être facile : le dîner était achevé peu après 9 heures hier.

— Est-il prudent pour nous de partir ensemble? demanda Violette.

Le visage de Cornélia se rembrunit.

— C'est un risque à courir dit-elle. En tout cas, Sa Grâce ne viendra pas dans ma chambre.

Ses lèvres se crispèrent au souvenir de la scène, le soir de son mariage. Jamais, depuis cet instant, le duc n'avait fait allusion à leur situation. Il évitait même de lui parler sur un ton d'intimité.

Peut-être avait-elle eu tort de lui crier qu'elle était au courant de son amour pour Lily? Peut-être aurait-elle dû attendre qu'il vienne à elle pour exercer ses droits d'époux? Mais non, elle n'aurait pu supporter cela, tout son être se révoltait à cette seule pensée. Elle ne pouvait se donner que dans l'amour, un amour réciproque et sacré.

Le dîner ressembla beaucoup à celui de la veille. Il y avait un orchestre, des gens, des plats délicieux. Ils parlèrent un peu des courses mais Cornélia devinait que son mari trouvait le temps long.

Plusieurs fois, il regarda sa montre et alla même jusqu'à la secouer comme s'il craignait qu'elle ne fût arrêtée. A 9 heures exactement, Cornélia se leva.

– Me pardonnez-vous si je vais me reposer maintenant? demanda-t-elle. Cette ennuyeuse migraine me tourmente encore. Si je dors assez longtemps, j'espère aller mieux demain.

– Oui, naturellement, il faut vous coucher tout de suite, dit le jeune homme avec sollicitude. Vous n'auriez pas dû descendre dîner si vous ne vous sentiez pas bien.

– Bah! Je ne suis pas si malade que cela, j'ai seulement mal à la tête. J'espère que votre nuit sera bonne, les courses ont dû vous fatiguer.

– Oui... certainement, acquiesça vaguement le duc.

Il la reconduisit jusqu'au salon, s'inclina en lui disant bonsoir et prit un journal comme s'il avait l'intention de lire. Cornélia referma la porte de sa chambre et attendit, l'oreille aux aguets.

Comme elle s'y attendait, après quelques secondes, le jeune homme se rendit sans bruit dans sa chambre : trois minutes plus tard, elle entendit son pas s'éloigner dans le couloir.

Violette était prête. Cornélia noua sur sa tête le

foulard que Renée lui avait donné la veille et jeta sa cape d'hermine sur ses épaules.

C'était l'instant dangereux. Si le duc était encore en bas dans le hall, il la verrait passer. Elle envoya Violette en reconnaissance. Il n'était pas là et bientôt, les deux femmes roulaient en voiture et quittaient la place Vendôme.

– Où peut être allé Sa Grâce? demanda Cornélia nerveusement.

– Oh! Il y a beaucoup d'endroits à Paris où les messieurs peuvent tuer le temps, répondit Violette. Hutton me parlait hier de tous les établissements où l'on boit du champagne, il y en a plusieurs près d'ici et il y a aussi des théâtres, comme l'Empire de Londres, où on a le droit d'aller et venir au promenoir.

– Pourvu que Sa Grâce ne vienne pas attendre chez Mme de Valmé, murmura la jeune femme avec anxiété.

Elle n'avait pas besoin de s'inquiéter. Renée et Peter l'attendaient seuls, en buvant leur café, dans le grand salon fleuri d'orchidées. Cornélia leur avoua ses craintes.

– Personne ne vient ici sans y être expressément invité, dit Renée paisiblement. Je n'aime pas que des visiteurs soient là quand je ne suis pas prête à les recevoir et le duc est trop bien élevé pour se montrer indiscret. Il arrivera à 10 heures et demie, pas avant ni après. Vous verrez que j'ai raison.

En effet, une seconde après la demie de 10 heures, Marie vint annoncer à Cornélia que le duc était là. Mais Renée avait défendu à la jeune femme de paraître au salon avant un certain temps.

– N'ayez pas l'air trop empressée, chérie, dit-elle. Les hommes ne désirent que ce qu'ils obtiennent difficilement. Vous avez accepté de souper avec Drogo, ne consentez à rien d'autre pour ce soir, et faites-le attendre au moins un quart d'heure. Du reste, j'ai à lui parler.

Force fut donc à Cornélia de marcher de long en large dans la chambre orange et or ou de se regarder dans la glace, admirant la nouvelle robe donnée par Renée. Elle était en satin bleu Nil près duquel ses cheveux paraissaient très noirs et ses yeux étranges et provocants.

Elle portait des bijoux orientaux, une cascade d'aigues-marines, de diamants et de rubis qui tombaient de ses petites oreilles presque jusqu'à ses épaules. Deux larges bracelets assortis ornaient ses bras et un gros cabochon de rubis entouré de diamants et d'aigues-marines alourdissait son petit doigt.

Une fois de plus, Cornélia avait retiré son alliance. Elle couvrit ses mains de longs gants assortis à sa robe. La veille, elle croyait la robe feu plus belle que tout ce qu'elle avait jamais vu jusque-là : ce soir, elle se demandait si la robe bleue n'était pas plus belle encore.

Son chapeau, cette fois, était tout petit, un nuage de plumes qui formait un halo derrière sa tête et attirait l'attention sur ses yeux émerveillés. Assombris par l'émotion et la joie, ils brillaient dans le mince ovale de son visage.

– Quelle heure est-il? demandait-elle à chaque instant.

– Presque 11 heures moins le quart. Encore quatre minutes, Votre Grâce, dit Violette.

Marie, qui avait donné à la jeune femme de chambre sa première leçon de coiffure, se mit à rire.

– Le temps se traîne, quand il ne galope pas pour les amoureux, dit-elle. Patience, mademoiselle, vous avez toute la vie devant vous.

– Oui, je sais que je suis impatiente, mais je suis sûre que la pendule retarde.

– Encore trois minutes, dit sévèrement Violette.

Cornélia reprit sa marche sur le tapis moelleux, accompagnée du bruissement soyeux de ses jupons.

Dans le salon, Renée s'entretenait avec le duc.

– Je n'aime pas beaucoup que vous emmeniez Désirée souper ce soir, avait-elle dit pour commencer.

– Pourquoi? Quel mal y a-t-il à cela?

– Elle est très jeune. Vous allez lui tourner la tête avec vos compliments et je vous ai déjà dit qu'elle n'est pas pour vous.

– Ai-je prétendu qu'elle pourrait l'être? demanda le jeune homme. J'invite une femme à souper et vous me prêtez immédiatement des intentions malhonnêtes.

– Mon cher Drogo, je vous connais depuis des années, riposta Renée. Vous êtes beaucoup trop séduisant pour rester en liberté dans le monde, vous êtes un danger public pour les pauvres femmes à la merci de votre charme. Désirée, ainsi que je vous l'ai dit, est amoureuse d'un homme qui la rendra très heureuse un jour. Je ne veux pas voir son avenir gâché par un monsieur qui s'ennuie.

– Qui vous a dit que je m'ennuyais?

Renée sourit.

– Avons-nous besoin de tant creuser la question? Je vous suggère seulement de chercher des distractions ailleurs.

– Et si je refuse?

– Je ne vous fais aucune menace.

– Non, mais vous êtes très sévère. N'est-ce

pas, Blythe? demanda le jeune homme, appelant Peter à son secours.

– Personnellement, je suis les conseils de Renée, déclara Peter. Elle finit toujours par obtenir gain de cause.

– Eh bien, cette fois, elle sera décue.

Drogo jeta un regard derrière lui pour voir si Cornélia n'était pas entrée dans la pièce et dit à mi-voix :

– Qui est-elle, Renée?

– Qui cela? Désirée? Je vous l'ai dit, c'est une amie.

– D'où vient-elle? Comment n'en ai-je pas entendu parler plus tôt? Une beauté pareille ne peut être à Paris depuis longtemps sans y avoir fait sensation.

– Vous ne vous trompez pas, elle vient seulement d'arriver, mais elle n'y restera pas longtemps et ce que je peux vous dire sur elle n'a aucun intérêt.

– Pourquoi? Où ira-t-elle?

– Oh! Drogo, que vous êtes devenu curieux! Et si je vous posais autant de questions, que diriez-vous? Par exemple, pourquoi êtes-vous ici ce soir?

Mais le jeune homme ne voulait pas se laisser entraîner dans une discussion oiseuse.

– Je ne vous permets pas d'être méchante avec moi ou de me faire peur, déclara-t-il avec ce sourire qui désarmait les cœurs les plus endurcis. Où est Désirée? Je veux l'emmener bien vite avant que vous ne lui empoisonniez l'esprit à mon sujet.

Renée n'insista pas. Elle savait qu'elle avait aiguisé sa curiosité et enflammé son intérêt. Lorsque Cornélia entra dans la pièce, la tête haute, ses boucles d'oreilles scintillant au-dessus de ses épaules nues, le duc s'élança vers elle avec une exclamation. Il porta sa main à ses lèvres et l'y garda un long moment.

– J'ai faim, dit-il, après un instant, et vous aussi, je suppose... Voulez-vous que nous partions?

– Où allons-nous souper? Chez Maxim's?

– Nous irons plus tard si vous voulez mais, avant cela, nous essaierons de trouver un endroit plus calme où nous pourrons causer tranquillement.

Renée haussa les sourcils à ces mots mais Cornélia sentit une vague de joie déferler sur son cœur. Il voulait causer avec elle. N'était-ce pas beaucoup plus sérieux que s'il avait seulement voulu flirter?

– Ce sera parfait, dit-elle.

Ses yeux et sa voix étaient pleins d'un bonheur éperdu.

11

– Je pensais que nous pourrions souper chez Larue, dit Drogo tandis qu'ils s'éloignaient dans une voiture fermée.

– Ce sera... comment dites-vous en français? « épatant », dit Cornélia avec un accent qui lui paraissait à elle-même assez charmant.

– Il est encore plus épatant pour moi d'être avec vous.

– Pourquoi?

Cornélia pensait embarrasser son compagnon mais il ne fit que sourire.

– Souhaitez-vous vraiment que je vous dise combien vous êtes délicieuse? demanda-t-il. Vous voir est suffisant pour faire battre le cœur de tout homme, mais en vous écoutant parler, on sait qu'il y a tellement plus en vous.

– Tellement plus que quoi?

Drogo se pencha un peu et elle put voir distinctement ses traits à la lueur des réverbères.

– Peut-être vous le dirai-je un jour, mais pas ce soir, répondit-il d'une voix basse qui serra étrangement la gorge de la jeune fille.

La voiture s'arrêta devant le restaurant Larue et Cornélia constata qu'en effet, l'endroit était beaucoup plus paisible que le joyeux Maxim's. De confortables canapés étaient placés dans des espèces de niches et on s'y sentait presque isolé, voyant et entendant ce qui se passait alentour sans être dérangé par les autres. La cuisine était admirable. Cornélia eut beau jurer qu'elle n'avait pas faim, le jeune homme s'obstina à choisir les mets les plus chers et les plus délicats conseillés par le maître d'hôtel. Le dîner commandé, il s'adossa à son siège et regarda Cornélia, assise auprès de lui, l'air modeste.

Elle espérait que sa physionomie ne trahirait pas son émotion : jouer avec le feu lui faisait un peu peur et c'était la première fois de sa vie qu'elle soupait, au restaurant, seule avec un homme.

Larue, remarqua-t-elle, était beaucoup plus correct que Maxim's sur bien des points : pourtant, elle devinait que le duc n'avait pas envie de rencontrer des amis alors qu'il se trouvait, ainsi que Peter l'aurait exprimé, en galante compagnie.

– Je n'ai pas cessé de penser à vous aujourd'hui, lui dit le jeune homme, si soudainement qu'elle tressaillit (elle avait à demi oublié sa personnalité supposée).

– Mais, monsieur, vous n'imaginez pas que je

vais croire cela? protesta-t-elle avec une coquetterie instinctive.

– C'est vrai, pourtant. Je suis allé aux courses à Longchamp et, voyant qu'un cheval s'appelait « Mon Désir », j'ai parié sur lui à cause de vous. Naturellement, il a gagné.

– Quelle chance! Avez-vous gagné beaucoup d'argent?

– Beaucoup plus que je ne m'y attendais. Aussi vous ai-je choisi un petit souvenir.

Il lui tendit un écrin de cuir rose. Cornélia le prit et, presque automatiquement, ses doigts touchèrent le ressort : le couvercle se souleva. Elle poussa un petit cri d'étonnement car, sur un lit de velours noir, reposait un des plus magnifiques bracelets de diamants qu'elle eût jamais admiré.

Pendant un moment, elle le contempla et puis, devant ses yeux, passa le petit bracelet qu'il lui avait donné quelques heures plus tôt, cette amusante fantaisie, ce modeste souvenir de Paris, alors que ces diamants valaient certainement une fortune.

Le bracelet brillait aux lumières du restaurant et Cornélia le fixait, ne sachant trop ce qu'elle ressentait à la minute présente. Brusquement, ce qu'impliquait un tel cadeau lui apparut : elle était ignorante des usages, inexpérimentée, cependant, les quelques secondes passées derrière la porte du boudoir de sa tante, cet instant qui lui avait dévoilé le mensonge et la traîtrise des hommes, avait éveillé en elle la conscience de bien des choses dont elle ne se doutait pas jusque-là.

D'un geste vif, elle referma l'écrin et le rendit à Drogo.

– Je ne suis pas à vendre, monsieur, dit-elle d'un ton si glacial qu'il sursauta.

Elle le regardait en face : des étincelles semblaient jaillir de ses yeux; très jeune et très en colère, elle était beaucoup plus belle encore. Elle se leva d'un mouvement vif, mais avant qu'elle eût pu faire un pas, le duc lui saisit la main.

– Ne vous en allez pas, supplia-t-il. Je vous en prie, pardonnez-moi. Je ne voulais pas vous offenser, je vous le jure. Restez et laissez-moi m'expliquer. Je vous demande pardon. Je ferais n'importe quoi plutôt que de vous laisser partir.

Le contact de ses doigts sur sa main, sur son bras, était pour Cornélia un meilleur argument encore que ses paroles; elle se sentit faiblir. Sa colère s'éteignit aussi vite qu'elle s'était allumée. Il la priait, la suppliait. Elle aurait voulu fermer les yeux et savourer les sensations tumultueuses que cette attitude éveillait en elle.

Avec un suprême effort de volonté, elle se força à paraître extrêmement hésitante et ce fut seulement en s'apercevant qu'on les regardait qu'elle consentit à se rasseoir et à écouter les protestations et les excuses de son compagnon avec une froideur qui ne prêtait à aucune équivoque.

– Je ne souhaitais que vous faire plaisir, répéta-t-il. C'est grâce à vous que j'ai gagné tant d'argent et, dans un sens, ce gain vous appartient plus qu'à moi. Pardonnez-moi.

Mais Cornélia détournait la tête. Avec désespoir, il prit ses mains et les porta à ses lèvres.

– Pardonnez-moi, Désirée, dit-il encore. Ne soyez pas fâchée contre moi, je ne peux pas le supporter.

Un petit frisson voluptueux passa le long du dos de Cornélia : ce n'était pas par simple politesse qu'il lui baisait les mains, il les embrassait avec chaleur, avec insistance, avec passion. Un instant, elle s'abandonna au frisson merveilleux, puis elle retira ses mains.

– Je veux bien vous pardonner, dit-elle sévèrement, mais promettez-moi de vous conduire différemment à l'avenir.

– De quelle façon? demanda le jeune homme. Vous savez que je m'engagerai à n'importe quoi pourvu que vous ne me quittiez pas.

– D'abord, ne me touchez pas.

– Et ensuite?

– Ensuite... il ne faut pas que vous flirtiez avec moi.

– Je ne veux pas flirter avec vous, dit le duc, je veux vous témoigner mon amour.

– Eh bien, ne faites pas cela non plus.

Cornélia savait que s'il lui parlait d'amour, elle ne pourrait jamais feindre l'indifférence. Ce qu'elle avait ressenti lorsqu'il lui baisait les mains était un avertissement.

– Comment puis-je m'en empêcher? demanda Drogo. Vous êtes si adorable, petite Désirée. Vous m'attirez plus que je n'ose me l'avouer.

– Ecoutez, monsieur, je viens de vous défendre de me parler ainsi, dit Cornélia sévèrement.

– Pourquoi? demanda-t-il brusquement. (Et sur un ton auquel elle ne s'attendait pas, il continua :) Quel est l'homme qui nous sépare? Quand je l'ai priée de me présenter à vous, Renée m'a répondu que vous n'étiez pas pour moi : j'en conclus que vous vous gardez pour un autre. Qui est-ce?

– Je ne peux pas vous le dire.

– Le diable soit de cet homme, gronda le duc. L'aimez-vous? (La jeune fille fit un signe affirmatif.) Le connaissez-vous depuis longtemps?

– Pas très, non.

– Est-il... Seigneur! Comment puis-je vous poser une telle question? Est-il déjà...

– Non! Qu'allez-vous penser là?

Cornélia avait répondu presque malgré elle. En voyant la lueur soudaine qui s'allumait dans les yeux de son compagnon, son expression de triomphe, elle pensa qu'elle aurait mieux fait de lui refuser le renseignement.

– Je le savais! s'exclama le jeune homme. J'en étais certain, même si les apparences démentaient mon intuition.

– Je ne crois pas que je comprenne ce que vous voulez dire, murmura Cornélia.

– Je crois que vous comprenez très bien, au contraire. Vous êtes une amie de Renée de Valmé, vous êtes merveilleusement habillée, vous êtes fardée et pourtant... vous êtes très innocente; il y a en vous une pureté que je n'ai jamais vue en aucune femme jusqu'ici. Pourquoi alors tous ces détails étranges? Après tout, ils n'ont aucune importance. Vous êtes vous-même et c'est l'essentiel.

Une fois encore Cornélia parvint à libérer ses mains.

– Je vous en prie, monsieur, tenez-vous bien, dit-elle. On nous regarde.

– Croyez-vous que je m'en soucie? s'écria le jeune homme. Du reste, que pourrait-on dire? Que nous sommes jeunes, heureux et que nous nous aimons.

– Ce n'est pas vrai, dit Cornélia vivement.

A sa surprise, le duc ne répondit pas tout de suite et quand il le fit, sa voix était basse et sérieuse :

– Quelqu'un, l'autre jour, m'a parlé du coup de foudre. J'ai répondu que c'était là une chose peu courante qui arrivait très rarement et à des êtres exceptionnels. Je me trompais... ou bien j'avais raison : vous et moi sommes des êtres exceptionnels.

– Qu'appelez-vous amour, monsieur? demanda Cornélia. L'amour ne consiste pas à courir après la première femme venue parce qu'elle a une jolie figure.

– Et vous, chérie, que savez-vous de l'amour? rétorqua-t-il. Vous êtes trop jeune, trop innocente et beaucoup trop inexpérimentée pour savoir qu'un homme est capable de chercher l'amour de bien des côtés différents et d'être toujours déçu. Je reconnais avec vous que l'amour n'est pas seulement un penchant pour un joli visage : toujours après le premier instant de désir superficiel, on cherche quelque chose de plus profond, de plus mystérieux que ce qui apparaît à la surface et, d'ordinaire, quand un homme prononce les phrases qu'une femme attend de lui, il sait déjà dans son cœur qu'il se trouve en face d'un nouveau mirage, d'une nouvelle chimère et qu'il n'a pas encore découvert l'amour vrai.

Cornélia le regardait avec perplexité. Elle ne l'avait jamais entendu parler ainsi, n'aurait jamais cru que sa voix pût être aussi nostalgique. Elle détourna la tête, elle avait peur. Elle savait que, malgré sa volonté de lui donner le change, elle était faible devant lui qui jouait de ses sentiments comme un virtuose joue d'un instrument. Un irrésistible élan la poussait vers lui, elle ne pouvait s'empêcher de vibrer, de palpiter d'émotion. Pourtant, elle parvint à dire froidement :

– Ces histoires de coup de foudre me laissent très sceptique, j'en ai peur.

– Puis-je vous raconter ce qui m'est arrivé hier soir, quand je vous ai aperçue chez Maxim's? demanda Drogo.

– Si vous voulez, répondit-elle avec indifférence.

– J'étais venu là dans l'espoir de me distraire, commença-t-il. J'étais d'une humeur exécrable; certains événements survenus ces jours derniers et dont je ne vous infligerai pas le récit auraient amplement suffi à rendre n'importe qui malheureux et anxieux de l'avenir. Je voulais oublier mes soucis, je voulais qu'on s'occupe de moi, je voulais rire, et je devinais que je n'y parviendrais pas. (Il but une gorgée de vin et poursuivit :) J'ai bu pas mal de champagne et, comme il arrive quand on est déprimé, au lieu de m'égayer, l'alcool me rendait de plus en plus sombre, je voyais tout sous les plus noires couleurs. Les femmes qui m'auraient intéressé il y a six mois me semblaient assommantes et antipathiques. J'en ai invité trois à boire avec moi, plus pour oublier que pour profiter de leur compagnie.

Cornélia essayait de cacher sa joie : elle avait eu si peur de ces jolies personnes, surtout de celle qui avait les cheveux blonds et les yeux bleus de Lily.

– Enfin, j'ai vu arriver Renée de Valmé, reprit le jeune homme. Cela m'a fait plaisir car je la connais de longue date et elle a beau être excentrique, avoir ce qu'on appelle « mauvais genre », on peut lui parler comme à une amie très intelligente et compréhensive. Je me suis dit : « Voilà Renée, quelle chance » Et puis je vous ai vue. (Il s'interrompit un instant, le regard perdu, puis continua :) Je ne puis vous expliquer ce qui s'est passé en moi, c'était comme si quelque chose se déclenchait dans mon cerveau et me disait : « C'est elle, celle que tu as cherchée toute ta vie. » Et aussitôt, je me suis senti insouciant et gai, plein de joie. J'ai commencé par croire que le champagne n'y était pas étranger, qu'il agissait enfin, et je me suis mis à danser pour pouvoir vous regarder de plus près. Après vous avoir vue, je me suis demandé pourquoi je perdais mon temps et je suis allé vers vous. Je ne peux pas vous expliquer mieux ce qui s'est passé en moi, Désirée, je savais seulement que je voulais être près de vous, je voulais vous parler, m'asseoir à côté de vous. Et, à la fin de la soirée, je voulais bien davantage.

— Et vous avez cru pouvoir m'acheter?

— Non, c'est faux, protesta le jeune homme. Croyez-moi, je vous en prie. Ce bracelet était un hommage jailli du plus profond de mon cœur.

— Un hommage que vous n'oseriez pas offrir à une femme de votre monde.

Drogo fronça les sourcils, comme si elle avait commis une faute de goût.

— Non, vous avez raison, admit-il à regret. Du reste je ne pourrais pas être seul ici avec une femme de mon monde comme vous dites.

Cornélia rougit.

— En effet, dit-elle avec raideur.

— Mais quelle importance cela a-t-il? demanda le jeune homme, en se penchant de nouveau de sorte que ses lèvres étaient très très près de l'épaule nue.

— Cela a beaucoup d'importance, dit Cornélia. Vous vivez dans un monde et moi dans un autre, et Renée vous a dit que je suis amoureuse.

— Pourquoi me rappelez-vous cela? cria Drogo avec colère. Vous savez que la seule pensée de cet homme me fait horreur. Cela me torture de vous en entendre parler. Va-t-il vous épouser?

— Avez-vous le droit de me demander cela? remarqua la jeune femme. Je ne vous pose aucune question sur votre vie privée.

— Désirée, gémit le duc, que nous arrive-t-il? Voici que nous nous disputons. Je sais bien que je n'ai pas le droit de vous interroger, mais je voudrais tant de choses que je ne peux même pas vous dire. Je veux m'occuper de vous, je veux vous protéger. Dieu sait tout ce que je veux.

– Tout cela est absurde, dit Cornélia paisiblement. Après tout, vous ne savez rien de moi.

– Excepté que je vous aime.

Elle sentit son cœur bondir dans sa poitrine au ton de sa voix. Ainsi c'était vrai, il était tombé amoureux d'elle, tout comme elle de lui, au premier instant où elle l'avait vraiment vu. Mais elle avait acquis la prudence du blessé qui redoute le retour de la douleur trop connue : cramponnée à sa volonté, elle déclara négligemment :

– Je serais désolée si je pouvais croire que vous dites la vérité.

– Je dis la vérité.

– En ce cas, ce que nous avons de mieux à faire est de nous dire adieu ce soir et de ne jamais nous revoir.

– Mais pourquoi? Comment pouvez-vous suggérer une chose pareille? demanda le jeune homme.

– Parce que je ne veux pas que vous soyez malheureux par ma faute, dit Cornélia sérieusement, et que l'amour du duc de Roehampton pour Désirée Saint-Cloud ne pourrait que finir très mal, vous le savez aussi bien que moi.

– Mais ne comprenez-vous pas qu'il m'est impossible de vous laisser partir? Jamais rien de semblable ne m'est arrivé encore. J'ai aimé d'autres femmes, oui, j'ai cru les aimer, je n'essaie pas de vous faire croire qu'il n'y a jamais eu de femmes dans ma vie, mais elles m'ont toujours déçu. Je ne sais pas pourquoi mais, dès que je les connais bien, c'est toujours la même chose. Je me crois amoureux, et au fond de moi, dès la première seconde, je sais parfaitement que c'est une illusion. (Il se tut un instant. Son visage était triste.) J'en était venu à croire que l'amour, c'était cela, et qu'il fallait en prendre son parti. Je vais être très franc avec vous, Désirée : récemment, j'ai demandé à une femme mariée de partir avec moi. Je croyais que si je réussissais à posséder sa beauté pour moi seul, je serais heureux. Je l'ai priée, je l'ai suppliée, et tout le temps, une partie de mon cerveau savait que je ne faisais que me conduire comme un imbécile. Je vous l'affirme, Désirée, pour la première fois de ma vie depuis que je vous ai vue, cette faculté critique de mon esprit ne fonctionne pas.

– C'est parce que nous ne nous connaissons pas suffisamment, monsieur, répliqua Cornélia légèrement. Je suis une nouveauté pour vous, un mystère : ne sachant rien de moi, vous imaginez toutes sortes de choses qui n'existent peut-être pas. Si nous nous rencontrions davantage, vous auriez tôt fait de constater que je suis semblable aux autres; je vous ennuierais et bientôt vous retourneriez chez Maxim's à la découverte d'une autre aventure.

Le poing du jeune homme tomba sur la table avec tant de force que les verres et les assiettes tremblèrent.

– Ce n'est pas vrai, gronda-t-il. L'amour que je vous porte est différent et c'est pour cela que vous ne pouvez m'échapper. Vous ne m'échapperez pas. J'ai tant besoin de vous, Désirée.

– Vous venez trop tard. J'aime ailleurs.

Les lèvres de Drogo se crispèrent, puis soudain s'entrouvrirent en un sourire irrésistible.

– Ecoutez-moi, dit-il, je ne vous tourmenterai pas, je m'y engage sur l'honneur. C'est une promesse mais c'est aussi un défi, car je veux que vous m'aimiez. Vous me résisterez autant que vous voudrez mais, à la fin, vous serez obligée de vous incliner, je vous aurai conquise.

– Et ensuite? demanda-t-elle froidement.

Il la regarda au fond des yeux.

– Quand vous m'aimerez comme je vous aime, dit-il, je répondrai à cette question.

Elle baissa la tête. Elle sentait qu'il observait ses cils sombres qui effleuraient ses joues, puis sa bouche, et elle frissonna. Il lui semblait être emportée par une vague puissante et elle était sans défense.

Et, parce que son cœur chantait, parce qu'une joie montait en elle, contre laquelle elle ne pouvait rien, elle l'écouta parler de sa tendresse éblouie et les heures de la nuit passèrent comme un rêve.

A partir de ce soir-là s'ouvrit pour Cornélia une ère enchantée. Elle y croyait difficilement pendant la journée, lorsque, vêtue de ses robes anglaises, coiffée selon les conseils de M. Henri, ses lunettes noires dissimulant ses yeux, elle parcourait Paris au côté du duc de Roehampton, son mari.

Ils visitaient les monuments, les musées, ils allaient aux courses, ils parcouraient le Bois en voiture; ils tuaient péniblement les mornes heures qui les séparaient du moment où, le soir, Drogo retrouvait Désirée.

Bien souvent, Cornélia avait envie de rire en voyant le jeune homme regarder discrètement sa montre ou étouffer un bâillement. Elle aussi trouvait les heures interminables et elle aussi bâillait, non seulement parce qu'elle s'ennuyait mais parce qu'elle était épuisée à force de se coucher chaque jour bien après l'aube.

Ah! s'il savait la vérité! songeait-elle en le

voyant lorgner la foule, aux courses, à l'aide de ses jumelles, ou paraître soudain tout agité sur les Champs-Elysées parce qu'il apercevait de loin les poneys blancs de Renée.

– J'ai toujours l'espoir de vous rencontrer, dit-il un jour à Désirée.

Elle savait que c'était vrai. Amoureux, il cherchait partout le visage aimé, comme elle le regardait et l'attendait à Londres, quand tout était dépourvu d'intérêt pour elle, s'il ne se trouvait pas là.

Il ne parlait pas de quitter Paris pour un autre point de la France et Cornélia savait fort bien qu'il était impossible pour lui d'aller ailleurs. Il aimait comme il n'avait jamais cru qu'il fût possible d'aimer, qu'il s'agît d'elle ou de n'importe quelle femme. Il ne pouvait plus se passer d'elle.

Pour elle, d'ailleurs, l'amour qu'elle éprouvait avant leur mariage ressemblait à un insignifiant engouement de petite fille auprès de ce qu'elle ressentait maintenant. L'air même lui paraissait vibrant quand elle était près de lui et ce n'était qu'en le tenant résolument à distance qu'elle réussissait à garder le contrôle de leurs relations. Elle savait qu'elle jouait avec le feu.

Elle était assez sage pour comprendre qu'elle ne parviendrait pas à lui résister s'ils demeuraient trop longtemps et trop souvent en tête à tête. Il lui faisait penser à un cheval sauvage dont on peut contenir l'exubérance à condition de ne pas dépasser les limites de résistance. Renée avait consenti volontiers à les accompagner avec Peter dans bon nombre de leurs sorties nocturnes, que ce fût chez Maxim's, chez Voisin, Larue, dans les restaurants du Bois et des Champs-Elysées ou dans les cafés et les cabarets de Montmartre.

Sans que Cornélia s'en rendît compte, sa visible

innocence était pour elle la meilleure des sauvegardes. Malgré sa passion, Drogo avait trop d'expérience et il l'aimait trop pour risquer de l'effrayer ou de la choquer. Il s'était juré d'éveiller son amour et savait qu'il assurerait son propre échec s'il ne la courtisait pas avec une subtilité et une douceur qui, en elles-mêmes, étaient désarmantes.

Parfois Cornélia se sentait vaciller.

– Ne vous asseyez pas aussi près de moi, lui ordonna-t-il un soir, comme ils rentraient avenue Gabriel, revenant d'un restaurant aux environs de Paris.

La soirée avait été exquise, sous un ciel semé d'étoiles, avec des violons qui jouaient pendant le souper. Ils étaient restés là bien après le départ des autres clients, parlant de toutes sortes de choses jusqu'à ce que leurs voix s'éteignent dans le silence et qu'ils n'osent plus se regarder.

– Pourquoi? demanda Cornélia, se faisant toute petite dans l'angle de la voiture.

– Parce que je vous aime trop, dit-il avec une sorte de fureur, parce que je voudrais noyer mon visage dans vos cheveux, parce que je veux vous prendre dans mes bras, embrasser vos lèvres jusqu'à ce que vous demandiez grâce et vous obliger de m'embrasser à votre tour.

Tout à coup, la jeune femme eut du mal à respirer. La passion de la voix la bouleversait et la faisait trembler. Elle crispa ses doigts pour essayer de mater la violence de ses sentiments.

– Je vous aime, Désirée, cria le duc. Avez-vous un cœur de pierre pour me résister aussi longtemps? Quel est-il donc, cet homme qui vous enchaîne si fort que vous lui restiez fidèle après toutes ces heures passées avec moi? Est-ce un dieu pour que vous l'aimiez à ce point? Que peut-il vous donner que je ne vous offre? Vous possédez non cœur et mon âme.

Cornélia enfonça ses ongles dans ses paumes. C'était un supplice de ne pouvoir lui tendre les bras, de ne pas répondre à l'ardeur vibrante de sa voix, de ne pas lui crier qu'elle l'aimait comme il l'aimait.

Soudain, il prit le cornet acoustique qui permettait de parler au cocher et ordonna à celui-ci de s'arrêter.

— Que se passe-t-il? demanda la jeune femme anxieuse.

— Ma chérie, je vais vous laisser, dit-il. Je vais m'asseoir sur le siège et prendre un peu l'air. Je vous aime trop pour rester à côté de vous une minute de plus : si je restais, je risquerais de vous scandaliser et de vous faire peur et je ne me le pardonnerais jamais. Vous ne comprenez pas, petite fille adorée, que vous jouez avec le feu, vous ne savez pas ce que souffre un homme quand il aime comme je vous aime. Laissez-moi vous quitter ce soir, Désirée, sinon, demain peut-être ne voudriez-vous plus me revoir.

Et Cornélia demeura seule dans la voiture pendant le reste du long trajet tandis que le duc de Roehampton était perché sur le siège à côté du cocher.

Oui, il l'aimait vraiment maintenant, elle en était sûre, mais il l'aimait à sa manière. Il était blessé, intrigué par l'apparente indifférence d'une jeune fille, mais il ne souffrait pas encore ce qu'elle avait souffert en apprenant sa traîtrise. Être séparé d'elle le tourmentait sans doute mais il ne connaissait pas le supplice intolérable de la désillusion.

D'une chose, cependant, Cornélia était certaine : il avait complètement oublié son amour pour Lily Bedlington. Il arrivait fréquemment des lettres de sa tante, adressées à la jeune femme, bien plus certes que si Lily n'avait pas su qu'elles seraient aussitôt rapportées à Drogo. Lorsque Cornélia les lisait effectivement tout haut, une expression d'indifférence et d'ennui naissait sur le visage du jeune homme et, souvent, elle était sûre qu'il n'écoutait même pas les nouvelles de ses amis et le récit de leurs faits et gestes.

A l'heure présente, le petit cercle qui fréquentait Cotilion chassait le *grouse*(1) en Ecosse, allant de château en château.

– Allons-nous les rejoindre? demanda malicieusement Cornélia, après avoir lu une longue lettre de Lily sur l'opulence des tableaux de chasse et son regret que le duc ne prît point part à leurs plaisirs.

– Non, pas cette année, répondit le jeune homme. Nous reviendrons à temps pour les perdreaux et, ensuite, le roi doit venir passer quelques jours pour tirer des faisans.

Il lui tournait à demi le dos et regardait par la fenêtre le jardin du Ritz. Le cœur de Cornélia se serra; ainsi il avait déjà fait tous ses projets, il était prêt à retourner au monde frivole auquel il appartenait malgré ses protestations d'amour, malgré ses serments à Désirée. Tout le bonheur précaire de ces dernières semaines n'était, après tout, que le pâle reflet de ce qu'il voulait singer.

Drogo n'aimait pas réellement. Meurtrie, elle réussit sans peine, ce soir-là, à demeurer froide et insensible aux paroles enflammées de son compagnon. Et Cornélia, le lendemain, s'amusa cruellement à déranger ses plans et à rendre impossible son rendez-vous avec Désirée.

(1) Coq de bruyère. *N.d.T.*

– Si nous allions à l'Opéra, ce soir? dit-elle, sachant fort bien qu'il comptait les heures jusqu'à son départ pour l'avenue Gabriel.

– Je ne crois pas que nous trouvions des places en nous y prenant ainsi au dernier moment, répondit le jeune homme.

– Je vais envoyer Violette demander au portier s'il peut nous retenir une loge.

La loge retenue, Cornélia obligea son mari à écouter *Carmen* pendant trois heures, puis à l'emmener souper dans un morne et respectable restaurant. Violette avait couru chez Renée avec un message.

« *Je vais le garder dehors aussi tard que je pourrai,* écrivait Cornélia. *S'il vient tout de même, dites-lui que Désirée est allée souper avec quelqu'un d'autre et que vous ignorez où ils sont allés.* »

Le lendemain soir, elle était prête à recevoir le jeune homme avec la froideur glaciale d'une femme qui se croit négligée. Une immense corbeille de fleurs était arrivée dans la journée avec une lettre d'excuses et d'amour. Cornélia eut le souffle coupé en la lisant et elle la serra contre son cœur.

« Il m'aime, se dit-elle, il m'aime en dépit de tout. Mais il est comme un enfant auquel on a toujours tout cédé, il est gâté et sans cœur. »

Malgré cela, elle posa ses lèvres sur la feuille : elle savait qu'il valait mieux la détruire mais elle n'en eut pas le courage.

Elle revêtait ce soir-là une robe nouvelle, en voile vert, qui faisait ressortir la teinte de ses yeux et lui donnait l'aspect d'une nymphe sauvage et ravissante, mais dont la perfection raffinée ne pouvait s'imaginer qu'à Paris. Renée lui prêta un collier et des boucles d'oreilles d'émeraudes et, pour agacer le duc, elle glissa un gros solitaire à son annulaire gauche. Il le remarqua dès l'entrée de la jeune fille dans le salon où il l'attendait.

– Pourquoi portez-vous cette bague? demanda-t-il avec une colère jalouse. Qui vous l'a donnée?

– Des questions, toujours des questions! répliqua-t-elle. Et vous ne m'avez même pas dit bonsoir.

– Est-ce lui qui vous l'a donnée?

– Qui cela, lui?

– Vous savez très bien de qui je parle, riposta-t-il brutalement. Comment pouvez-vous vous jouer de moi ainsi? Vous savez très bien que cela me rend fou qu'un autre homme ait le droit de vous offrir des bijoux quand vous ne les acceptez pas de moi, pas plus que mon amour. Un jour, je vous tuerai! De cette façon, personne ne vous arrachera à moi.

– Et cela vous rendrait très heureux?

– Croyez-vous que je sois heureux de vous imaginer dans d'autres bras que les miens?

– Alors pourquoi l'imaginez-vous? demanda Cornélia paisiblement.

– Avec qui étiez-vous hier soir?

– Cela me regarde. Vous savez, je pense, qu'il est très discourtois de décommander une invitation au dernier moment? Quand votre message est arrivé du Ritz, disant que vous ne pouviez pas venir, je n'avais fait aucun projet si ce n'est celui de passer la soirée avec vous.

– Je sais, je sais, gémit Drogo, mais j'ai été obligé d'aller à l'Opéra. Je vous jure que je ne pouvais pas m'en dispenser. J'étais malade d'avoir à rester là sachant que nous aurions dû être ensemble.

Cornélia haussa les épaules, imitant à la perfection un geste familier de Renée.

– Cela ne fait rien, dit-elle. Quelqu'un est arrivé inopinément et j'ai passé une soirée charmante.

Sa voix avait pris une inflexion rêveuse et douce, comme si elle se remémorait bien autre chose qu'un simple amusement, mais elle vit se décomposer le visage du jeune homme et elle comprit qu'elle était allée trop loin. Il mit ses mains sur ses épaules et l'obligea à lui faire face.

– Cet homme, quel qu'il soit, vous a-t-il embrassée? demanda-t-il, les dents serrées. S'il l'a fait, je vous tuerai!

Cornélia se raidit; leurs regards se croisèrent et elle vit la fureur s'effacer des traits de Drogo. Il la prit dans ses bras et l'embrassa sur les lèvres, d'abord brutalement, puis passionnément. Une flamme les embrasa l'un et l'autre qui domina tout.

Cornélia tremblait, submergée par une extase dont elle ne soupçonnait pas l'existence, la pièce tournait autour d'elle. Avec un petit cri, elle fit un effort désespéré, parvint à s'arracher aux bras qui l'emprisonnaient et s'enfuit.

Dans sa chambre, elle resta immobile, son visage brûlant dans ses mains, essayant de maîtriser ses sens affolés, son cœur palpitant. Elle se regarda dans la glace : ses lèvres entrouvertes, ses narines frémissantes, ses paupières langoureuses sur ses yeux assombris et dilatés par l'émotion l'effrayèrent. De nouveau, elle cacha son visage dans ses mains. Comment lui résister plus longtemps?

Après un certain temps, le valet de chambre de Renée lui apporta un papier sur un plateau d'argent.

« *Pour l'amour de Dieu, pardonnez-moi,* lut Cornélia. *J'ai perdu la tête, autrement je n'aurais jamais manqué à la promesse que je vous ai faite de ne pas vous embrasser sans que vous m'y autorisiez. Si je vous ai mécontentée, j'en suis désolé, désespéré! Je vous en supplie, revenez et allons souper ensemble. Si vous refusez de me voir maintenant, je crois que je vais perdre la raison. J'ai été privé de vous si longtemps que je ne peux plus le supporter.* »

Cornélia lut le message deux fois puis, avec un grand effort pour affermir sa voix, elle répondit au domestique qui attendait :

– Prévenez Sa Grâce que je le rejoindrai dans dix minutes.

Résolument, elle s'obligea à s'asseoir devant la coiffeuse, à se repoudrer, à remettre du rouge à ses lèvres, puis elle attendit que les dix minutes fussent écoulées. Alors, elle retourna au salon, entra d'un pas tranquille. Le duc était debout devant la cheminée, une main posée sur le marbre; il ne s'approcha pas d'elle et elle fut frappée par l'expression d'intense tristesse répandue sur ses traits.

12

– Votre mère m'écrit qu'elle prend ses dispositions pour notre retour, samedi, dit Cornélia en levant les yeux sur Drogo qui lisait son courrier avant le déjeuner.

– J'ai également une lettre d'elle. Elle dit qu'on décore l'avenue de Cotilion : cela me paraît bien inutile.

– On dirait que tout le monde est heureux de nous voir revenir, observa la jeune femme en souriant.

Le duc jeta ses lettres sur la table avec humeur, se leva et se mit à marcher de long en large.

– Si nous devons arriver samedi, il nous faut partir vendredi après-midi, grommela-t-il. Je suppose que nous sommes absolument obligés de rentrer en Angleterre? C'était agréable ici.

– La chasse aux perdreaux commence lundi, répondit Cornélia. Vous aurez sûrement de nombreux invités.

– Oui, c'est vrai, j'avais oublié cela.

– Votre mère a l'air d'avoir pensé à tout : je n'aurai rien à faire en arrivant, sinon m'amuser.

Elle songeait à la terreur qu'elle aurait éprouvée, un mois plus tôt, à la seule idée de recevoir à Cotilion, de revoir les gens brillants, joyeux, qui l'avaient tant effrayée et horrifiée quand elle avait fait leur connaissance. Maintenant elle se sentait différente, si différente qu'elle se demandait souvent comment Drogo ne s'apercevait pas de la transformation. Où était la jeune fille révoltée, désespérée qu'il avait amenée avec lui à Paris? Mais l'amour est aveugle comme chacun sait et le duc n'avait d'yeux que pour Désirée.

Elle le connaissait si bien maintenant qu'elle devinait ses pensées, même quand elles s'adressaient à cette autre elle-même; elle les devinait à son regard assombri, préoccupé, à la manière dont ses doigts se crispaient parfois, par l'animation à peine dissimulée de ses yeux lorsque approchait l'instant qui lui permettrait de quitter sa terne épouse et de courir chez Renée de Valmé.

Cornélia posa la lettre d'Emilie sur la table et décacheta une autre enveloppe.

– Voici une longue lettre de tante Lily, dit-elle tout haut après l'avoir lue. Voulez-vous la lire?

– Non, merci.

La voix reflétait une totale indifférence. Le nom de Lily n'avait plus aucune signification pour Drogo.

Cornélia sourit et se tut. Après un moment, le jeune homme lui parla :

– Me pardonnerez-vous si je ne peux pas dîner avec vous ce soir? dit-il. J'ai à voir des amis... pour affaires.

Cornélia faillit éclater de rire. Elle attendait cette requête : la veille, Renée les avait tous deux invités à dîner de la part d'un de ses amis arrivé à Paris ce jour-là et qui désirait faire leur connaissance.

– Le grand-duc Ivan vous plaira certainement, avait-elle dit. Il est très original mais très charmant. D'ordinaire, quand il arrive, il tient à dîner en tête à tête avec moi : il vous fait une grande faveur en désirant votre présence.

– J'ai très envie de connaîre un grand-duc, dit Cornélia. Il doit être très intéressant.

– Il l'est, confirma Renée, et demain, si vous venez, vous le verrez dans des circonstances particulièrement captivantes; il a toujours des idées extraordinaires pour ses réceptions : une année, il avait fait venir des ballets russes dans son château des environs de Paris et ils ont dansé dans le jardin, sous les arbres, juste pour Ivan et moi.

– C'est inouï! s'écria la jeune femme.

– C'était très beau. Une autre fois, il a fait transformer toute la propriété pour lui donner l'apparence de la Russie en hiver : il y avait de la neige artificielle partout, des traîneaux tirés par des rennes, des danseurs et des musiciens russes; c'était ravissant.

– Il faut que j'y aille demain soir, s'écria Cornélia en battant des mains. Vous m'emmènerez, n'est-ce pas?

Elle s'était tournée vers Drogo, les yeux brillants, les lèvres entrouvertes. Elle le devina hésitant et supplia :

– Je vous en prie, dites que vous viendrez! Savez-vous que nous n'avons jamais dîné ensemble? Souper n'est pas la même chose. Je voudrais tant dîner avec vous.

Résolument, il chassa ses inquiétudes.

– Je viendrai vous chercher, promit-il. Puis-je vous emmener toutes les deux au château du grand-duc?

– Ivan doit nous envoyer une voiture, dit Renée. Je lui dirai que vous serez avec moi. Si cela vous convient, nous nous retrouverons ici à 8 heures.

– C'est entendu, répondit le jeune homme.

Depuis lors, Cornélia se demandait comment il expliquerait cette absence à sa femme. A présent, il avait parlé; les sourcils relevés, elle l'interrogea avec curiosité :

– Un dîner d'affaires? Quel genre d'affaires?

– Des affaires boursières. J'espère que vous n'avez pas d'objections particulières?

– Non, naturellement. Je me demandais seulement si vous n'aimeriez pas que je vienne avec vous?

– C'est impossible, dit-il précipitamment. C'est... une réunion d'hommes et ils ne vous intéresseraient pas. De plus, ils seraient gênés de parler devant vous.

– Je comprends, dit Cornélia gracieusement. Je dînerai donc seule et je me coucherai de bonne heure. C'est drôle, ajouta-t-elle, je croyais qu'à Paris on se couchait toujours très tard et je suis dans mon lit beaucoup plus tôt que partout ailleurs.

Drogo eut l'air embarrassé.

– Je ne pensais pas que la vie nocturne de Paris pouvait vous intéresser.

– Je n'en sais rien moi-même puisque je n'ai pas eu l'occasion de la voir, répliqua la jeune femme avec sang-froid. De toute façon, nous serons bientôt chez nous, dit-elle en souriant. Personnellement, je trouve que nous sommes restés assez longtemps ici. Ce sera bon de retrouver l'Angleterre.

Elle remarqua l'expression consternée de son mari en sortant de la pièce, mais elle refusa d'avoir pitié de lui. Il aimait Désirée, on n'en pouvait douter, mais l'aimait-il assez pour sacrifier quoi que ce soit à son amour? Lorsqu'il serait de retour à Londres, ne l'oublierait-il pas aussi facilement qu'il avait oublié Lily Bedlington et, avant elle, toutes les femmes qui avaient représenté quelque chose pour lui à un moment de sa vie? Que se passerait-il en Angleterre?

Renée posa à peu près la même question à la jeune femme pendant qu'elles s'habillaient, ce soir-là :

– Vous repartez pour l'Angleterre vendredi : qu'arrivera-t-il quand Drogo ne verra plus Désirée?

– C'est ce que je veux savoir, répliqua Cornélia. C'est là que je saurai ce qu'elle représente vraiment pour lui.

— Il vous aime, dit Renée doucement.

— Il a aimé beaucoup de femmes, riposta Cornélia durement.

— Et chaque fois, il croit que c'est différent, soupira Renée. Pourtant, à moins que je ne sois un bien mauvais juge, je crois que, cette fois, c'est effectivement très différent pour Drogo.

— Vous croyez qu'il m'aime réellement?

— J'en suis sûre. Rappelez-vous qu'il a été terriblement gâté, ma chérie, et il est beaucoup trop beau, trop riche et trop connu pour être lâché dans le monde sans que de pauvres femmes aient le cœur brisé parce qu'il leur a souri.

— Et je fais partie de ces femmes-là, murmura la jeune fille.

— Celle qu'il a épousée en faisait partie, rectifia Renée, mais, en ce qui concerne Désirée, la situation est renversée : Drogo vous aime, plus peut-être que vous ne l'aimez.

— Il faudrait que j'en sois certaine, dit Cornélia avec entêtement.

— Et s'il ne parvient pas à vous convaincre?

— Eh bien, il ne reverra jamais Désirée.

Renée leva les sourcils.

— Etes-vous réellement décidée à cela? Avez-vous l'intention de la laisser à Paris?

— C'est précisément cela, dit-elle. Oh! Renée, je sais que vous me trouvez impitoyable, mais c'est parce que je l'aime tant que je ne peux pas risquer de retomber dans mon désespoir d'autrefois. S'il apprenait aujourd'hui la vérité, si je m'abandonnais à lui en étant Cornélia et Désirée réunies, je serai sienne totalement et s'il me repousse, je suis perdue : je n'aurai plus qu'à mourir. Je ne pourrais plus vivre sans lui.

Renée sourit.

— Tout ceci devrait me faire peur, remarqua-t-elle, mais je n'ai pas peur. Je sais que vous trouverez le bonheur avec Drogo, ma chérie : il vous aime, vous l'aimez, vous vivrez heureux jusqu'à la fin de vos jours.

– J'espère. Ah! comme je l'espère! cria Cornélia.

Elle sonna et Violette accourut pour l'aider à s'habiller. Elle arrivait du Ritz où elle était restée en arrière pour attendre le duc et lui expliquer que Cornélia était chez le coiffeur et ne serait pas rentrée avant le départ de son mari pour son « dîner d'affaires ».

– Tout allait-il bien? demanda la jeune femme.

– Oui, Votre Grâce.

– Alors, dépêchons-nous, Violette, nous n'avons pas beaucoup de temps.

– Que portera Votre Grâce?

Elle hésita un instant et, finalement, elle désigna la robe de dentelle feu qu'elle avait étrennée chez Maxim's, le premier soir.

– Je vais mettre celle-ci, dit-elle. Quand je serai partie, emballez toutes les autres dans les malles que j'ai achetées la semaine dernière.

– Toutes les autres, Votre Grâce?

– Toutes, Violette : nous ne reviendrons pas ici.

Elle pensait qu'il serait facile de reprendre une robe si elle changeait d'idée et décidait de sortir avcc Drogo, le lendemain.

La robe feu lui allait mieux encore que le premier soir. La confiance en elle-même et la magie de l'amour partagé lui donnaient une beauté nouvelle. Chaque fois qu'elle retirait ses lunettes noires et que ses cheveux reprenaient leur place naturelle et harmonieuse, Cornélia prenait une assurance plus grande, un maintien plus hardi.

Ce soir, Violette essayait une autre coiffure : au lieu de tresser les cheveux, elle les enroula et les retint avec des épingles incrustées de diamants qui brillaient dans les vagues noires comme des étoiles.

Cornélia décida que ce serait là ses seuls bijoux. Elle se rappelait un soir où Drogo lui disait que ses oreilles ressemblaient à des coquillages roses et qu'il était criminel de les masquer sous des pierres précieuses. La ligne pure de son cou rejoignait la courbe de ses épaules et un collier n'aurait fait que la briser.

Confectionnée pour Renée, la robe était audacieusement décolletée; cependant, l'innocence profonde de Cornélia donnait une impression de pureté intacte et, quand la jeune fille entra dans le salon, les yeux brillants, le sourire aux lèvres, Drogo crut voir Aphrodite enfant, sylphide encore inconsciente de sa beauté.

Il tendit la main et elle lui abandonna ses doigts. Il n'y avait pas de bague ce soir-là pour le mettre en rage et, sous ses lèvres avides, la peau délicate avait la douceur de la soie. Il leva la tête et la regarda dans les yeux.

— Etes-vous prêts? demanda Renée au seuil de la porte.

Ils ne l'avaient pas entendue venir, ils se regardaient sans parler.

— Nous sommes prêts, répondit Drogo.

— En ce cas, partons : le grand-duc n'aime pas attendre et j'ai hâte de le voir. Vous aurez peut-être froid en voiture, Désirée : voici quelque chose pour vous couvrir.

Elle tendait une écharpe de lamé d'argent doublée de zibeline et le jeune homme la lui prit des mains pour en envelopper tendrement les épaules de Cornélia.

– Je vous aime, murmura-t-il.

Elle sentit ses lèvres frôler son oreille.

– Que je suis contente! s'écria-t-elle. Je suis sûre que cette soirée sera merveilleuse.

– Peut-être serez-vous déçue, dit Renée, mais j'en doute, car, d'ordinaire, Ivan pense à tout. Il y a même une voiture et des chevaux en permanence devant la porte pour le cas où un invité s'ennuierait ou aurait envie de rentrer de bonne heure.

– Des chevaux aussi beaux que ceux-là? demanda Cornélia saisie à la vue de quatre pur-sang noirs attelés à la voiture qui les attendait.

– Oui, ou plus beaux encore, répondit Renée.

Elle savait que de beaux chevaux impressionnaient plus sa jeune amie que de coûteux bijoux.

Ils montèrent dans la voiture qui se dirigea vers les Champs-Elysées à une allure presque terrifiante.

– Ces chevaux vont-ils toujours aussi vite? demanda Cornélia.

Renée rit de son effroi.

– Ivan est toujours pressé, expliqua-t-elle, mais ses cochers sont magnifiques et vous n'avez pas à redouter un accident.

Cornélia était certaine de trouver sympathique un homme qui possédait d'aussi superbes équipages et ses suppositions se révélèrent exactes; à peine avait-elle aperçu le grand-duc, avant même de lui avoir serré la main, elle constata qu'il était aussi charmant que l'affirmait Renée.

Il était très grand, extrêmement distingué, avec des tempes grisonnantes, des traits aristocratiques et les doigts allongés et sensibles d'un artiste. Pourtant, il n'avait rien d'efféminé : ses yeux pétillaient et le sourire qui entrouvrait ses lèvres assez sensuelles avait quelque chose d'énergique et de bienveillant.

Le château, situé au milieu des bois, était vaste et imposant. Lorsque les visiteurs eurent traversé l'immense hall de marbre orné de tapisseries, le grand-duc descendit l'escalier pour les recevoir : deux grands lévriers russes le suivaient et il semblait sorti des illustrations d'une légende slave.

Il alla droit à Renée qui se courbait en une profonde révérence et, prenant ses mains, les porta à ses lèvres.

– Comme vous m'avez manqué, ma très chère, dit-il en la relevant. (Il se tourna vers Cornélia qui faisait la révérence à son tour. Drogo s'inclina; Renée faisaient les présentations.) Je vous ai déjà rencontré, Roehampton, dit le grand-duc en souriant. Je suis ravi que vous puissiez être mon hôte ce soir.

Les formalités accomplies, il revint à Renée et lui annonça avec un plaisir visible, qui le rajeunissait singulièrement :

– Je vous ai préparé une surprise. Venez.

Il guida ses invités à travers la maison jusqu'à un balcon, et là, Cornélia et Renée poussèrent une exclamation ravie : il n'y avait plus de jardin à leurs pieds mais un lac. Tout le terrain était inondé : la France avait disparu, Venise prenait sa place. Devant le perron, une gondole attendait : elle conduirait les convives sur l'eau jusqu'à l'endroit où une piazza avait été construite sur l'autre rive. Des piliers de marbre rose, des tentures de merveilleuses soies vénitiennes, des oriflammes ondulant sous la brise formaient le fond d'une terrasse sur laquelle une table était dressée. Une balustrade de fleurs courait entre les piquets dorés et la séparait du lac.

Il y avait des fleurs partout, de toutes couleurs, de toutes formes et de toutes variétés, il y en avait à la proue et sur les flancs des gondoles qui sillonnaient l'eau, et les gondoliers en portaient à leur chapeau et au haut de leurs perches, retenues par des rubans d'argent et d'or.

Des fleurs, encore, parsemaient le lac : des nénuphars blancs et roses flottaient sur les eaux argentées et, sur une gondole, plus grande que les autres, un orchestre jouait une musique exquise, accompagnant les voix des gondoliers qui chantaient avec une gaieté et une perfection que seuls des professionnels pouvaient atteindre.

Tout cela était tellement inattendu, tellement idéal que Cornélia ne pouvait qu'écarquiller les yeux de stupeur, comme un enfant.

– Merci, cher, dit Renée à mi-voix au grand-duc.

– Etes-vous contente? C'est ce que j'espérais.

– Je suis contente.

La phrase était d'une sobriété voulue et le grand-duc parut le comprendre fort bien.

– Je n'aurais jamais pu imaginer rien d'aussi merveilleux, s'écria Cornélia.

– Et je n'avais rien vu d'aussi joli jusqu'ici, répliqua le grand-duc.

Mais c'était elle qu'il regardait et la jeune fille rougit en devinant sa pensée.

Des domestiques en costume vénitien les aidèrent à monter dans des gondoles aux coussins de soie. Comme ils s'éloignaient du château, Cornélia jeta un regard en arrière. La grande demeure, elle aussi, était ornée de manière à faire partie du décor : des panneaux de soie brodée retombaient des fenêtres comme à Venise, aux jours de fêtes; des fleurs et des bannières dissimulaient les murs et des orangers chargés de fruits avaient été disposés de part et d'autre de la maison pour suggérer une plantation.

– Si Venise est semblable à cela, j'aimerais y aller, dit Cornélia avec envie.

– Un jour, je vous y conduirai, répondit Drogo. (Elle secoua la tête d'un air incrédule mais il répéta l'invitation avec fermeté :) Je vous y emmènerai en mai, c'est la belle saison pour les amoureux.

Cornélia détourna la tête et prit l'air sévère, mais elle était incapable de se fâcher vraiment ce soir-là.

Le dîner était servi pour eux sur une longue table couverte d'une nappe d'or, éclairée par de hautes bougies rouges. Comme il se faisait tard et que la nuit tombait, des lumières s'allumèrent de tous côtés, sur les gondoles qui allaient et venaient, dans les arbres de la rive, ou sur l'eau, flottant parmi les pétales des nénuphars.

Ils commencèrent par bavarder fort gaiement car le grand-duc était spirituel, brillant et cultivé. Cornélia voyait Renée sous un jour nouveau, amusante, prompte à la répartie, rieuse et plus séduisante que jamais. Chacune de ses paroles, chacun de ses gestes ajoutait à son charme. Fascinée, la jeune fille l'observait : elle se sentait très enfant, très inexpérimentée auprès de cette femme si extraordinairement versée dans l'art de plaire.

Elle osait à peine regarder Drogo : n'allait-il pas la trouver bien peu intéressante auprès de cette étincelante voisine? Mais elle n'avait pas besoin de s'inquiéter, le jeune homme ne voyait que Désirée, et son expression, lorsqu'elle leva enfin les yeux sur lui, la fit rougir et frissonner.

Les plats se succédèrent; des vins aux bouquets exquis et rares emplissaient les gobelets de cristal, le musique était délicieuse. Il y avait sûrement, parmi les chanteurs et les instrumentistes, des artistes de l'Opéra, songea Cornélia, venus là tout exprès pour leur plaisir.

Les voix étaient ineffablement romantiques et, lorsque Drogo prit subrepticement la main de la jeune fille, elle ne la lui retira pas. La beauté de la musique l'ensorcelait et elle n'avait pas la force de se soustraire à la discrète caresse.

Le repas achevé, les domestiques débarrassèrent la table, ne laissant que le vin, et ils disparurent. L'ombre s'épaissit : on ne voyait plus les gondoles errantes mais seulement leurs lumières qui glissaient lentement et se miraient dans le lac, et leurs reflets chatoyants sur le miroir liquide.

Mais les voix merveilleuses se turent et monta le rythme fiévreux des guitares et les notes argentines des violons en des harmonies tziganes. Elles vibrèrent sur l'eau, éveillant en Cornélia une émotion étrange, impossible à dominer : elle sentait une joie sauvage l'envahir, elle avait envie de danser, de suivre, de tout son corps, le dessin mélodique afin que tous ses sens y prennent part.

Drogo, soudain, recula sa chaise, releva la jeune femme et l'entraîna au bord du lac, loin de la lumière des bougies. Cornélia devinait seulement les contours de son visage, mais elle savait qu'il regardait ses lèvres.

– C'est merveilleux, murmura-t-elle.

– Merveilleux comme vous, mon exquise chérie.

– Vous croyez cela ce soir parce que tout, ici, tient de la magie, répondit-elle.

– Je le crois depuis longtemps, répliqua le jeune homme. Oui, reprit-il (et comme s'il lisait dans sa pensée, il lui dit :) Avez-vous peur de moi?

– Non... je n'ai pas peur de vous, murmura

Cornélia, essayant d'exprimer ce qu'elle ressentait. C'est seulement... Cette musique... et... vous aussi, oui.

– Petite folle chérie, pourquoi vous obstinez-vous à me résister? demanda-t-il doucement. Vous m'aimez, je le sais, je l'ai lu dans vos yeux, et je l'ai senti sur vos lèvres, vous m'aimez et vous ne voulez pas l'admettre, vous continuez à lutter contre une force qui nous dépasse tous les deux.

– Et si je renonçais à résister?

Elle avait à peine murmuré. A cet instant, la musique devint ardente, sauvage et frénétique, elle s'enflait et retombait, s'approchait, fuyait, et laissait la jeune femme plus faible, plus irrésolue à chaque fois. Elle ne pouvait plus continuer la lutte, elle ne pouvait plus imposer silence à son cœur qui battait au rythme de la musique.

Elle aimait cet homme, elle l'aimait davantage à chaque respiration et, lorsqu'il l'attira à lui, elle n'eut pas la force de protester. Il n'y avait plus rien en elle que le bonheur d'être contre lui.

En rentrant au Ritz, Cornélia passa en trombe devant le gardien de nuit et courut à sa chambre.

Elle traversa la pièce et ouvrit les rideaux, repoussa les persiennes. Le soleil levant envahit la chambre et elle détacha la cape de velours qui tomba sur le sol. De ses mains levées, elle écarta les cheveux de son front, les secoua, puis, rêveusement, elle se déshabilla, passa une chemise de nuit de soie déposée sur son lit et la recouvrit d'un peignoir de satin rose.

Alors seulement, elle cacha son visage dans ses mains et s'assit pour réfléchir. Et se souvenir.

Lorsqu'à 10 heures Violette entra, elle trouva Cornélia en train d'écrire. Autour d'elle gisaient de nombreuses feuilles de papier à lettres, chiffonnées et rejetées après les premiers mots.

— Vous êtes réveillée, Votre Grâce? s'exclama Violette bien inutilement. Je pensais trouver Votre Grâce endormie. Que dois-je commander pour le petit déjeuner?

— Du café et des fruits, s'il vous plaît. Rien d'autre.

— Très bien, Votre Grâce.

Violette partit à la recherche d'un garçon et Cornélia reprit ses efforts épistolaires, et quand son café fut apporté, elle oublia de le boire. Elle travaillait la lettre qu'elle voulait écrire et n'était jamais satisfaite de ses essais. Quand Violette reparut à midi, elle trouva le café froid et les fruits intacts.

— Je vais chercher un autre café, dit-elle. Votre Grâce devrait manger quelque chose. Vous allez devenir si maigre que vos robes neuves ne vous iront plus.

— Peut-être ne les porterai-je jamais, répondit la jeune femme d'une voix sourde.

— Ne dites pas cela, Votre Grâce. J'ai tellement hâte de vous voir débarrassée définitivement de ces vilains vêtements anglais.

Cornélia soupira.

— Avez-vous apporté les malles de chez Mme de Valmé? demanda-t-elle après un moment.

— Oui, Votre Grâce. Nous n'y retournerons plus?

— Non, Violette.

Le visage de Violette était plein de curiosité, mais Cornélia n'ajouta rien et elle se leva du bureau. A cet instant, on frappa à la porte; Violette alla répondre et Cornélia l'entendit pousser une exclamation.

Renée entra. Un voile épais dissimulait son visage et elle le releva avec une grimace.

— Peuh! Il fait chaud et je déteste les voiles,

s'écria-t-elle, mais je ne voulais pas être reconnue.

— Renée, quelle bonne surprise!

Cornélia tendit les mains et embrassa affectueusement son amie.

— Je suis venue parce que je suis inquiète, ma chérie, dit Renée.

— Asseyons-nous, voulez-vous? (Discrètement, Violette s'éclipsa.) Dites-moi ce qui vous tracasse, dit Cornélia.

— Avant tout, parlons de vous, répliqua Renée. (Elle sourit.) Vous êtes bien jolie ce matin. Je crois que mon anxiété était inutile, tout au moins sur un point.

Cornélia prit la main de la visiteuse.

— Je suis très heureuse, dit-elle. Mais en même temps...

— En même temps?

— Je me demande ce que durera mon bonheur.

— C'est à ce sujet que je suis ici. Drogo est déjà venu vous réclamer chez moi.

— Si tôt? s'exclama la jeune femme.

— Oui. Il est venu d'abord à 7 heures. Je dormais et les domestiques lui ont répondu que Mlle Désirée n'était pas là. Je suppose qu'il est rentré au Ritz, s'est changé, puis il est revenu me voir à 9 heures et demie. A ce moment, j'étais réveillée et j'avais prescrit aux domestiques de dire au duc qu'ils ne savaient rien et qu'il pouvait m'attendre. Je l'ai laissé seul jusqu'aux environs de 11 heures, et puis je l'ai vu. Désirée, il est dans tous ses états. Que vais-je faire de lui?

— Croyez-vous qu'il m'aime?

— Je sais qu'il vous aime, mon enfant. Il est capable d'éprouver un sentiment très profond et vous avez éveillé en lui ce sentiment. Il vous aime comme il n'a jamais aimé personne de toute sa vie.

– Est-ce suffisant? demanda la jeune femme. (Renée poussa un petit soupir et se détourna du visage anxieux.) Il faut attendre pour en être sûre, reprit Cornélia. (Elle se leva et se dirigea vers le bureau.) J'ai passé toute la matinée à essayer de lui écrire une lettre, expliqua-t-elle. Il m'a été difficile de trouver mes mots et, pourtant, il fallait que j'écrive quelque chose. (Elle prit une enveloppe, l'ouvrit, en retira une lettre et la tendit à son amie.) Je voudrais que vous lui donniez ceci, dit-elle, et comme vous êtes pour nous deux une amie incomparable je veux que vous lisiez cette lettre.

Renée prit la feuille. Quelques lignes y étaient tracées en français :

« *Je vous aime de tout mon cœur, avait écrit Cornélia, mais je quitte Paris et vous ne pourrez pas me retrouver. Si nous ne devons jamais nous revoir, rappelez-vous toujours que je vous aime.* »

Les yeux de Renée se remplirent soudain de larmes.

– Ma chérie, murmura-t-elle, est-il sage de tant risquer?

– Pour gagner tout? demanda la jeune femme.

– Et si vous échouez?

– Si j'échoue, dit lentement Cornélia, Désirée est morte cette nuit.

– Vous ne lui direz jamais?

– Jamais.

Renée se leva.

– Vous êtes plus courageuse et plus forte que je ne le croyais, dit-elle. Je vous aime beaucoup, ma petite Désirée, et je prierai pour que tout finisse bien.

Cornélia se pencha et l'embrassa, la serrant très fort.

– Quoi qu'il arrive, vous serez toujours pour moi une inoubliable amie, dit-elle, mais il nous sera malaisé de nous revoir à moins que l'amour, finalement, soit gagnant.

– Je prierai. Pour vous deux.

Renée mit la lettre dans son sac et embrassa de nouveau Cornélia avant de laisser retomber son voile. La porte de la chambre se referma doucement derrière elle.

Tout à coup, Cornélia se sentit recrue de fatigue. Elle retira son peignoir, se mit au lit et s'était presque endormie quand Violette accourut à son coup de sonnette.

– Faites dire à Sa Grâce que je ne descendrai pas déjeuner, dit-elle.

Ses paupières battirent et retombèrent sur ses yeux.

Il lui semblait avoir dormi quelques minutes à peine quand la voix de Violette l'éveilla :

– Votre Grâce! Votre Grâce!

Péniblement, elle émergea des profondeurs de l'inconscience.

– Qu'y a-t-il? demanda-t-elle.

– Sa Grâce insiste pour vous voir immédiatement.

Retrouvant brusquement sa lucidité, Cornélia se dressa sur son lit.

– Il ne faut pas qu'il vienne ici, dit-elle, songeant à ses cheveux épars sur l'oreiller et à la blancheur de sa peau contre la teinte rosée de sa chemise de nuit.

– Il ne pense pas à venir, Votre Grâce, il vous demande de vous habiller tout de suite. Il vous attend au salon.

Cornélia ne posa pas d'autre question. Elle se leva et courut prendre le bain que Violette lui avait préparé. Elle ne pouvait pas s'habiller très vite et malgré la porte fermée, elle devinait que Drogo pensif, arpentait le tapis d'Aubusson, les mains croisées derrière son dos.

Enfin, prête, vêtue de l'une des robes fades de son trousseau, portant ses lunettes noires, elle entra dans le salon.

– Bonjour, dit-elle. Je suis désolée de ne pas m'être sentie assez bien pour descendre déjeuner.

– Déjeuner? répéta le jeune homme comme s'il entendait le terme pour la première fois.

– N'avez-vous rien mangé?

– Euh... non, je ne crois pas. Mais c'est sans importance.

Il avait l'air désorienté, agité, très différent de ce qu'il était d'ordinaire. Il était pâle et des lignes sombres sous ses yeux attestaient le manque de sommeil. Il y avait aussi sur son visage une expression que Cornélia n'y avait jamais vue et qu'elle n'était pas sûre de savoir interpréter.

– Je voulais vous voir tout de suite, dit-il, car nous partons immédiatement pour l'Angleterre.

– Aujourd'hui? s'exclama la jeune femme. Je croyais que nous partions demain seulement?

– Oui, je sais, répondit Drogo, mais je suis obligé de changer mes projets. Il est indispensable que nous partions dès ce soir.

– Pourquoi?

– Je regrette de ne pas pouvoir vous le dire, pas en ce moment, en tout cas. Je vous demande seulement de croire que notre retour est de la plus extrême urgence.

– Auriez-vous reçu un télégramme? Une lettre? Votre mère serait-elle malade? demanda Cornélia.

– Rien de tout cela, répliqua-t-il avec impatience. C'est une affaire personnelle. Je vous prie de me permettre de ne vous en parler qu'au moment où je le jugerai bon. Dans combien de temps pouvez-vous être prête?

— Cela dépend surtout de Violette qui doit préparer les bagages, déclara la jeune femme.

— Hutton fera descendre mes malles dans une demi-heure. Voulez-vous donner des ordres à votre femme de chambre?

— Oui, certainement, puisque vous le désirez.

Cornélia rentra dans sa chambre. Les doigts de Drogo tambourinaient sur la table. Il avait l'air d'un homme bouleversé au-delà de toute expression.

Cornélia dit à Violette ce qu'on attendait d'elle.

— Si vous pensez ne pas pouvoir y parvenir, appelez une femme de chambre de l'hôtel pour qu'elle vous aide, dit-elle.

Au lieu de retourner dans le salon, elle s'assit sur le canapé de sa chambre. Elle se sentait incapable de rejoindre son mari, rien qu'à le voir, son cœur battait à se rompre et elle avait toutes les peines du monde à ne pas se jeter dans ses bras.

Elle aurait voulu attirer son visage angoissé contre le sien, effacer de ses doigts caressants la fatigue de ses yeux, murmurer la vérité à son oreille, lui dire que Désirée était là, à porté de ses lèvres. Elle savait ce qu'il devait souffrir et se demandait si sa lettre reposait contre son cœur, s'il l'avait couverte de baisers comme elle faisait pour celles qu'elle avait reçues de lui.

Elle l'aimait, Seigneur! comme elle l'aimait! Et il était dur de le sentir si malheureux. Et pourtant, ce n'était qu'au prix de cette souffrance qu'ils gagneraient tous les deux le vrai bonheur. Avec une volonté d'acier, Cornélia se força à réfléchir posément : elle s'était habituée, au cours de ces semaines, à séparer ses pensées et ses sentiments en deux compartiments distincts.

Duchesse de Roehampton, elle était réservée en présence de son mari au point qu'à l'abri de ses lunettes, elle retrouvait la timidité qui la paralysait avant qu'elle fût devenue Désirée.

Soudain, une pensée la fit frémir et porter brusquement ses mains à son visage : si elle échouait à la dernière minute? S'il ne l'aimait pas exclusivement comme elle le voulait? Aurait-elle la force de refuser un amour qui n'atteignait pas la hauteur qu'elle exigeait?

– Il faut que je sois forte, il le faut! dit-elle à haute voix.

– M'avez-vous parlé, Votre Grâce? demanda Violette de l'autre bout de la chambre.

– Non, je me parle à moi-même.

– Je suis prête, Votre Grâce, annonça la jeune femme de chambre, en bouclant une courroie autour du couvercle arrondi de la dernière malle.

– Bien. Je vais prévenir Sa Grâce.

Cornélia alla ouvrir la porte du salon. Drogo était assis dans un fauteuil près de la cheminée vide, la tête dans les mains. A cette vue, elle fut un instant totalement désarmée : elle ne pouvait plus supporter tant de douleur, tant d'angoisse, elle n'avait pas le droit de lui infliger ce supplice. Une seconde de plus et elle aurait couru à lui, elle se serait jetée à ses pieds. Mais, bien qu'il ne l'eût pas entendue entrer, un sixième sens lui fit deviner qu'elle le regardait. Il tourna la tête d'un geste brusque et se leva.

– Etes-vous prête?

Sa voix était dure et Cornélia s'arrêta à la seconde même où elle allait s'élancer.

– Oui, je suis prête, dit-elle machinalement.

– Parfait. Nous attraperons le train de 4 heures à la gare du Nord. J'ai tenté de réserver des places. J'espère que le voyage ne sera pas trop désagréable.

Cet espoir ne devait pas se réaliser, cependant. Ce fut là, Cornélia devait le penser par la suite, un voyage de cauchemar. Il n'avait pas été possible de réserver un compartiment ainsi, à la dernière minute, car le train était bondé d'Anglais qui rentraient de vacances.

Les voyageurs atteignirent Boulogne très tard et durent passer la nuit dans un hôtel sur le quai pour prendre le bateau du matin. Cornélia était trop anxieuse pour se préoccuper de confort et il était visible que Drogo ne pensait à rien, sauf à sa hâte d'être de retour le plus vite possible, mais l'expression de Hutton et de Violette proclamait éloquemment leur déplaisir.

Autre chose tourmentait Cornélia : la raison de ce départ brusqué, de ce voyage précipité; elle ne parvenait pas à comprendre pourquoi Drogo avait changé ses projets et elle avait grand-peine à ne pas poser de questions.

★

Cornélia vit le jour se lever, gris et bas. Le vent soufflait et la mer se brisait furieusement en vagues écumantes.

Ils furent tous prêts de bonne heure, prêts à embarquer, pour s'entendre annoncer que le commandant préférait attendre, pour partir, que la tempête soit un peu calmée.

Il se mit à pleuvoir à verse et Cornélia ne put s'empêcher d'avoir pitié de son mari : les éléments eux-mêmes semblaient se mettre contre lui. Elle était épuisée quand ils arrivèrent à Londres dans la nuit. La seule chose raisonnable à faire était évidemment d'aller coucher à l'hôtel

Roehampton, même si les domestiques ne les attendaient pas, mais Drogo découvrit que s'ils avaient manqué deux trains qui leur eussent permis de gagner Cotilion, il en restait un troisième, quittant Londres à 11 heures.

« Est-ce vraiment le même homme? se demandait Cornélia, celui-ci maussade et peu soucieux de la lassitude de sa femme, et celui-là qui l'embrassait en murmurant :

– Vous n'êtes qu'une toute petite fille et il faut que je vous protège, vous n'êtes qu'une enfant et je vous instruirai. Vous êtes un vrai bébé et vous avez essayé de me faire croire que vous étiez une femme. Ma douce, ma ridicule chérie, croyiez-vous vraiment que je me laisserais prendre à vos lèvres rouges et à vos joues fardées?

– Vous vous y êtes laissé prendre, le premier soir, chez Maxim's.

– Non, pas après vous avoir regardée dans les yeux et vu l'innocence et la sincérité de votre regard. Il y avait là autre chose aussi : la frayeur. Vous aviez peur de moi parce que je suis un homme et vous vous demandiez ce que j'allais faire de vous. Le rose et la pâleur alternaient sur votre visage. Ma folle petite aimée, croyez-vous vraiment que celle que vous prétendiez être peut avoir votre regard?

– Vous vous moquez de moi!

– Je suis seulement gai parce que je suis heureux.

Ils se rendirent à la gare de Paddington et attendirent le train. Après le départ de Londres, le voyage fut lent et ils n'arrivèrent à destination qu'à 1 heure du matin. Heureusement, des ordres envoyés par télégramme les assuraient de trouver une voiture à la descente du train et tout était prêt à Cotilion pour les recevoir.

Jamais Cornélia n'aurait cru que l'immense demeure lui donnerait l'impression d'être son foyer. Cependant, elle était si exténuée qu'elle fut heureuse de retrouver les pièces familières. Sans même songer à souhaiter une bonne nuit à Drogo, elle se laissa conduire à sa chambre et quelques minutes plus tard, elle dormait profondément.

Elle dormit du sommeil sans rêves qui suit l'épuisement physique et, lorsqu'elle s'éveilla, ce fut pour se demander où elle était. Elle n'avait même pas remarqué en se couchant la chambre préparée pour elle, la grande chambre d'apparat où dormaient, après leur mariage, les nouvelles épousées des Roehampton. A présent, dans les rayons du soleil qui filtraient au travers des rideaux, elle admira les murs bleu et argent, les tentures de brocart rose qui retombaient des panneaux de bois sculptés au temps du roi Charles II, les lustres de cristal de Waterford, les miroirs entourés d'angelots en porcelaine de Dresde, les meubles de noyer et d'argent du temps de la reine Anne. Partout, des symboles de l'amour étaient les témoins de la tendresse et de la ferveur des générations passées.

On voyait de tous côtés des cœurs, des cupidons, des arcs et des flèches. Les quatre colonnes du lit où reposait la jeune femme étaient d'argent ciselé en forme de branches fleuries et, çà et là, s'y accrochaient de minuscules nids d'oiseaux.

Cornélia ensommeillée sourit de joie, puis soudain elle s'éveilla tout à fait et la crainte envahit son cœur. Ils étaient de retour à Cotilion. Demeurée à Paris, Désirée n'était-elle plus maintenant qu'un brumeux souvenir?

Certes, il avait voulu enlever tante Lily, s'enfuir avec elle, mais c'était bien différent de ce que

Cornélia attendait de lui maintenant. Le monde aurait condamné Lily parce qu'elle était mariée, c'était la faillite du ménage Bedlington qui aurait fait scandale, mais on aurait absous le duc de Roehampton, car il était célibataire et libre.

A présent, il n'en irait pas de même : Drogo aurait tous les torts. S'il renonçait à Cornélia pour Désirée, s'il abandonnait l'une pour l'autre, il serait, lui, responsable du divorce et sur lui tomberait tout le blâme. Ce serait la fin des célèbres réceptions à Cotilion, il n'aurait plus le droit de pénétrer dans l'espace réservé au roi à Ascot, il lui serait interdit de paraître à la cour.

Sans doute les divorces devenaient-ils plus fréquents, mais le conjoint condamné était encore considéré comme un paria et mis au ban de la société.

« Il possède tant de choses, comment pourrait-il y renoncer? » se demanda Cornélia avec angoisse.

Elle se souvint d'un portrait qu'elle avait vu au-dessus de la cheminée de la bibliothèque : il représentait le jeune homme dans le costume qu'il portait au couronnement d'Edouard VII. Comme il semblait fier et arrogant, sa tête sombre émergeant du large col d'hermine! Et ce serait encore une chose qu'il devrait sacrifier, cette place héritée du chef de famille de génération en génération depuis que le seigneur de Vine, ancêtre des ducs de Roehampton, avait été porte-épée au couronnement d'Henry VI.

« Est-ce trop exiger de lui? » se demanda Cornélia en tremblant.

Elle s'aperçut qu'on tirait les rideaux.

Violette était entrée pour la réveiller. Elle redressa les oreillers derrière la tête de la jeune femme et lui donna une liseuse de mousseline bleue afin qu'elle n'eût pas froid en s'asseyant.

– Une lettre est arrivée pour Votre Grâce, dit-elle un peu plus tard, en apportant le plateau du petit déjeuner. Le groom qui me l'a remise attend la réponse.

– Une lettre? répéta Cornélia surprise. Personne ne sait que nous sommes déjà ici.

– Le groom attend, Votre Grâce.

Cornélia prit la lettre et vit que l'enveloppe portait une couronne ducale. Elle l'ouvrit, lut attentivement et dit à Violette qui était restée debout près du lit :

– Je vais me lever tout de suite, Violette. Voulez-vous faire dire à Sa Grâce que je vais descendre sans tarder et que je voudrais lui parler?

– Sa Grâce m'a déjà chargée de vous transmettre ses compliments, répondit Violette. Il désire que vous veniez le rejoindre à la bibliothèque dès que cela vous sera possible.

– Je serai prête dans vingt minutes. Dites au groom d'attendre.

13

Cornélia entra dans la bibliothèque et Drogo se leva du grand bureau devant lequel il était assis. La jeune femme le trouva bizarre et comprit aussitôt d'où venait son étonnement : il n'était pas vêtu comme à l'accoutumée quand elle le voyait à Cotilion, en costume de cheval, mais portait un sombre costume de voyage, analogue à celui qu'il avait la veille.

Il la salua et l'invita à s'asseoir sur le canapé

près de la cheminée, mais elle préféra prendre place devant la fenêtre qui donnait sur le lac : ainsi se trouverait-il en plein jour tandis qu'il lui serait difficile de lire les pensées de la jeune femme sur son visage.

– Je voulais vous parler, Cornélia, commença-t-il.

Ses doigts jouaient nerveusement avec sa chaîne de montre d'or et de perles. Il avait l'air tendu et fatigué mais demeurait cependant très beau, et Cornélia se sentit terriblement faible comme toujours lorsqu'il était devant elle. Elle dut faire un grand effort pour que sa voix restât indifférente et froide.

– C'est ce que m'a dit ma femme de chambre.

– Je vous aurais parlé cette nuit, mais vous étiez certainement très fatiguée après notre voyage et j'ai pensé que ce serait abuser de vos forces.

Cornélia inclina la tête.

– Je vous remercie.

Il y eut un petit silence.

– Il m'est difficile de savoir par où commencer ce que j'ai à vous dire, reprit le jeune homme. C'est peut-être plus facile cependant que si nous étions réellement mari et femme. Bref, bien que je craigne que ce ne soit pour vous un choc, je voudrais que vous demandiez le divorce.

Cornélia baissa les yeux. Elle n'osait pas se risquer à le regarder.

– Comme je vous l'ai dit, j'ai peur que ce ne soit pour vous une désagréable surprise. Par ailleurs, comme nous nous sommes mariés sans affection, sans doute ne vous sera-t-il pas très pénible d'apprendre que je suis tombé amoureux.

– Encore?

Cornélia n'avait pas pu s'empêcher de prononcer ce mot. Elle leva la tête et le vit rougir.

– Vous avez évidemment le droit de faire cette remarque, dit-il. Je sais que vous me méprisez et que je ne puis guère baisser encore dans votre estime, aussi vous dirai-je la vérité. Jamais je n'ai supposé un seul instant que votre tante s'enfuirait avec moi; cela paraît peut-être facile à dire maintenant, mais je vous demande de me croire parce que c'est vrai. Je croyais l'aimer, mais je savais son amour pour moi très limité. (Il réfléchit un instant et poursuivit :) Je lui plaisais et je crois qu'elle était fière d'avoir fait ma conquête, mais elle ne voulait consentir à aucun sacrifice, si petit fût-il, à l'émotion que l'on nomme amour. Lorsque je lui ai demandé de partir avec moi, en cette occasion où vous nous avez malheureusement entendus et en d'autres occasions aussi, c'est une espèce de démon en moi qui voulait la tenter. J'aurais voulu lui voir perdre la tête pour moi, cette jolie tête si fermement plantée sur ses épaules. Mais je savais très bien, tout en jouant les Faust, que rien de ce que je dirais ne la déciderait à se suicider socialement. (Drogo traversa la pièce et vint regarder le lac.) Tout ceci paraît extrêmement déplaisant maintenant, raconté à une tierce personne, dit-il lentement, et je ne peux guère espérer vous faire croire ce que j'affirme. J'essaie seulement de vous expliquer mes actes pour que vous compreniez la différence qui existe entre ce que je ressentais naguère et ce que je ressens aujourd'hui pour quelqu'un d'autre. (Sa voix devenait plus grave et trembla un instant. Il se tourna de nouveau vers Cornélia.) Mon affection pour Lily Bedlington était coupable et déshonorante, mais nous n'étions pas des enfants et nous savions très bien, au fond de nos cœurs, qu'il n'y avait là rien d'autre qu'un flirt, un amusement sans rien de commun avec l'amour.

– J'ai peine à croire que vous ayez pensé cela sur le moment, dit Cornélia froidement.

– Je savais que vous ne me croiriez pas, soupira-t-il, c'est trop demander à une femme, surtout à une femme aussi jeune et aussi inexpérimentée que vous. Mais il arrive qu'un homme dise beaucoup de choses quand il est sous l'empire de la passion et on ne doit pas prendre ses paroles à la lettre. Il change quand il a le loisir de réfléchir.

– Mais supposons, murmura Cornélia, supposons seulement que tante Lily ait consenti à fuir avec vous?

– Il m'est facile de dire aujourd'hui que je ne serais pas parti, répondit le jeune homme, et ce ne serait qu'une demi-vérité, car si Lily avait été le genre de femme à fuir avec moi sans résistance, je n'aurais pas essayé de l'y décider. Seigneur, comment vous expliquer cela? C'est si difficile à exprimer. Mais je voudrais que vous compreniez le passé. Maintenant, les choses sont toutes différentes.

– Ainsi, cette fois, vous êtes sûr?

– Aussi sûr que je suis ici, Cornélia. Je vous supplie d'être généreuse, de comprendre. Si notre mariage avait été autre chose qu'une affaire, je ne vous parlerais pas ainsi, mais vous me détestez et Dieu sait que vous avez de bonnes raisons pour cela! Je vous en conjure, essayez de voir les choses de mon point de vue : j'aime pour la première fois, pour la seule fois de ma vie, j'aime si totalement que rien au monde n'a plus d'importance pour moi.

La voix du jeune homme vibrait de passion

contenue : seul un grand effort de volonté lui permettait de parler posément, fermement. Lorsqu'il faisait allusion à son amour, une bouleversante douceur passait sur son visage, et le cœur battant, Cornélia suivait dans ses yeux sa pensée fervente. Il était terriblement difficile à la jeune femme de conserver un calme apparent. Mais il le fallait encore.

– Pouvez-vous être certain que ce n'est pas encore là une illusion? murmura-t-elle.

Il hocha la tête.

– Si certain que j'ai déjà pris mes dispositions pour un changement radical d'existence, dit-il. Je retourne à Paris maintenant, tout de suite, je vais retrouver celle dont je vous ai parlé et lui demander de me faire l'honneur d'être ma femme dès que je serai libre. Entre-temps, je lui proposerai de partir pour l'Amérique du Sud où j'ai quelques propriétés : je vivrai là sans faire état de mon titre, simplement sous mon nom de famille et je viens d'écrire à Sa Majesté pour lui expliquer mes raisons de renoncer au duché. J'espère que cela atténuera un peu le scandale et les commérages qui accompagneront obligatoirement notre divorce.

– Avez-vous l'intention de renoncer définitivement à votre titre? demanda Cornélia en retenant son souffle.

– En ce qui me concerne, oui. J'espère qu'un jour, peut-être, j'aurai un fils digne de le porter, mais pour moi je l'abandonne pour de bon. Et je fermerai Cotilion.

– Vous... fermerez Cotilion?

– Oui, je ne puis croire que vous désiriez l'habiter. J'ai naturellement organisé les choses pour vous : l'hôtel Roehampton sera à votre disposition si vous voulez vivre à Londres et j'ai d'autres propriétés parmi lesquelles mes hommes d'affaires ont ordre de vous donner à choisir.

– Merci, murmura faiblement Cornélia.

– Tout ceci dépend évidemment de votre promesse de consentir au divorce, lui rappela le jeune homme.

– Et si je refuse?

Les lèvres de Drogo se durcirent.

– Si vous refusez, je demanderai à la femme que j'aime de partir malgré tout avec moi.

– Et si elle n'y consent pas?

– Elle y consentira, je sais qu'elle y consentira, répondit-il avec véhémence. Elle m'aime autant que je l'aime!

– Elle vous aime sans titre? Sans nom? Sans haute position dans le monde? Vous êtes vraiment bien sûr d'elle...

Cornélia observait son mari. Elle vit l'effroi passer sur son visage et ses doigts se crisper, mais sa voix demeura ferme :

– Je ne peux pas me tromper, dit-il. Notre amour est trop grand pour s'arrêter à... ces vétilles.

– Un anneau de mariage n'est jamais une vétille pour une femme, dit durement Cornélia. Lui avez-vous parlé de cette éventualité? Ne vaudrait-il pas mieux attendre de savoir ce qu'elle pense de vos projets avant de brûler vos vaisseaux sans rémission? Attendez pour envoyer votre lettre au roi d'être certain de ne pas vivre dans ce qui sera peut-être un paradis perdu.

– Non! (Le jeune homme avait presque crié cette protestation.) Non, répéta-t-il, je n'attendrai pas, j'en ai assez des mensonges et des faux-semblants. Cette fois, les choses se feront ouvertement et honnêtement. (Cornélia resta silencieuse. Comme s'il prenait soudain conscience de la présence de sa femme, Drogo changea de ton :) Je ne veux pas vous demander de me pardonner mes torts envers vous, dit-il d'une voix sourde, ce serait trop espérer, pas plus que je ne puis trouver d'excuses pour la façon dont je vous ai traitée dans le passé. Vous serez bien débarrassée de moi, ajouta-t-il. Mais si vous avez un tant soit peu de cœur, voulez-vous demander le divorce aussi vite que possible?

– Je veux bien envisager cela, dit-elle, mais à une condition.

– Une condition?

– Oui. C'est que vous attendiez demain matin pour prendre une décision.

– Je ne puis faire cela! s'exclama le jeune homme. Ma décision est prise depuis longtemps. Il faut que je parte pour Paris immédiatement.

– Non, riposta nettement Cornélia. Vous attendrez ici, d'abord parce que, si vous partez maintenant, je ne consentirai jamais au divorce et ensuite à cause de la lettre que j'ai reçue ce matin de la duchesse de Rutland : elle a appris notre arrivée et elle m'écrit pour m'annoncer que des amis sont en séjour chez elle et, parmi eux, le roi et la reine, et qu'ils souhaitent dîner ici ce soir.

– C'est impossible, maugréa Drogo.

– Quelle raison pouvons-nous donner? demanda la jeune femme. Je n'en vois aucune à invoquer pour justifier un refus; la duchesse nous sait de retour et nous ne pouvons pas prétendre avoir fait d'autres projets aussi rapidement. Elle spécifie que le roi désire particulièrement vous voir. Je vous suggère, au moins par égard pour moi, de nous conduire ce soir comme s'il n'y avait rien d'anormal entre nous, comme si nous revenions d'un voyage de noces ordinaire.

– Qui viendrait avec le roi, la reine et la duchesse?

– Elle ne cite pas beaucoup de noms, mais mon oncle et ma tante sont chez elle.

– C'est une invention de Lily, gronda le jeune homme. C'est elle qui lui a soufflé l'idée de venir dîner ici sous prétexte que ce serait amusant.

– Bah, pourquoi? Sa Majesté aime beaucoup Cotilion, j'ai entendu votre mère le dire souvent. Il n'y a pas de raison pour qu'il n'ait pas d'affection pour vous et, malgré vos sentiments pour une autre personne, le roi croit toujours pouvoir compter sur votre loyauté.

Drogo soupira.

– Vous avez raison, dit-il plus calmement. Pardonnez-moi si j'ai l'air d'un imbécile. Je voudrais tant retourner à Paris qu'en ce moment je ne peux penser à rien d'autre.

– Et pourtant, remarqua Cornélia, vous en êtes parti très précipitamment.

– Je voulais vous ramener ici au plus vite, avoua-t-il avec franchise.

Elle sourit à demi.

– C'était aimable à vous, dit-elle.

– Aimable? répéta-t-il amèrement. Je vous en prie, ne croyez pas un seul instant que je n'ai pas conscience de mon odieuse conduite envers vous. Maintenant, mes yeux se sont ouverts, je sais que, bien souvent, j'ai agi d'une manière abominable, ces dernières années, et plus encore en vous épousant, vous si jeune et si inexpérimentée.

Il s'était mis à marcher de long en large. Soudain, il s'arrêta devant la jeune femme.

– Oui, reprit-il, je vois combien j'étais tombé bas en me servant de vous, ainsi que vous me l'avez dit, pour dissimuler un amour illicite. Je ne peux pas, hélas, défaire ce que j'ai fait, mais je me rends compte de l'énormité de mes fautes et je vous demande humblement pardon.

– Et tout cela... cette... clairvoyance vous est venue parce que vous êtes amoureux? demanda Cornélia.

– Parce que j'ai rencontré celle qui m'a tiré de mon aveuglement, qui m'a fait distinguer le bien du mal, répondit gravement Drogo, rien qu'en étant elle-même, en étant, en quelque sorte, la personnification de l'innocence et de la pureté, de la loyauté et de la droiture. Elle m'a ainsi fait évaluer mon passé sous un vrai jour.

– Où avez-vous rencontré une personne aussi... exceptionnelle? ne put s'empêcher de demander Cornélia.

Elle vit le jeune homme rougir et se mordre les lèvres, puis un sourire le transfigura.

– N'avez-vous jamais vu un être dont vous avez reconnu d'instinct la bonté intrinsèque? répliqua-t-il. Qu'importe le lieu où vous l'avez vu, ce qu'il dit et ce qu'est son apparence : c'est seulement un rayonnement qui émane de lui et vous savez sans erreur possible qu'il est parfait. (Il soupira de nouveau; toute joie semblait se retirer de lui.) C'est cela qui me fait peur, murmura-t-il.

– Peur?

– J'ai peur de ne pas être digne d'elle. (Il haussa les épaules, comme pour secouer son inquiétude.) Je ne devrais pas vous parler ainsi. Je vous en prie, essayez de comprendre et laissez-moi partir.

– Vous serez fixé demain, répondit Cornélia. Je vais écrire à la duchesse et lui dire que nous l'attendons avec tous ses invités pour dîner ce soir.

– Très bien. Vous avez mon accord.

Sans regarder le jeune homme, Cornélia sortit de la pièce et referma la porte derrière elle. Dans le hall, elle se cramponna un instant au dossier d'un fauteuil, craignant de s'évanouir.

Il ne l'avait pas déçue! Il l'aimait, c'était vrai et Renée avait raison. Elle sentit la joie la submerger et les larmes montèrent à ses yeux. Il l'aimait. Il l'aimait!

Beaucoup plus tard, lui sembla-t-il, elle répondit à la duchesse, puis elle convoqua le chef, lui annonça qu'il y aurait vingt-huit personnes à table, ce soir-là, et choisit pour le menu tous les plats préférés de Drogo. S'il avait eu lieu un mois plus tôt, quelle épreuve épouvantable eût été ce dîner pour elle, songeait la jeune femme en donnant ses ordres. Maintenant, tout était différent : le bonheur lui donnait la force de tout oser, de surmonter n'importe quelle difficulté.

Elle ne revit pas son mari de toute la journée. A l'heure du déjeuner, le maître d'hôtel lui transmit un message du jeune homme qui présentait ses excuses : il était obligé d'inspecter des fermes à l'extrémité du domaine. Il faisait sans doute ses adieux à ce Cotilion qu'il croyait voir pour la dernière fois, pensa-t-elle.

Certes, malgré son amour pour Désirée, cet arrachement serait cruel pour lui : il aimait Cotilion, et la majestueuse demeure tenait dans sa vie une place si importante. L'abandonner lui serait sans doute aussi douloureux que l'amputation d'un membre.

Il ne parut pas davantage à l'heure du thé ni en fin d'après-midi. Après avoir passé en revue les fleurs disposées dans le grand salon par le jardinier, Cornélia remonta dans sa chambre.

Violette l'y attendait. Cornélia traversa la pièce, entoura la jeune femme de chambre de ses bras et l'embrassa, puis elle retira ses lunettes noires et les lui tendit.

– Jetez-les, dit-elle, écrasez-les, enterrez-les, je ne veux plus jamais les voir, et les robes de mon trousseau non plus. Emballez-les et envoyez-les à une œuvre charitable : il doit bien y en avoir une qui rassemble des vêtements pour d'anciennes actrices dans le besoin; j'aimerais qu'elles puissent en profiter.

– Votre Grâce... est-ce que tout va bien?

– Tout ira bien, Violette.

Les yeux de Cornélia étincelaient. Elle se dirigea vers son miroir.

Ensuite, après mûre réflexion, elle choisit la robe de mousseline verte qu'elle portait le soir où Drogo l'avait embrassée pour la première fois. Etroitement ajustée, la robe lui donnait un aspect éthéré et extrêmement juvénile. Ce soir, elle pouvait mettre ses propres bijoux : elle entoura son cou du scintillant collier de diamants, mit à ses oreilles les longs pendentifs qu'Emilie lui avait offerts pour son mariage.

– Mettez-vous le diadème, Votre Grâce? demanda Violette.

La jeune femme secoua la tête.

– Non, ce n'est pas un dîner de cérémonie malgré la présence de Leurs Majestés. Je voudrais que vous me coiffiez comme vous l'avez fait avant-hier soir. Malheureusement, j'ai perdu mes épingles ornées de diamants.

– Il y en a d'autres, Votre Grâce, assorties au diadème. Vous ne le saviez pas?

Elle souleva le casier doublé de velours où se rangeait le diadème dans le coffret armorié et Cornélia vit étinceler six épingles à cheveux beaucoup plus belles que celles qu'elle avait achetées puis perdues à Paris et, lorsque Violette les eut placées dans ses cheveux, elles scintillèrent comme des étoiles dans les sombres torsades.

Cornélia était prête et son cœur battait très vite. Sur ses joues, ce soir, les couleurs n'avaient rien d'artificiel ; ses cils, longs et recourbés, étaient aussi jolis que quand elle les teintait pour accentuer les grands yeux verts pailletés d'or de Désirée. Seules ses lèvres n'étaient pas tout à fait aussi naturelles que les lèvres de la Cornélia du passé. Cornélia sourit à son reflet dans la glace : sa bouche s'entrouvrait en un sourire tentateur, féminin, qui gardait cependant la timide innocence de l'extrême jeunesse.

Elle était prête et, pourtant, elle ne descendait pas. L'instant qu'elle avait tant attendu, tant souhaité, tant redouté, était venu et elle se sentait les jambes trop lourdes pour bouger. Elle n'osait pas faire le dernier pas qui la séparait d'un épilogue inconnu.

– Les voitures arrivent, Votre Grâce, dit Violette anxieuse.

Enfin, Cornélia parvint à sortir de sa chambre et suivit le large couloir qui conduisait à l'escalier, puis elle s'arrêta. Au-dessous d'elle, dans le grand hall de marbre, elle vit les premiers invités franchir la porte d'entrée. Drogo les accueillait; dans un instant, il sortirait sur le perron pour souhaiter la bienvenue au roi et à la reine.

Lentement, Cornélia commença à descendre les marches, une main sur la rampe, accompagnée du doux murmure de sa robe. Son cœur battait si fort qu'il lui semblait que les gens, dans le hall, pouvaient l'entendre. Lorsqu'elle atteignit les dernières marches, Drogo se retourna et la vit.

Pendant quelques secondes, il la fixa, pétrifié : toute couleur avait quitté son visage. Puis il avança d'un pas.

– Désirée!

Sa voix s'étrangla dans sa gorge.

– Cornélia! Par exemple! Jamais je ne vous aurais reconnue! s'exclama Lily, qui vint embrasser sa nièce avec une ardeur hypocrite. Ma chère, que vous avez changé, c'est incroyable! Est-ce là l'œuvre de Paris? Je n'en reviens pas, sincèrement. Au premier moment, je ne pouvais croire que ce fût vous.

Cornélia se dégagea de l'étreinte de sa tante pour embrasser son oncle, puis pour serrer la main de ses invités. Ensuite seulement, tandis que la voix aiguë de Lily commentait toujours sa transformation, elle parvint, enfin, à lever les yeux vers Drogo.

Il la contemplait de l'air hébété d'un homme pris dans la tempête et qui ne sait quel parti prendre dans des circonstances aussi dramatiques. Son regard croisa celui de Cornélia et la jeune femme devint incapable de remuer ni même de respirer.

– Drogo, Leurs Majestés! annonça Lily d'un ton péremptoire.

Comme un automate, le jeune homme traversa le hall, franchit la porte d'entrée.

– Allons dans le salon, voulez-vous? proposa Cornélia d'une voix qu'elle ne reconnut pas elle-même.

Lily se mit à jacasser, George posa des questions à sa nièce : elle ne se rendait même pas compte de ce qu'ils disaient et de ce qu'elle répondait. Par bonheur, quand le roi et la reine parurent, elle réussit à faire la révérence avec grâce et dignité.

Et la soirée se déroula comme un rêve.

Tout ce que Cornélia disait ou faisait lui semblait flou, irréel. Elle était assise à un bout de la longue table du dîner; elle apercevait le sommet de la tête de Drogo au-dessus des guirlandes d'orchidées et des décorations dorées.

Sans en avoir conscience, elle rit et parla au roi, assis à sa droite; elle le fit rire et il lui adressa des compliments, mais elle ignorait totalement de quoi il s'agissait. La pièce et les convives lui faisaient l'effet d'une image de lanterne magique.

Lorsque les femmes quittèrent la salle à manger, Cornélia devina que Lily se répandait en propos aigres-doux, en commentaires malveillants, d'une voix suave et charmante, mais cela lui était complètement indifférent, elle n'essayait même pas d'écouter ou de comprendre.

Des invités jouèrent au bridge, certains firent de la musique, d'autres bavardaient en groupes. Finalement, la duchesse de Rutland se leva pour emmener ses hôtes chez elle, en exprimant des regrets sincères de ce que le temps eût passé si vite.

– Nous nous réjouirons des réceptions futures à Cotilion encore plus que dans le passé, dit-elle aimablement.

– J'ai toujours adoré Cotilion, déclara le roi amicalement, de sa voix gutturale. Vous êtes une maîtresse de maison délicieuse, ma chère enfant.

– Sire, je vous remercie.

Drogo escorta la reine jusqu'à la voiture, Cornélia accompagna le roi dans le hall. Elle fit la révérence et encore une fois, le souverain manifesta sa satisfaction.

– Je reviendrai pour faire l'ouverture des faisans, dit-il. Vous n'avez pas oublié de m'inviter, j'espère?

– Sire, nous croyez-vous capables de vous oublier?

Il se mit à rire et Cornélia l'entendit plaisanter

avec son mari dans la cour. Les autres invités la saluèrent et, dans un envol de manteaux et de capes, de voiles de tulle et de mousseline remis sur les coiffures savantes, les derniers convives s'en allèrent.

Alors Cornélia fut saisie d'une peur panique. Sans oser regarder derrière elle, elle regagna le grand salon. Le moment était venu où, pour la première fois de la soirée, le rêve s'effaçait devant la réalité. La jeune femme n'avait pas eu le courage de lever les yeux sur son mari, après le premier regard échangé dans le hall, et elle se rappelait la pâleur de Drogo, son émotion en prononçant le nom de Désirée. Mais, depuis lors, il avait eu le temps de se ressaisir.

Elle eut soudain très froid. Un feu brûlait dans la cheminée et elle tendit les mains vers la flamme. Elle frissonna. S'il allait ne pas lui pardonner la supercherie? L'amour résiste aux coups du sort, à la misère, aux catastrophes, mais le rire peut le frapper à mort.

Si Drogo allait la détester?

Elle entendit la porte du salon se refermer et comprit qu'elle n'aurait pas le courage de se retourner, qu'elle n'oserait pas regarder le visage de son mari. Elle l'entendit marcher sur le tapis, lentement, posément. Combien de fois son cœur avait-il battu au bruit de ses pas? A présent, elle ne pouvait que trembler, suffoquée par l'angoisse.

Il arriva tout près d'elle. Elle baissait la tête, les yeux fixés sur le feu qui ne la réchauffait pas.

— Est-ce vrai ou suis-je devenu fou?

Il sembla à Cornélia qu'il n'y avait pas de colère dans sa voix grave.

— C'est vrai, articula-t-elle avec peine.

– Vous êtes Désirée et Désirée est Cornélia, dit-il lentement, comme s'il croyait difficilement ce qu'il énonçait.

– Oui.

– Comment ai-je pu être aussi aveugle?

– On voit ce qu'on s'attend à voir, répondit la jeune femme, répétant une phrase de Renée. Vous ne vous seriez jamais attendu à voir votre femme chez Maxim's.

– Evidemment non.

Il y eut un silence. Elle n'osait pas encore le regarder mais elle sentait qu'il l'observait, étudiant son visage, cherchant une ressemblance entre deux femmes qui en réalité ne faisaient qu'une.

– Ce devait être ces lunettes, dit-il enfin, ces hideuses lunettes noires qui vous défiguraient. Mais je ne comprends pas. Vous m'avez dit que vous me détestiez et je vous ai crue : Désirée n'avait pas l'air de me détester.

– Je vous ai dit que... je vous détestais, murmura Cornélia, mais... ce n'était pas vrai.

Elle l'entendit tressaillir, puis il demanda sur un ton d'incrédulité absolue :

– Voulez-vous dire que, lorsque vous m'avez épousé, je ne vous étais pas indifférent?

– Je... je vous aimais, dit Cornélia d'une voix presque imperceptible.

– Vous m'aimiez? Seigneur! Pauvre enfant. Je n'en avais pas idée.

– Non, je sais... que vous ignoriez... cela.

– J'ai dû vous rendre affreusement malheureuse! s'exclama le jeune homme.

– Au début... avant... la veille du mariage, je m'imaginais que... vous m'aimiez, souffla Cornélia.

– J'ai été d'une cruauté indescriptible! articula

Drogo au comble de l'émotion. J'étais aveugle, j'étais fou. Me pardonnerez-vous jamais?

— Je crois que... je vous ai déjà pardonné.

— En ce cas, pourquoi ne me regardez-vous pas?

De nouveau, Cornélia fut prise de panique, mais ce n'était plus lui qu'elle craignait. Elle avait peur d'un bonheur trop grand, de quelque chose de trop fort, de trop intense pour être supportable, elle avait envie de s'enfuir. Pourtant, elle était incapable de bouger, elle restait rivée sur place, les yeux baissés. Peu à peu, l'effroi faisait place, en elle, à la douce et délicieuse timidité qu'éprouve une femme devant l'homme qu'elle aime.

— Regardez-moi!

C'était un ordre maintenant autoritaire et sans réplique, et comme elle tremblait sans pouvoir obéir, il répéta :

— Je vous en prie, regardez-moi, Désirée.

Sa voix devenait suppliante et elle ne pouvait plus résister. Elle rejeta la tête en arrière en un geste presque provocant et le regarda en face. Et dans les yeux fixés sur les siens, elle retrouva la flamme ardente de la passion, contrôlée mais aussi sauvage, aussi brûlante que le soir où il l'avait serrée dans ses bras.

— Oh! Ma chérie, mon tendre amour, dit-il tout bas, comment avez-vous pu m'abandonner? Comment avez-vous pu me laisser souffrir comme j'ai souffert pendant ces deux jours?

— Je voulais... être sûre, murmura-t-elle.

Parler lui était difficile. Une veine battait dans sa gorge et ce qu'elle voyait dans son regard faisait chavirer le monde autour d'elle.

— Vous ne pouvez avoir souffert autant que j'ai souffert, reprit-il. J'ai cru perdre la raison à certains moments, quand je pensais vous avoir perdue.

– Il fallait que je sois sûre, dit-elle encore.

– Cet homme que vous aimiez... Penser à lui me donnait envie de le tuer. Je l'aurais tué vraiment, et avec joie.

– Cet homme, c'était... mon mari.

– Tout cela était peut-être une bonne idée, remarqua Drogo songeur. Je sais maintenant ce qu'on ressent quand on est fou de jalousie. (Il sourit soudain.) Peut-être seriez-vous plus en sécurité si vous remettiez vos lunettes noires!

Cornélia sursauta.

– Jamais! cria-t-elle. Non jamais! Je les ai jetées aujourd'hui. Elles sont détruites.

– Que penseriez-vous de jeter et de détruire aussi toutes nos tristesses et nos malentendus? demanda le jeune homme.

– Ah! Je le voudrais. Je le veux...

Il sourit de nouveau.

– Seigneur! ces interminables journées à Paris! s'exclama-t-il. Je m'ennuyais à mourir en comptant les minutes qui me séparaient de Désirée. Et elle était à côté de moi. Comment m'avez-vous joué si habilement? Pourquoi m'avez-vous torturé d'une façon aussi démoniaque?

– C'était souvent très dur, avoua Cornélia. Moi aussi, j'attendais impatiemment... le soir.

– Vous me faisiez perdre la tête, reprit Drogo, ces soirs où vous ne vouliez pas me laisser vous toucher, où vous ne me permettiez même pas de vous prendre la main. Et quand vous me regardiez à travers vos longs cils, avec votre teint si blanc, si tentant, vos lèvres si rouges... Oh! Désirée – je ne peux pas vous appeler autrement – c'était plus que je ne pouvais supporter, ma bien-aimée, vous serez toujours le désir de mon cœur.

Je sais maintenant que nous avons atteint tous les deux le port que nous avons cherché toute notre vie.

– Et cette fois, vous êtes sûr de ne pas vous tromper?

– Absolument sûr. Pensez que, ce matin encore, vous m'avez laissé m'expliquer, que vous m'avez laissé souffrir comme un damné, que vous m'avez humilié en me mettant sur les épines car j'avais si peur que vous refusiez de divorcer! Un jour, je vous punirai pour tout cela mais, à présent, je ne veux que vous embrasser.

Les paupières de Cornélia battirent et ses joues s'empourprèrent. Il n'y avait pas à se méprendre sur l'expression de ce visage viril, sur la lueur dans ses yeux, sur la subite avidité de ses lèvres. Pourtant, il ne la touchait pas.

– Vous êtes mienne, Désirée, dit-il d'une voix cassée par l'émotion, mienne ainsi que je l'ai rêvé. Mais je vous avertis : jamais, quoi que vous fassiez, quoi que vous disiez et autant que vous puissiez me supplier, jamais il ne vous sera possible de m'échapper de nouveau. Je sais trop bien ce que peut être la vie sans vous et maintenant que je vous ai retrouvée, vous êtes à moi pour l'éternité. (Sa voix s'affermissait, prenait une autorité dominatrice. Il continua :) Vous m'aimez un peu aujourd'hui mais pas moitié autant que vous m'aimerez par la suite. Je vous enseignerai ce que c'est l'amour, enfant adorable et ridicule déguisée en femme d'expérience. Demain, nous repartons : je vous emmène pour un véritable voyage de noces, un voyage de noces, ma chérie, qui nous réunira sans cesse, jour et nuit. (Cornélia écoutait, les yeux agrandis, retenant son souffle.) Il y a beaucoup de choses que je veux savoir sur ma femme, Désirée. Je veux connaître son passé, je veux connaître chaque jour de l'existence qu'elle a vécue avant d'être à moi. Je veux être certain qu'il n'est pas d'avenir pour elle en dehors de moi. Mon amour, je ne puis croire encore tout à fait que je n'ai plus besoin d'avoir peur de vous perdre, ou d'apprendre que vous appartenez à un autre. (Il poussa un soupir.) Je vous punirai pour mes intolérables angoisses, pour les heures abominables que j'ai perdues loin de vous et je vous rendrai « un peu folle et déchaînée », selon vos propres paroles, ma chérie, jusqu'à ce que vous demandiez grâce. Et je serai impitoyable. Vous ne pourrez pas vous libérer.

– Je ne... désirerai pas... me libérer, dit Cornélia, dans un souffle.

– Ce serait bien inutile. Nous allons nous rendre là où nous serons complètement seuls, vous et moi, ma bien-aimée, mais auparavant, je veux vous entendre dire, vous, ma femme, que vous m'appartenez. Dites-le!

Il attendit. Cornélia leva les yeux et le regarda. Un instant, submergée de bonheur, elle fut incapable de parler, mais, avec un cri plus éloquent que mille paroles, elle se jeta dans ses bras. Elle se sentit serrée avec une force impérieuse, un cœur battit contre le sien, et, comme elle attendait toujours, ses lèvres tout près de celles du jeune homme, elle entendit sa propre voix comme venant de très loin murmurer les mots qu'il réclamait :

– Je vous aime, Drogo, je vous aime... et je vous appartiens totalement, absolument. Depuis le premier jour, je vous ai appartenu.

Il la serra davantage encore, les lèvres sur sa bouche. Elle sentit sa main caresser ses cheveux; les épingles de diamants tombèrent sur le sol, un voile soyeux masqua son visage.

Alors Drogo la souleva très haut dans ses bras. Il avait le visage éclairé d'une lueur triomphante, il était le conquérant victorieux parvenu au terme de son voyage. Il emporta Cornélia, dont les longs cheveux, couvrant ses épaules nues, traînaient jusqu'au sol.

Romans sentimentaux

Depuis les ouvrages de Delly, publiés au début du siècle, la littérature sentimentale a conquis un large public. Elle a pour auteur vedette chez J'ai lu la célèbre romancière anglaise Barbara Cartland, la Dame en rose, qui a écrit près de 300 romans du genre. A ses côtés, J'ai lu présente des auteurs spécialisés dans le roman historique, Anne et Serge Golon avec la série des Angélique, Juliette Benzoni, des écrivains américains qui savent faire revivre toute la violence de leur pays (Kathleen Woodiwiss, Rosemary Rogers, Janet Dailey), ou des auteurs de récits contemporains qui mettent à nu le coeur et ses passions, tels que Theresa Charles ou Marie-Anne Desmarest.

BEARN Myriam et Gaston de	**L'or de Brice Bartrès** 2514/4*
BENZONI Juliette	**Marianne, une étoile pour Napoléon** 601/4* & 602/4*
CARTLAND Barbara	**Amour secret** 898/2*
	Les seigneurs de la côte 920/2*
	Le secret de Sylvina 1032/2*
	Un amour imprévu 1538/2*
	L'ingénue criminelle 1553/2*
	La fiancée pour rire 1554/2*
	Prise au piège 2082/2*
	L'amour retrouvé 2130/2*
	Loin de l'amour 2243/2*
	Un coeur triomphant 2384/2*
	La perfection de l'amour 2401/2*
	La rivière de l'amour 2418/2*
	L'ombre du péché 2428/2*
	L'irrésistible charme d'Helga 2429/2*
	La magie de l'amour 2446/2*
	Le jardin de l'amour 2447/2*
	De l'enfer au paradis 2464/2*
	Dans les bras de l'amour 2465/2*
	Un été indien 2479/2*
	L'amour se joue des sortilèges 2480/2*
	Le château du bonheur 2515/2*
	La trahison diabolique 2516/2*
	A la découverte du paradis 2531/2*
	Le secret surpris 2532/2* Inédit
	Duel pour l'amour 2547/2* Inédit
	Princesse rebelle 2567/2* Inédit
	La demoiselle en détresse 2568/2*
	Au secours, mon amour 2588/2*
	Le prince russe 2589/2* Inédit
	Un mariage improvisé 2605/2*
	La déesse de l'amour 2606/2*

	Dansons sous la pluie 2626/2*
	Une douce tentation 2627/2*
	Le secret de la mosquée 2638/2*
	La sirène de Monte-Carlo 2648/2*
	Seule et effrayée 2649/2*
	Le piège de l'amour 2664/2*
	Tempête amoureuse 2665/2*
	Les yeux de l'amour 2688/2* (Novembre 89)
	L'amour sans trêve 2689/2* (Novembre 89)
	Lilas blanc 2701/2* (Décembre 89)
	La malédiction de la sorcière 2702/2* (Déc. 89)
CHARLES Thérèsa	Le chirurgien de Saint-Chad 873/3*
	Inez, infirmière de Saint-Chad 874/3*
	Un amour à Saint-Chad 945/3*
	Crise à Saint-Chad 994/2*
COOKSON Catherine	L'orpheline 1886/5*
	La fille sans nom 1992/4*
	L'homme qui pleurait 2048/4*
	Le mariage de Tilly 2219/4*
	Le destin de Tilly Trotter 2273/3*
	Le long corridor 2334/3*
	La passion de Christine Winter 2403/3*
	L'éveil à l'amour 2587/4*
COSCARELLI Kate	Destins de femmes 2039/4*
DAILEY Janet	La saga des Calder :
	-La dynastie Calder 1659/4*
	-Le ranch Calder 2029/4*
	-Prisonniers du bonheur 2101/4*
	-Le dernier des Calder 2161/4*
	Le cavalier de l'aurore 1701/4*
	La Texane 1777/4*
	Le mal-aimé 1900/4*
	Les ailes d'argent 2258/5*
	Pour l'honneur de Hannah Wade 2366/3*
	Le triomphe de l'amour 2430/5*
	Les grandes solitudes 2566/6*
DESMAREST Marie-Anne	Torrents 970/3*
FIELDING Joy	La femme piégée 1750/3*
GOLON Anne et Serge	Angélique, marquise des Anges 2488/7*
	Angélique. le chemin de Versailles 2489/7*
	Angélique et le Roy 2490/7*
	Indomptable Angélique 2491/7*
	Angélique se révolte 2492/7*
	Angélique et son amour 2493/7*
	Angélique et le Nouveau Monde 2494/7*

	La tentation d'Angélique 2495/7*
	Angélique et la Démone 2496/7*
	Le complot des ombres 2497/5*
	Angélique à Québec 2498/5*
	Angélique à Québec 2499/5*
	Angélique La route de l'espoir 2500/7*
	La victoire d'Angélique 2501/7*
HULL E.M.	*Le Cheik* 1135/2*
IBBOTSON Eva	*Une comtesse à l'office* 1931/4*
KEVERNE Gloria	*Demeure mon âme à Suseshi* 2546/6*
LAKER Rosalind	*Reflets d'amour* 2129/4*
	La femme de Brighton 2190/4*
	Le sentier d'émeraudes 2351/5*
	Splendeur dorée 2549/4*
	Les neiges de Norvège 2687/4* (Novembre 89)
LINDSEY Johanna	*Un si cher ennemi* 2382/3*
	Samantha 2533/3*
McBAIN Laurie	*Les larmes d'or* 1644/4*
	Lune trouble 1673/4*
	L'empreinte du désir 1716/4*
	Le Dragon des mers 2569/4*
	Les contrebandiers de l'ombre 2604/4*
	Splendeur et décadence 2663/5*
MICHAEL Judith	*Prête-moi ta vie* 1844/4* & 1845/4*
MONSIGNY Jacqueline	*Le palais du désert* 1885/2*
MULLEN Dore	*Le lys d'or de Shanghai* 2525/3*
	La violence du destin 2650/4*
NICOLSON Catherine	*Tous les désirs d'une femme* 2303/4*
PARETTI Sandra	*L'oiseau de paradis* 2445/4*
	L'arbre du bonheur 2628/5*
ROGERS Rosemary	*Amour tendre, amour sauvage* 952/4*
	Jeux d'amour 1371/4*
	Le grand amour de Virginia 1457/4*
	Au vent des passions 1668/4*
	La femme impudique 2069/4*
	Le métis 2392/5*
	Esclave du désir 2463/5* Inédit
	Insolente passion 2557/6*
	Le feu et la glace 2576/6*
	Le désir et la haine 2577/7*
STANFILL Francesca	*Une passion fatale* 2320/4*
WOODIWISS Kathleen E.	*Quand l'ouragan s'apaise* 772/4*
	Le loup et la colombe 820/4*
	Une rose en hiver 1816/5*
	Shanna 1983/5*

953

Impression Brodard et Taupin
à La Flèche (Sarthe) le 30 novembre 1989
6738B-5 Dépôt légal novembre 1989
ISBN 2-277-11953-9
1er dépôt légal dans la collection : mai 1979
Imprimé en France
Editions J'ai lu
27, rue Cassette, 75006 Paris
diffusion France et étranger : Flammarion